九重葛

梁子依 ◎著

SPM 南方出版传媒 广东人民出版社
·广州·

图书在版编目（CIP）数据

九重葛 / 梁子依著. — 广州：广东人民出版社，2021.6

ISBN 978-7-218-14013-1

Ⅰ.①九… Ⅱ.①梁… Ⅲ.①长篇小说－中国－当代 Ⅳ.①I247.5

中国版本图书馆CIP数据核字（2019）第252770号

JIUCHONGGE
九重葛

梁子依 著

版权所有 翻印必究

出 版 人：肖风华

责任编辑：刘　宇
责任技编：吴彦斌　周星奎
封面设计：人马艺术设计·储平

出版发行：广东人民出版社
地　　址：广州市海珠区新港西路204号2号楼（邮政编码：510300）
电　　话：（020）85716809（总编室）
传　　真：（020）85716872
网　　址：http://www.gdpph.com
印　　刷：恒美印务（广州）有限公司
开　　本：787mm×1092mm　1/16
印　　张：23　字　　数：250千
版　　次：2021年6月第1版
印　　次：2021年6月第1次印刷
定　　价：58.00元

如发现印装质量问题，影响阅读，请与出版社（020-85716849）联系调换。
售书热线：（020）85716826

每个人，

都有属于自己的花期。

七成机遇，九重纠葛，十分努力，

沐浴沧桑风雨。

唯坚韧不拔，向阳而生，

方能不负韶华，绽放美丽传奇。

目 录

第一章	携手百钢　风雨兼程	**001**
第二章	阴影随行　防不胜防	**031**
第三章	反复无常　风雨欲来	**061**
第四章	如此真相　欲哭无泪	**079**
第五章	遭遇不良　失手小微	**103**
第六章	放不放款　谁来担当	**129**
第七章	泰安诈骗　支行遭殃	**157**

第 八 章	逾期风暴　不期而至	*187*
第 九 章	十载建树　一朝失误	*207*
第 十 章	内忧外患　谁主沉浮	*225*
第十一章	得失之间　不敌红颜	*251*
第十二章	病来山倒　事在人为	*281*
第十三章	迷失黄石　收获友情	*299*
第十四章	岛主联手　共创辉煌	*317*
第十五章	中国制造　迈向世界	*345*

| 第一章 |

携手百钢
风雨兼程

作为支行行长，要承受的苦与累是常人难以理解的，有些工作一定要亲自去做。她深知，如果没有百钢集团，就没有她和明华支行的今天。

签了 50 亿元中债

晨曦朦胧。秋风带着凉意呼呼袭来。

宇文馨屏住呼吸下车,往办公室走去。每天都是她最早开办公室的门。今天当她走到办公桌旁时,不禁有点战栗,有些提心吊胆。

2008年,波谲云诡。年初,中国南方冰雪封路;5月,汶川特大地震;9月,由美国华尔街引发全球金融危机。一切都显示着这是一个不平常的年份。

奥运会刚刚结束,全国人民还沉浸在欢呼和骄傲中。突然,由美国次贷危机演化的全球金融海啸扑面而来,中国经济在毫无准备的情况下卷进了这场风暴。房地产、钢铁、水泥等支柱行业受到巨大冲击,宇文馨和她所在的新兴银行更是难逃此劫。

宇文馨祈祷支行账上几十亿元的贷款不要出问题,尤其是百炼钢铁集团的 10 亿元贷款。新闻报道说，钢材的综合价格指数比 6 月末下跌了 59 点，跌幅为 36%。钢铁企业亏损面达 61%，国内一些大型钢铁企业纷纷减产甚至停产。关于国家下一步将进行大整合，百钢有可能被春钢收购的消息甚嚣尘上。如果钢铁价格继续下跌，百钢资金链断裂，到期无法归还 10 亿元贷款，会直接影响到新兴银行滨城分行的经营。

年底，央行推出了创新融资工具——"中期票据"（简称"中债"），意味着酝酿已久的中债业务正式启动。宇文馨想起了之前百钢集团对此业务有意向，便立即拿起电话，打给百钢集团财务部部长姚俊才。

"新兴银行是在票据业务方面最具优势的银行，你们可以先准备材料，来一趟百钢。"姚俊才在电话那头回复。姚俊才是四川人，一口四川腔的普通话。当年为了支援百钢建设，他从四川来到了百城。姚俊才是国企财务线上的老将，经验丰富，又不失圆滑。

太好了！宇文馨心中窃喜，她的助理林树成在百钢蹲了一个星期都没有结果，居然被她一个电话解决了。她立即开始筹划，为额度的事反复研究，企业要发公司债、分离债，到底要发多少？总额度受限，发其他产品的话，中债就要减少。经过一番车轮式商谈后，宇文馨突然想到一个主意——由新兴银行和百钢签一份中债合作协议，把此事定下来，以防万一。

宇文馨打电话给百钢集团上市公司财务总监秦艺，向她解释道："银行都是为企业想最好的方案。任何一个方案都存在利弊，不妨先报 50 亿元，反正不能比目前的 20 亿元短债少，总额度要覆盖这将要到期的 20 亿元短债。临时挤进来的其他银行，没有准备好就不让他们签，你看好不好？"宇文馨琢磨着怎么说服秦艺同意这份新兴银行与百钢集团签的独家协议。当天她把所有的事情协调完，开始行动，准备再一次亲自飞往百钢。

十年前，一次偶然的饭局以及后来无数次的机缘巧合，让一家股份制银行与一个北方特大型国企共同成长、相互依存。十年来，百钢的领导换了一茬又一茬，新兴银行滨城分行的领导也是走了一批又一批，唯一不变的是新兴银行滨城分行明华支行行长——宇文馨。

银行与企业之间到底是什么样的一种关系？仅仅是借贷关系和服务与被服务的关系吗？在宇文馨眼中，银行就像是一个造血干细胞库，能够让企业实现自我造血功能。

每次去百钢，宇文馨都有探亲的感觉。如今逢年过节，人们越来越习惯于只发条祝福短信表示问候，宇文馨却总是亲自前往百钢集团拜年。从南到北，来回 6000 公里，跨越长江和黄河，还要在北京中转，有一次她甚至在路上花了三天时间才到达。作为支行行长，要承受的苦与累是常人难以理解的，有些工作一定要亲自去做。她深知，如果没有百钢集团，就没有她和明华支行的今天。

这次拜访百钢集团，宇文馨请分行的盛行长带队，盛行长笑呵呵地答应了。在宇文馨眼里，盛行长既是一位银行经营实干家，也是一位有胆识的谋略家，还是一位有人情味、情商高的好领导，任何时候都给人一种精神抖擞、乐观豁达的印象，好像从来没有烦恼和忧愁。在存款规模 1000 多亿元、年利润 20 亿元的滨城分行里，要面对各式各样的人，应付这样那样的事，但盛行长从未皱过眉，总是一脸的淡定和从容。

盛行长是三年前临危受命，从新兴银行总行空降到滨城来拯救这个摇摇欲坠的分行的。有相当长一段时间，每天他的办公桌上都放着一沓沓请示或报告，其中大部分是要他解决难题的。宇文馨的报告却总是很简单，有时候甚至只有一句话："完成了。"

宇文馨知道盛行长的记忆力特好，2000多名员工，大部分他都叫得出名字来，对手下100多名中层干部的情况更是了如指掌，并根据每个人的特点，让他们各尽其才。对那些业绩突出、表现优秀的后备干部，他更是格外重视，并向上级、兄弟单位积极推荐。几年里，经他推荐和提拔而担任分行级领导的干部共有9人，这是滨城分行从未有过的记录。

临行前，盛行长事务缠身，机票一再改签，但他带宇文馨他们去百钢拜访的心是坚定的，这让宇文馨非常感动。不料飞行途中遭遇恶劣天气，在北京转机时航班延误了很久。宇文馨赶紧查询了百城附近的依维市航班，办理了转乘手续，并通知百钢集团接机。

飞机降落在依维市的时候已近黄昏。前来接机的有姚俊才和小伊科长。小伊科长一身渐变色的羽绒服，穿得虽厚，但看起来依旧苗条。她是百钢集团财务部结算中心科科长，有一个很好听的名字——伊雨菲。早年宇文馨刚跟百钢合作时就认识她了，那时候她还是集团办公室的文件收发员。这些年双方业务来来往往，俩人的关系一直很不错。

"宇文行长，您辛苦了。路上都顺利吧？"小伊说话声音甜甜的，笑起来眉眼弯弯的。她用纤细嫩白的手轻抚着宇文馨的手臂，亲切地招呼道："我太想你们了。"接着她朝林树成投去了亲切的目光。

从去年开始，宇文馨把百钢的业务安排给了林树成助理。工作中来来往往，他和小伊的关系变得很亲密。林树成是广西柳城人，长在新疆。林树成虽不是金融专业出身，但他有这方面的天赋，对业务精通，胆子比较大，经常给宇文馨出点子。他身上，既有北方人的豪爽，也有南方人的细腻。当年宇文馨把他从营业部的出纳柜员位置直接提拔起来，职位两年一跳，直到现在这个岗位。林树成也很争气，宇文馨安排他分管对私工作，他的业绩提升得很快。为了栽培他，宇文馨把百钢集团70%的业绩都分配给了他一个人。

百钢所在的城市叫百城，又名钢铁城，是先有百钢后建市的，目前拥有150多万人口。早期企业还有级别时，百钢的董事长比百城市委书记高半级。市里开会，百钢的领导坐在中间席位上，市委书记和市长分坐两侧。20世纪50年代兴建的百钢，如今下属的二级企业有80家。百钢和其他大型企业一样，就是一个小社会，大多数员工的出生、成长、教育、就业、婚姻以及各种社会关系全都囿于这个大厂。祖孙三代同是百钢人的家庭不计其数。企业光学校就有13所，用百钢董事长的话来说："我们百钢只有两样东西没有，那就是法院和火葬场。"

依维市的机场很简陋，从下机到上车只用了几分钟，但从依维市到百城则要开车两小时。

天色渐暗，下起大雪。窗外雪花飘飘，像千只蝴蝶扑向车窗玻璃，调皮地撞了一下，又迅速地飞向两旁。高速路上白皑皑一片，像铺上了一层地毯。宇文馨后悔自己没有带相机来，不然眼前这个景象，会拍出许多好的照片。

宇文馨一行被安排在百钢宾馆住下。晚饭改成夜宵,吃得格外尽兴。姚俊才举起酒杯,朗诵起古文:"有朋自远方来,不亦乐乎……"盛行长入乡随俗,应景生情,唱起了歌曲《我和草原有个约定》,歌声飘出了窗外,回响在广阔的天空。

夜已深,雪已停。三层楼的宾馆被刚下完的一场雪裹上了一身银装,窗边的松柏树像是绿色糖果被浇了一层牛奶,像极了安徒生童话故事里的画面。眼前的景象,让一群南方来的客人惊喜连连……

第二天,由姚俊才部长安排百钢集团的领导与盛行长见面、洽谈。早在2002年做20亿元可转换债券的时候,竞争很激烈,这位姚部长为了把业务签给另一家银行,千方百计地给宇文馨出难题,但宇文馨凭着自己的专业与执着,把这股反对的力量变成了支持的力量。

接下来的两天,宇文馨抓紧时间与百钢集团各有关部门进行对接和谈判,很快新兴银行便跟百钢签署了50亿元中债的框架合作协议。如此庞大的工程居然在短时间内顺利完成,令宇文馨喜出望外。

此行让宇文馨对百钢最近的情况有了直接的了解,由于产品的特殊性,百钢集团紧跟市场走势,积极优化生产管理,调整产品结构,增加了适销对路的产品,年底钢产量首次突破1000万吨大关,具备了年产量1200万吨的能力。看来,百钢的情况比宇文馨想象中的要好,这场金融风暴与宇文馨和百钢擦肩而过,并没有对业务造成很大冲击,可谓虚惊一场。

接下来,宇文馨就挨家挨户拜年。踏着棉花似的雪地,轻松又写意地完成了所有的拜访。宇文馨感觉自己就像一个使者,肩负着重任,行走几千里,最终落实了 50 亿元的中债业务,并带回了 2 亿元的承兑汇票业务。

和百城分行谈判

每一次去百城,宇文馨都流鼻血,回来就头痛、发烧,大病一场,这一次也不例外,然而每一次病痛里都渗透着一个个成功的项目所带来的快乐。

就像有人说的,眼下做银行行长的都不是一般人,能做五年行长的是铁人;若能做十年,那叫仙人。当下的银行机构竞争激烈,风险无限又监管严厉,给职业人带来了巨大压力。

盛行长指示,迅速扩大百钢集团额度,做集团上游下游,做上市公司,做高资理财……新增 15 亿元贷款的计划已拟定,20 亿元低风险开票已经开展,50 亿元中债申报在途,一切沿着正常轨道运行,终于可以松口气了。宇文馨正这样想着,不料后院起火了。

两年前,新兴银行百城分行开始筹备时,有人就对宇文馨说"狼来了",宇文馨知道"狼"迟早会来,因此她早就开始采取各种措施,以防"狼"来时给业务带来的影响。她在分行、总行的各种场合介绍百钢集团,展现与百钢之间的友谊和紧密的合作关系。连总行领导都表态:"百钢集团这个户,有宇文馨在一天,就不上收。"

但宇文馨仍然很紧张。从上个月起,已经陆续有消息传来:百城分行开始涉足百钢集团业务,想尽了种种办法,从上到下、从内到外悄然渗透。

这天早上上班途中，宇文馨突然接到百钢上市公司财务总监秦艺的电话，"百城分行即将成立了，你们得让他们做新的业务。过去百城没有网点没办法，现在当地都有分行了，不给他们业务，银监局也会关注。"秦艺是个讲情义的人，但做事又很有原则。

宇文馨答应向领导汇报。可没等汇报，总行行长的秘书就打来了电话："百城分行说要给百钢集团发10亿元高资理财，听说你们没有给他们办理权？总行有规定，按照属地原则，百钢集团迟早是要考虑调整的……"

一项几乎投入全部精力的事业，上级领导一句话就要拿走？

2002年，百钢集团20亿元可转换债券业务在全国银行招标。A行、B行、C行、D行，一个个被宇文馨打出局。

2005年，25亿元认沽权证股权担保业务，宇文馨用三天时间就上完了总行的贷审会。

2006年的20亿元短债业务，那时新兴银行只有宇文馨的支行获批通过了。

还有50亿元中债业务……

若是百城分行非要做百钢10亿元高资理财，那就意味着要提前归还宇文馨支行现有的10亿元贷款。可是15亿元新增贷款还没有发放出来，50亿元中债又吊在空中，这不是损害新兴银行全局的利益了吗？该不该把这个想法跟盛行长汇报一下？宇文馨心乱如麻。

2009年5月19日，滨城分行苏副行长、公司业务部总经理、资金部总经理、同业部总经理、风险部总经理以及宇文馨等六人前往拜访即将开业的百城分行。这是一项特殊的使命。

苏副行长名叫苏来达，55岁，北京人，宽眉圆脸，是个平时不多语但一开口就能让气氛肃静的人。每次分行召开工作会议，他都在台上滔滔不绝，台下一百多名中层干部则屏息聆听，因为他的每一句话和每一个动作都暗示着未来的业务发展方向。这位统领全行对公业务的大将，有着极高的权威，谁都不敢轻易与他作对。苏副行长性格鲜明，作风强势，正好与盛行长形成互补。

出发前，总行领导和分行盛行长都有指示，希望他们此行能与百城分行进行友好的沟通，为下一步做大做强形成合力。宇文馨知道其中的不易，在此之前，滨城分行公司业务部总经理艾梅与百城分行的汤副行长为百钢集团的事都吵翻脸了。

管户权是一个敏感问题！

飞机落地后，转乘汽车行驶上高速路，路两旁层峦叠嶂，蔚为壮观。但宇文馨此时身心疲乏，无心赏景，她昨天一整夜都在思考如何与百城分行谈判。

到达宾馆是中午十二点多，百城分行常行长早早等候在宾馆的餐厅里。

"您好，宇文馨。"常行长直呼其名。

"您好，常行长。"宇文馨暗自惊叹常行长的记忆力。是一直有人在他耳边提她的名字，还是因为七年前百钢集团五十周年大庆时，姚俊才的介绍让他记住了她？七年前他们擦肩而过，20亿元可转换债券差一点就属于他当时所任职的A银行。

大家坐在一起吃了顿很丰盛的午餐，百城的羊肉、麦面、沙葱和牛奶真是人间美味。饭桌上，常行长就像招待远方朋友一样，聊东聊西，聊他的经历，聊百城的历史，聊少数民族……业务方面一个字也没提。

直到饭局结束，苏副行长才说明这次前来是受盛行长委托，共同商议如何处理好存量业务与百钢集团下一步的业务合作。

"好吧，让汤副行长在会客厅跟你们谈。"常行长说完，宣布散场。

会客厅里保留着传统的摆设风格，厚厚的地毯，大大的沙发，沙发靠背和扶手上罩着镂空钩花巾。首先是苏副行长代表滨城分行讲几句客套话，接着由滨城分行公司业务部总经理艾梅说明此行目的，然后轮到宇文馨了。她有点紧张，倒不是因为场面气氛凝重，而是因为她心情复杂，就像是自己"养"了十年的"孩子"，现在却要跟别人商量是不是让人把这孩子带走。

"百城分行成立，是新兴银行的一件盛事，是总行西北战略布局的又一成功之作。相信百城分行的成立会提高新兴银行在百城地区的知名度，更有力地支持当地经济发展，更好地服务当地的大中小企业……百钢集团这十多年的发展，滨城分行一直从旁见证。百钢集团的发展过程也是我们的成长过程，彼此间形成了紧密的合作关系，也结下了深厚的友谊。百钢集团这么多年的人事变动，从未影响到跟我们的合作，百钢上上下下对我们的高度认可一直是我们前进的动力。"说到这里，宇文馨停下来平复了一下自己的情绪。

"百钢集团，是对我的职业生涯影响最大的企业，从某种意义上说，它已经融进了我的生命。十年间，为了百钢集团的业务，我们经历了各种困难，多少个严寒酷暑，多少次穿梭来回，甚至'非典'期间我都未曾犹豫过……"宇文馨说到这里，有些情难自禁，在座的人都没见她如此激动过。

百城分行的汤副行长打破沉默，语气谦和地说："听了宇文行长的话，我很感动。没想到滨城分行做得这么好，之前可能是误会，高资理财是企业在催着我们做……"

苏副行长打断他的话："不止百钢的传统项目，我们在许多新产品的合作上也做得非常深入……"

但汤副行长似乎想尽快结束这次谈话，继续说："宇文行长的业务能力值得我们学习，与百钢集团十多年的感情，难以割舍，我很理解。"说到这儿，他用纸巾拭了拭鼻子，接着话锋一转，"但舍不得归舍不得，现在我们要面对事实，从历史、感情、贡献三个角度讨论未来的发展。既然百城分行已经成立，我们就应该从属地原则、成本控制、当地银监局管理要求等方面，考虑下一步如何分工，谁是主办行，谁是协办行。所以说，再怎么不适应，也要服从归属我们。"

滨城分行公司业务部总经理艾梅听不下去了："汤副行长，我想你是搞错了吧。苏副行长这次带我们来，目的不是谈归属问题，而是探讨如何联合做大，如何共同为百钢集团更好地服务。百钢集团已被总行列为战略客户。这个客户做多大的业务，给予多少授信，不用在总行审批了，滨城分行的审批权上无封顶。你知不知道？"艾梅总经理是一位心直口快、泼辣干练的女人，她容不得百城分行用这种口气来说教。

苏副行长接着话题："一，我们不想给企业压力，昨天跟百钢的姚部长也表了态，过去是一家分行，今后是两家分行共同合作，将会给百钢集团提供更多更好的服务，这是我们的宗旨。二，我们也不想让总行操心，所以主动协商。毕竟是一家人，没有根本性的利益冲突。

三，你们可以做经营性物业抵押贷款、代发工资、对私业务……"苏副行长分析得句句在理，既为企业着想，也为总行着想，还为百城分行着想。

苏副行长继续一副不急不躁、笑眯眯的样子，最后把问题引到具体的操作上："分工合作，你们做一些我们不做的，就不会撞车，对不对？"

汤副行长急了："滨城分行做得了的，我们也做得了。为了百钢，大不了我亲自做回客户经理。"

"百城分行目前仍处于筹备阶段，人员配备不足，没有成熟的部门对接，无论人力、财力还是基础，都不具备条件。"艾梅继续穷追不舍，"目前百城还有很多优质企业，只有开拓新的市场和领域，一起把蛋糕做大，才是我们的上上策。如果我们自己内部闹矛盾，被别人钻了空子，那就真的是得不偿失了。"

"若是我们谈判没结果，总行不会不理的。当初批给你们管户权是因为百城分行未成立。现在百城分行已经成立，上级肯定要分配给我们了。"汤副行长气急败坏地说。

"汤副行长，百钢当初不是总行分配给我们的，是我们在市场上打拼回来的，希望你清楚这一点。何况总行党委也不会因为你一句话就立即改变了，我相信总行是顾全大局的。"宇文馨毫不示弱。

汤副行长越说越离谱："眼下钢铁行业很不景气，百钢集团迟早会有资金周转不灵出问题的时候，一旦出现风险，你们在异地来不及处理，我们当地诉讼保全资产很方便，有优势，是不是？"

"你们既然有顾虑，现在就觉得有风险，那就别碰百钢集团了，好不好？风险留给我们吧。"艾梅见机，又戗了他一句。

这时，常行长打电话进来，叫苏副行长去办公室里说话。最后，会客厅里只剩下两三个人，谈判只得暂停。

六点的时候，大家去郊外吃饭。这是宇文馨他们此行到达百城后第一次走出宾馆。路上风光很美，夕阳照进车窗，柔和而通透。半个多小时后，车停在一处半山坡上，几座毗连的大蒙古包出现在眼前，门口的牌子写着"百城旅游大本营"。

蒙古族姑娘端上来美酒、羊肉和大包。大家伸出筷子，互相夹菜，仿佛忘记了一个多小时前谈判时你争我夺的情形。白天戴的面具全部都摘了下来，露出一张张真实的面孔，大家不分职务、年龄甚至性别，开怀畅饮，大快朵颐，全都沉浸在悠扬而豪迈的蒙古族歌声里。宇文馨情不自禁地拿起两只小酒杯，和着歌声轻轻敲击，她的思绪，却飞回了七年前……

第一笔大业务

新兴银行那一年最大的一笔业务，是宇文馨和百钢做成的。

早在1998年，新兴银行滨城分行明华支行因经营不善，不良贷款率高达70%，考核全分行排名倒数第一，当时的明华支行行长待岗清收，无人主持工作。

对于明华支行这么大个烂摊子，新兴银行的上层领导左研究右研究，发现暂时没有合适人选担起这个大任，最后盯上了在机关做行政工作的 28 岁的宇文馨，她出身军人家庭，个子高挑，皮肤白净。良好的家庭教育，以及大机关的磨炼，让宇文馨比一般同龄人更稳重、更可靠，更重要的，她学的就是财经专业。

宇文馨虽然心有怯意，但是，跟她的军人父亲一样，"组织上需要自己到哪里，就到哪里站好岗"的思想，让她毫不犹豫地接受了这个让人避之不及的差事。

到了明华支行后，宇文馨利用自己的专长、人脉，凭借吃苦耐劳的精神，先是不动声色地把明华支行里里外外的业务摸了个透；接着大刀阔斧进行整合、治理，大力发展业务，清收不良贷款。多管齐下，不仅很快改变了明华支行的落后面貌，还在别人不敢想象的短时间内创出了佳绩。上级领导原本只是想找个人把明华支行扛一扛，等有机会再找更有能力的人，没想到这一扛，宇文馨交出了漂亮的成绩单，上级领导马上破格将她正式任命为明华支行的行长。

一个偶然的机会，一位客户跟宇文馨说，百钢集团有人来滨城考察，问她有没有兴趣认识一下。宇文馨刚到支行工作不久，发展客户是她的首要任务，一听说有新客户，而且是大企业，马上积极会面。

没想到，她这一次和百钢的人一见如故，从文学创作谈到摄影，从北方经济谈到世界发展趋势，两拨人找到很多共同语言，最后聚焦业务合作。宇文馨得知，因国家经济处于不明朗时期，百钢也处在困难时期，而当地的银行产品比较单一，审批流程比较长，金融创新意识不够强，所以企业一直在寻找业务突破口，而宇文馨正好也想拓展业务，双方一拍即合。

宇文馨很快被百钢的董事长邀请去考察，飞机落地之后，冰天雪地的百城，让南方出生的宇文馨兴奋不已。当她深入了解企业后，更是被深深震撼了，百钢共有员工、家属 50 多万人，整个城市有一半的地盘属于这一家企业，当年财政收入 55% 来自百钢。宇文馨当时就在心里决定，一定要想办法把百钢的业务做起来。

没想到回来之后，遇到了很大困难，当时的金融业不怎么发达，本地银行不可以做异地企业贷款业务。囿于银行监管部门的要求，宇文馨非常无奈。但是，宇文馨是一个不轻易放弃的人，既然双方认识了，她就一定要积极寻找合作机会。

百钢在滨城设有一家分公司，宇文馨就从这里找突破口，从和滨城分公司 5000 万元的业务开始，逐步扩展到 1 亿元，随着金融改革的深入和总行经营思路的转变，酝酿已久的机会终于到来。2002 年，新兴银行给百钢批了 10 亿元的贷款，利率下调 10%。这是当时百钢集团获得银行第一笔下调利率的贷款，据说轰动了整个百城市，还上了报纸。当时，市里所有的专业银行行长都纷纷来找百钢董事长……在接下来的合作中，宇文馨更是创造了一个又一个奇迹，每一个奇迹都是在她的执着和努力中出现的，可谓"马到成功"！

第二年，宇文馨和五家银行同时被百钢邀请去竞标——一笔 20 亿元可转换债券（简称"可转债"）的业务。宇文馨得到这个机会后，只用了几天时间，就完成了授信报告，然后向分行、总行上报材料，总行也非常重视，在七天内开完总行贷审会。

开贷审会的时候，九个委员中有两个新委员在问，什么叫可转换债券？

开完会后，总行将 20 亿元可转债业务否决了！

否决的理由极其充分：①金额过大；②期限过长；③夕阳产业；④异地业务；⑤收益与风险不匹配。

不仅否决了，总行还打电话向分行投诉，说宇文馨不该亲自找总行的人，因为基层是不能直接找总行谈贷款的，哪怕你是一个支行的行长，只有分行的审查员可以跟他们对话。

分行的一把手找宇文馨去谈话，语重心长地劝她说："你放弃吧，你不可能成功的。第一，20亿元，金额太大了，从我们银行成立至今，还没有人做过这么大的业务；第二，这产品太新了，许多人还不知道可转债是什么产品；第三，钢铁是个夕阳产业，不是总行支持的行业；第四，五年期担保，五年后百钢是个什么情况？你自己还在不在这个位置？出了问题我找谁？你说你保证，你保证有什么用？你想想，20亿元出了问题，总行都得为你扛这个事，对不对？何况我们新兴银行五年20亿元担保才收550万元费用。你死了这条心吧。再说了，百钢太大了，五六十万人的一个企业，在北方，你总是飞去那冰天雪地的地方，你怎么忙得过来？那些人你打也打不过他们，营销也营销不过他们，喝酒也喝不过人家！别去了，就老老实实定位滨城，滨城这么多的好企业，做滨城的业务行不行？"

宇文馨说："行！"

可是回到家，宇文馨一夜睡不着，脑子里全是那笔20亿元可转换债券。她就是想不通，明明是一笔好业务，风险比较低，总行怎么就否决了呢？

第二天，宇文馨偷偷背着个小背包——不敢拿行李箱，不想让人知道她出差，悄悄买了机票，又跑到北京了。

这次，她在总行大楼旁边的招待所开了一间房，每天把自己收拾得干干净净，精神抖擞地到总行去，就跟上班似的。她到了以后，就看风险审批部一把手在不在，见她在也不打扰人家，就坐在那里，看着她，等着她。

一把手说："你来北京干吗？"

宇文馨说："我来报业务，有空就来这里坐一会儿。"

如此几次后，对方警惕起来，说："宇文馨，我觉得你有事。你是不是找我？"

宇文馨说："领导，我想跟你谈谈百钢的20亿元项目，我觉得可转换债券……"

一把手立刻打断宇文馨的话："我跟你说，这笔业务大家都通不过。说实话，你够敬业的啊！一个女同志，这么冷的天气，跑到北京来，专门找我谈，说明你不想放弃，有韧劲。但是，我也不回避，我不同意这个业务，原因我已经跟你讲了，第一，金额过大，我们新兴银行没有批过；第二，期限过长，五年；第三，夕阳产业，也不符合总行的信贷支持政策；第四，异地业务……"

宇文馨说："领导，您听我说，第一，金额大的问题。目前新兴银行是没有做过这么大的一笔业务，但不等于今后没有。总是要有人突破的。中国经济在发展，银行改革在深入，说不定几年后就有100亿元、200亿元的业务发生，信不信？第二，期限长的问题。这个产品期限五年，确实比较长，但它是'可转债'，如果市场比较好，股民很快就会选择转股。也就是说，这笔业务实际担保的时间可能就是两三年；第三，夕阳产业的问题。夕阳产业中也有优秀的企业，我们要根据企业的情况，具体分析；第四……"

一把手没等宇文馨说完，就说："你回去吧，我没有其他意思，你也是女同志，我也是女同志，做业务都不容易。但是我就是不同意，这个业务就是不行，你不要想那么大的，要结合现实，做你能做的事。"

宇文馨只得返回滨城，想了两天，又买了机票北上了。

总行风险审批部一把手一看到她，眉头紧锁："怎么又是你啊？我说了，不可能的，没门！"说完了就想把门关上，因为她马上要开会。

宇文馨紧紧抓住那扇门，生怕一关上就不知道什么时候才能打开了。她坚定又机灵地求她："领导，这样，总行不是有个复议的政策吗？我们再开一次会，在开会之前，请求总行派两个审查员，去百钢一次，实地考察，去看他们的生产线，看他们的产品，看他们的人，然后，我们再说这个业务做不做，好不好？"

一把手真的拿宇文馨没办法了。也许只是想打发她，也许是被她的执着打动，说："好吧，我们派两个人去吧。"

总行的审查员跟着宇文馨去了百钢以后，像她初去百城一样，被百钢的巨大场面给震撼了！再跟百钢的法人，以及财务人员一谈，发现百钢历史悠久，它是我们国家第一批重点建设项目之一，由苏联专家援建成功……审查员还看到百钢繁忙的生产景象，良好的运行机制，销售供不应求，还有高管团结，董事长正气、有担当……信心马上大增。

从百钢回来后，关于20亿元可转债，总行很快再次开会复议。宇文馨放心不下，在开会那天，又悄悄溜到北京，这是她为了百钢的这笔业务第四次进京了。总行的办公室是开放式的，宇文馨忐忑不安地坐在角落里等候。会议开得非常激烈，有委员不断进进出出拿材料。

宇文馨心急如焚，坐不住就在办公室里来回走动，支行也时有电话打进来，大家都在焦急等待结果。

会议进行到中午，风险审批部的一把手出来了，她对宇文馨说："宇文行长，里边在表决，我去上厕所。"

宇文馨还没来得及揣摩她的意思，接着，她又说："我弃权了。"

宇文馨终于明白了她的意思，激动地上前，紧握着她的手，弯着腰，连声说："谢谢！谢谢！"

宇文馨知道，她用弃权的方式，帮了自己，她没投反对票。

结果出来了，以一票之差，险胜过会了。

宇文馨一刻也不敢耽误，赶紧给当时百钢的财务部副部长姚俊才打电话，告诉他们，这笔 20 亿元可转换债业务，新兴银行终于通过了。

姚俊才在那头淡然回应：Z 行已经批了，批在你们新兴银行之前。

一盆凉水当头泼下！算时间，这事前前后后都折腾一个多月了，同一笔业务，公开招标，有资格的银行都积极推动，人家 Z 行既然已经批出来了，我们新兴银行还有机会吗？

宇文馨定下神来，像从前遇到困难时一样，从绝望中找生机，她开始仔细琢磨、分析。显然，在她去总行争取的时候，百钢这边被其他银行渗透了。虽然一开始是新兴银行有优势，速度也最快，但人家 Z 行也是股份制银行，也是在南方滨城，审批制度完善，创新能力也强。商场如战场，尤其是大企业优质的项目，更是分秒必争。这是一个看不见硝烟的战场，更何况百钢也不能在一棵树上吊死，Z 行抓住百钢这个心态，开展了强势进攻。

宇文馨对姚俊才说："能不能把 Z 行审批通过的条件跟我说说？

我估计是有条件通过，不一定全通过。"

姚俊才脱口问："你怎么知道？"

宇文馨听对方的语气就知道有戏，说："我凭直觉，20亿元给你担保五年，才收几百万元的担保费，不是一般银行能同意的，里边肯定是有其他条件的。"

姚俊才说："你太聪明了，确实是有条件通过。"

"是什么条件？"

姚俊才说："Z行是批了，但是只批了一半，批了10亿元，10亿元我们就没法发债了，我们申请就是20亿元。我考虑再找一家，两家银行共同把担保完成，担保费一家一半，你们新兴银行还是有机会的。"

姚俊才的话，让宇文馨想了一个晚上。后来，她干脆不睡觉了，收拾行李，第二天一早就买了机票，带着刚当客户经理的林树成飞往百钢。因为飞机晚点，零点过了才到，百钢来接机的人是姚俊才和当时任资金科科长的秦艺。他们请宇文馨和林树成吃夜宵。宇文馨喝了点酒，半醉半醒，走出了蒙古包。天气非常寒冷，雪没过了宇文馨的高筒皮靴，渗入羊毛裤里，有冰冷刺骨的感觉。姚俊才追着跑出来："怎么得了，这么冷的天气，现在是零下30摄氏度呀，一会儿你的耳朵就没有知觉了。咱们回屋里慢慢说……"

坐下来的姚俊才又喝了一口酒，继续对宇文馨说："你不要那么执着嘛，你们第一次大会不是也没通过吗？不是也觉得我们有风险吗？我们可以考虑给你10亿元，Z行10亿元，大家风险小了，就都可以做业务了，不是三方都好？"

宇文馨说："不行啊，我们20亿元是全额通过的，我可不想做半边业务。"

姚俊才这时的口气也比较强硬："Z 行已经定了 10 亿元，你要不就做半边，要不半边也不做了，我另找一家银行。"

宇文馨绵里藏针地说："领导，我们不同意做半边业务，为啥呢？第一，你一笔业务要两家银行担保，说明你实力不够。两家银行都不看好你，对你的评级很有影响。第二，发债后要开立专用账户，募集的资金是专款专用，资金回来，是先回到 Z 行的账户，还是回到我们新兴银行的账户？先用他的，还是先用我的？第三，业务出了风险，是 Z 行先履约，还是新兴银行先履约？操作起来非常麻烦，也难以界定。要不然，你让 Z 行全做，要不然 Z 行出局，我一家全做了。"

姚俊才面有难色说："你这不是给我出难题吗？"

宇文馨继续进攻："你试想一下，是不是这个道理？第一，接受发行 10 亿元，你不愿意；第二，你让我做一半我不愿意；第三，Z 行不能全做，那就只能让位，因为我批了 20 亿元。目前为止，所有的投标银行，只有我一家批回来全额 20 亿元。你把工作做好，你的任务完成了，集团发展更快了。而我得了一笔业务，有收益，我的存款利润就来了。我们成了好朋友，当我好的时候，我怎么会忘记你？你也会好，当企业好的时候，银行也就更好。我们是鱼水关系。"

姚俊才开始认真思考宇文馨说的话。

宇文馨总结道："第一，20 亿元我一家做，免得两家扯不清；第二，对你企业发债更高效，也更容易过会；第三，工作做好了，大家都有业绩。对不对？"

姚俊才终于说了实话："Z 行那是个硬关系，得罪不起啊！"

宇文馨说："想办法让他主动退出，理由就是，你那一半我做不成，没人跟你搭档，你也就不会得罪人。"

"欠情得还情啊，"姚俊才说，"我劝他不做这笔业务，我就得搭一笔存款，存一段时间支持他，要不然关系就不好处理了。"

"我们共同努力。"

宇文馨知道，这事差不多算成了！

果然，百钢领导班子开会后，决定由新兴银行独家做这笔20亿元可转债业务，并准备举行一个隆重的签字仪式。宇文馨和滨城分行一把手应邀前往百钢。

这天，在百钢宾馆里，上上下下大举庆贺，不仅百钢的董事长亲自出席酒宴，百钢歌舞团也倾情表演，他们有专业的歌唱家、专业的舞蹈演员、专业的主持人，宇文馨因为跟了这么久的事终于有结果了，自然是比其他人更兴奋，跟着载歌载舞。

万事俱备，只等盖章。

第二天，宇文馨踩着点去找领导盖章，被秦艺叫住了："我们企业目前经营困难，利润压力比较大。咱们商量一下，发债的收费能不能再减少50万元？即从现在的550万元减到500万元，今后发债成功了，业务上、存款上我们企业可以多支持一下你们银行。好不好？"

宇文馨心里咯噔了一下，半路杀出了程咬金，怎么办？不同意，前面会有一道道难题，好不容易走到今天，胜利在望，就差这一步之遥了，怎么会舍得放弃？同意吧，实在委屈得很，20亿元五年期担保，银行才收550万元担保费（正常贷款20亿元五年就要收5亿多元利息），这个条件已经相当支持企业了，至少目前没有其他任何一家银行可以批出这样的方案。这里凝结了新兴银行上下所有人的智慧和力量。但现在百钢临时变卦，金额从550万元再减到500万元，这不是宇文馨这个层面的人可以决定的。更为尴尬的是，新兴银行滨城分行一把手已经坐镇百钢了，就等着把成果带回去。叫宇文馨如何是好？

这时候的宇文馨急得团团转，立即向一把手说出实情。

一把手说："这是总行的批复，我们银行也是一个大国企，也有审批制度，除非再次开总行贷审会变更条件。可眼下两拨高管齐齐聚集在百钢宾馆了，飞机来回总行也得一天，何况总行贷审会几天才开一次，不是你想开就开的。"

这时的一把手急中生智，拿起电话拨通了总行领导电话，很快得到破例的批示："委员们走传签流程审批"。

一场看似即成又起波折快要流产的20亿元业务，经历了千辛万苦，披荆斩棘，终于尘埃落定了。

20亿元的业务回来之后的事情，超出所有人包括宇文馨本人在内的想象。由于证监会在审批业务的过程中，要求百钢反复补充许多资料，而百钢这边新的生产线建设不能等下去，百钢就用自筹的资金，逐步开始建设这条生产线。等20亿元可转债发行出来，这条新生产线基本上建得差不多了。于是，这20亿元资金，秦艺兑现了承诺，趴在明华支行账上慢慢使用了。

大笔存款回来后，20亿元可转债的收益就做大大的加法了。一年、两年、三年……不管留存了多少存款，都远远超过了发债本身收取的中间业务收入。另外，发债时，正遇股票市场比较好的行情，所有的持债人在不到两年的时间里全部债转股了，银行的担保责任提前解除，五年的收费继续收取。

话说百钢这条全自动冷轧薄板新生产线投产时，正是国家经济发展最关键的一年，基础建设大量投入，百钢的新产品源源不断送往全国各地，飞机场、码头、港口、高铁，各行各业及时用上了这个当时最新最好的钢铁材料。百钢的工人调侃说：这哪是在造钢呀，简直就是印钞。每天新鲜出炉的钢材，就是一张张100元的人民币。这一年，百钢的规模、利润跃上了全国钢铁行业前五名。

由于这个业务，百钢彻底认识宇文馨了，觉得这个南方女人和她的团队不得了，有远见，敢担当，为客户着想，宁愿不对等条件，只要有机会合作，一切都可以探索尝试。

百钢的人开玩笑说：你们南方人，做业务要多来我们这里，你们有的是新思维、新想法，你们南方的春风一吹，我们北方就暖起来了。

百钢的董事长叹道：新兴银行在百城的出现，真的让我们认识了什么叫金融创新，什么叫金融人！

当然，也因为这个业务，惊动了当地几大银行的行长，他们这才意识到，宇文馨有多厉害。如果说，之前降低利率，还只是静悄悄地渗透，这20亿元的可转换债券，一下子就让他们感到害怕了，彻底触动了他们的根本利益——因为在这之前，百城的银企都有根深蒂固的关系，有钱的客户和银行，随随便便都是十几年的合作，客户给点存款，互惠互利。而宇文馨一个年轻的、羽翼未丰的女行长和她的团队，不仅千里迢迢亲自上门服务，还在给百钢发放贷款的时候，把利率下调了10%，这是当时百城所有银行都不能接受的。银行贷款都是客户来求，哪有主动降低利率的？

当地银行再也坐不住了，因为百钢主动提出要还他们的贷款——宇文馨发放了 10 亿元下浮 10% 利率的贷款给了百钢，百钢当然就要提前归还当地银行上浮 10% 利率的贷款。几个银行的行长都跑到百钢，在董事长的办公室里急得眼泪都要掉下来了，说："领导，你可不能还贷款，你一还，我两千名员工，今年的工资和奖金就全泡汤了。"

董事长说话不慌不忙："不还贷也行，你得把我的贷款利率降下来。我们钢铁行业市场波动很大。我们集团几十万人要吃饭。作为一个大国企经营者，要与时俱进，适时调整经营思路，控制成本，力争创造更大的收益。我们虽然位置不同，但责任和使命是一样的。"董事长的话，让几位行长无言以对。

有新兴银行撑腰，董事长说话的语气也硬起来："南方银行送钱上门了，价格比你们便宜，这下调 10% 与你们上浮 10% 的利率相差 20% 啊，我为什么不要南方银行的钱？所以，想继续跟我合作，你们首先要把你们的贷款利率调下来，我才能继续保持跟你们的合作关系，否则这只是第一笔，第二笔、第三笔，我都去滨城贷款，如果你们不改变，今后的形势会更严峻……"

当地银行人赶紧打听：新兴银行？听说还是个女行长？她真是够胆，居然敢下调 10%，把我们的地盘给抢了。我们本来形成了一个平衡，上浮 10%，你百钢心甘情愿跟我合作，因为你没有我，你会死掉，现在你不需要我了！你到滨城新兴银行做业务去了！

大家反馈的结果是，这个女行长是个地地道道的南方女孩，长得白净高挑，虽然说话和声细语，但办事有条不紊，做起业务来更是

"快准狠"！大家不得不承认，这女行长外表看起来很温柔，实际上很有"狼性"，她的"狼性"打败了百城的同行们！

当年银监部门内部简报对这件事是这样介绍的——滨城的新兴银行打进了百钢，从而改变了百城的金融格局，推动了当地的金融改革……

宇文馨倒没把自己看得这么高，她觉得这是职责所在，自己拿着国家工资，就该把手头的事情做好。这是一个银行行长的使命，何况新兴银行是一个集体，不是她一个人的力量。之后百钢是有情有义的，"死心塌地"地跟着宇文馨，一年又一年，先是贷款，后是发债；先是发了一年的短债，后来发了五年的中债，再后来发了七年的中债……

百钢就像是宇文馨亲自"养"的"孩子"，越来越好，越来越争气。百钢辉煌的十年，也是明华支行辉煌的时候，百钢从一个困难重重的钢铁企业发展成为一个健康的巨型钢铁企业，宇文馨则从一个小支行行长，成长为一个总行级的先进的支行行长。

宇文馨想起这些年来，为了每一笔和百钢看起来不可能，最后经过自己百般努力做成的业务，其中所受的苦、曾经的累，百感交集。每一次的坚守，背后都是耐力和阻力的较量。她又想起长大后的百钢，成了他行眼中的摇钱树，自己所经受的担惊受怕、里外抵挡，更是万分感慨。却不料和百钢风风雨雨携手走到现在，要被自家人强行抢走，简直是挖她的心肝。

这一夜，宇文馨又是彻夜未眠。

两难的局面

宇文馨坐在明华支行的办公室里，手机铃声和座机铃声同时响起，都不知道先接哪个好，其实说的都是一件事——百钢集团要出款。

接下来几天，宇文馨心神不宁，总觉得有什么事要发生。她找来新到行的客户经理连云和刘洋，叮嘱了一番，但又怕这俩丫头太嫩，挡不住事。不料百钢集团那边单刀直入："难道我们自己账上的钱不能用吗？"这话一出，顿时没了讨价还价的余地。不及时想办法解决，今后关系就更难处了。

宇文馨约好了下午三点去医院看病，因为腰椎痛得已经不能仅靠贴药膏和护腰带维持下去了。在去医院的路上，她接到百钢财务部小伊的电话，于是赶紧把车停在路边。

"伊科长，你好，有阵子没听到你的声音了。忙不？累不？悠着点，照顾好自己哦。"宇文馨一句接一句地说，生怕小伊一开口，她就接不上话了。

"忙，忙死了……"小伊叹道，可是随后几句话就听不出什么情绪了。宇文馨想多听她讲几句，看看对方是什么状况，毕竟已经有些时间没有跟她沟通了。在百钢集团的业务中，和宇文馨对接更多的人主要是总经理、财务总监。至于小伊，近年几乎都是由助理林树成跟她直接联系的。

业务上的事再不愿说也得说开。昨天企业刚刚调走2亿元资金，今天又寄来支票，小伊说要全部出款，一分不留。面对百钢集团此举，总行和分行不知骂了多少回，作为全行最大的贷款户，基本户上的结算资金基本没有了，每月的利息都要催着才到账上，总得考虑一下银行的感受吧。

"我们知道企业难，今年钢铁行业不景气，钢铁价格一直下滑，销售情况不好，财务成本压力很大，不正是因为企业有困难、有需求，所以才贷款的，是不是？"宇文馨先替小伊把话全说了，然后话锋一转，"可你们也为我们银行想想，眼下同行竞争很激烈，今年宏观形势严峻，人民银行以存贷比来核定各家银行的放贷比例，70%即是吸存款100亿元才能发放贷款70亿元。作为贷款企业，若你们都不给我们一定的合理的结算资金，其他存款单位就更没有理由支持我们了。没有存款，哪来你们的贷款呢？何况银行也要对贷款客户经营的现金流有所了解。所以，合作是双向的。"宇文馨一口气说了许多话。

分行总是拿其他公司跟百钢集团比较，说百钢集团不在当地，没有代发工资，没有高管理财，没有零售存款和其他资源客户的帮助。宇文馨心里很明白，一个企业不可能把所有好处都给你，比如百钢集团的中债，现在一年中间业务收入就有1500万元，这是滨城分行当时任何一个支行都没法比的，既然你拿了这个好处，就不能把另外的好处也占了。

但宇文馨没有与小伊展开讨论。不是无话可说，而是实在感觉不到两人之间的默契，加上她腰痛难忍，而且过往的车辆太多，久停不安全，所以最后宇文馨说："我们下周一再议，好吗？"

针灸让宇文馨的腰痛有所缓解，但她仍是一夜没睡好，分不清是腰痛还是为百钢集团走款而心痛。第二天是周六，宇文馨起床后一边熬中药，一边寻思着要不要飞一趟百钢集团。

| 第 二 章 |

阴影随行

防不胜防

宇文馨脑海里闪过了十年前那个扎着两条小辫子、天真单纯的女收发员的身影,眼前的小伊再也不是那时的小伊了。

事情还是发生了

中秋、国庆连假,因此,节前工作更加集中和繁重。宇文馨从上个月中旬开始就提前进入拜访期,百钢集团反馈回来的声音是友好的,各层面领导也一再表态,合作一如既往。

就在前一天,客户经理刘洋去百钢集团办理承兑汇票的前一夜,宇文馨仍不放心,她让刘洋把可能遇到的情况梳理了一遍。刘洋出门前也已打电话与百钢核实确认了:"帮我们把下个月的1亿元承兑汇票都准备好哦。""放心,都准备好了。"对方的经办人回了话。

可就在宇文馨陪着一位客户去看病的火车上,她却忽然接到刘洋从百钢打来的告急电话:"喂,喂,宇文行长,百钢集团财务经办人突然说没票了,一张都没有,100万元都没有了。"

"下个月呢?"

"下个月也不知道。不应该是这样的,怎么会突然变化得这么快呢?"刘洋在电话那头号啕大哭起来。

这是一个严重的信号,这笔低风险业务,本月拿不到票,就意味着一个月少1亿元存款,下个月没有,就少了2亿元存款,三个月3亿元的存款走光了。宇文馨万万没有想到有这样的结果。

宇文馨的心脏突然紧缩,身体晃了一下,头有些晕。

在二十摄氏度的空调火车上,她突然有种窒息的感觉。宇文馨恨不得立即跳下火车,想要下去喘口气。这么多年小心翼翼维系的关系难道一夜之间崩塌了?

已经晚上九点多了,宇文馨连晚饭都没吃。她不断往百钢那边发信息,给总监秦艺,给财务部部长姚俊才,给小伊。宇文馨非常希望通过沟通能了解情况,解决问题。

到底是怎么了?发生了什么?百钢出问题了吗?她在苦苦思索。

女儿的信息跳进来:"妈妈,你晚上还回来吃饭吗?"宇文馨忘了女儿在陪外婆,说好了晚上一家人在一起的。本来答应女儿给她炒几个拿手菜,这次又得失约了。

宇文馨拨通了小宋助理的电话,和他商量是不是要马上行动,立即赶往百钢集团。眼下只有五天时间就到国庆,宇文馨还有计划中的三个大客户未拜访。

小宋助理一边张罗着出门的事宜,一边说:"宇文行长,为了见一个科长,把全体班子成员搬出来,把百钢集团董事长、总经理、财务部部长、财务总监找齐了,吃一顿饭,说几句话,然后回程?"

确实,路太远了,去一趟不是件容易的事。这些年都怎么过来的？宇文馨来不及多想。

　　一个南方充满活力的商业银行，一个西北相对经济不发达地区的特大型钢铁企业，好不容易建立起来的关系，而且经历了十来年的变迁——外部内部竞争、宏观微观变化、客观主观调整，仍合作如初，一如既往，是何等不易！这是新兴银行的成果，没有人有权利去糟蹋它，毁灭它。

　　又是周六，宇文馨整整一天待在家里整理思路。只要能协调把问题解决，把业务持续下去，付出多大的成本都愿意。为了确保不枉此行，宇文馨不断地与百钢集团方面联系，领导在不在？领导外出何时回？

　　有人说"一把手的胸怀是被委屈撑大的"，不是么？

在百钢遭遇冷板凳

　　宇文馨还是决定去一趟百钢。

　　周日原本是给家人的时间，宇文馨临时决定取消了。

　　机票订好后，宇文馨向盛行长请假。周一分行行办会要布置的交易所模式化项目，涉及60多个企业开户的事，只能委托支行的骨干连云去参加了。

　　连云是被人介绍入行的。对于介绍入行的员工，人们往往容易有偏见，认为他们要不就是关系户，得罪不得；要不就是照顾客户，水平比较低。但连云例外。这些年，支行培养了不少干部，不断被分行提拔、调任，宇文馨手中的实力牌已经不多了。为了培养新员工，宇文馨开始关注这个连云姑娘。一有新业务，宇文馨就抛给她，遇到困难和问题也抛给她。没想到她抛一个连云接一个，而且越接越稳。慢慢地，连云成了宇文馨的得力左右手。

连云长着一张娃娃脸，圆圆的小嘴，圆圆的大眼睛。说话的时候那双眼睛一眨一眨，身体十分安静，特像"芭比娃娃"。宇文馨喜欢连云，不仅仅是她那副可爱的长相，更多的是她的能力。连云大学学的是数学，研究生读的是金融，知识结构非常好，业务功底也很扎实，授信报告写得非常漂亮。每次见客户要喝酒的时候，连云总是帮着宇文馨挡驾，一会儿倒矿泉水，一会儿换苏打水，最后招架不住了，就英勇上前，一杯杯饮下，气壮山河的模样。客户走后，她就瘫下了，其实她根本不会喝酒。在宇文馨怜惜地劝连云的时候，没想到她说："酒量是可以培养的，就像人的胃，能越撑越大。谁又是生来就会喝酒的呢？"

真是一个实诚的姑娘！

飞机晚点。趁着这个时间，宇文馨和小宋助理聊了起来。平日虽和他天天在一起，但总是说些业务上的事，很少聊生活，聊思想。

小宋助理叫宋博文，是中央财经大学的研究生，通过全国公开招聘来的新兴银行。他对经济有独到的看法，分析问题很深刻、有高度，思维活跃，文字功底也不错，搞宏观研究、战略规划等工作很合适，是个人才。一个80后的年轻人，来行里没满三年就被提拔了，组织上破格任用，小宋做到行长助理的位置时才28岁，在同龄人当中算是个幸运儿。

小宋助理平时调侃起来比谁都活跃，话题可以从国家的宏观调控聊到地下室"键盘青年"，闲下来时眼睛都离不开手机。他经常说："别人都说我进步很快，是个很幸运的学生。可我自己不这么认为，我走在一条不正确的道上，还走得不错。"说话时，他很自信。

"行长，我近半年来一直在思考一个问题……"

"什么问题？"

"我在想，我进入银行几年了，好像一直在干一件事。"

"什么事呀？"宇文馨不紧不慢。

"说好听点是营销。说得通俗一点就是求人、送礼。"

"怎么能这样讲？"宇文馨有点意外地看着他。

"难道不是吗？经营货币的前提是吸收存款。为了存款，甚至优质的贷款，每天求人。市场竞争激烈，银行多过米铺。在这个行业里，人人都是高学历的职业精英，八仙过海，各显神通，拉关系，找熟人。他们每天几乎都离不开一个话题——找某某沟通沟通、营销营销。沟通、营销是什么？就是求人。"

"那你说这是好事还是坏事呢？"这些日常工作，从小宋助理口里说出来，有点刺耳。

小宋助理回答说："风险与机会永远同在。说不上哪儿好哪儿坏，凡事辩证地去看。"

"你的意思是……"

宇文馨还没讲完，小宋助理就又接下去了："水清则无鱼，你不觉得吗？眼下银行规章制度多严密，操作规程多具体，大分行小支行，基层仅仅是一个营销部门了。所有的项目、所有的授信均由分行审核批准，支行没有了任何审批权力。为什么有些支行还会一而再，再而三地出现一些不良资产呢？除了不可抗力的因素以外，还有一种解释——支行与个别部门已经是一个利益的共同体，否则不可能操作成功。"

小宋助理这话中话的内容，宇文馨不是不懂，她也不是不知道眼下银行的许多潜规则。庞大而又复杂的金融行业，绝不是几句简单的语言可以说清楚的。当然，宇文馨同时也相信，小宋助理说的情形在一些银行里是存在的，但不具备普遍性。

宇文馨没有接小宋助理的话。俩人于是一直沉默到登机。

飞机快起飞了，百钢还是没有回信。秦艺有没有安排人接机呢？宇文馨这次来，只跟她报告了到达航班，没有惊动其他领导。宇文馨让小宋助理打电话给小伊。

"哦，已经安排接机了。"小伊说。

之后秦艺也回信了："小伊去接你们。"

晚上九点十分，飞机落地。宇文馨没有见到小伊，四处寻找，才看见接机的司机。

十点多，宇文馨在酒店里给秦艺发信息说，到了。秦艺突然说她在北京有事，原计划的今天回程改成了明天回程。

"那我们怎么办？"宇文馨问。

"找小伊，一切都安排好了，放心。"

宇文馨于是给小伊发了信息，没有回信。过了一个小时，宇文馨再发一次信息，仍没有回信。

临近凌晨一点，终于收到小伊的回信："宇文行长，明天谈工作上的事，就到办公室来吧！"

小宋助理看了信息，打抱不平："行长，怎么说也是合作了十多年的企业，他们也不来露个脸。"

"慢慢就习惯了。"宇文馨一边装从容，一边收拾着，尽管她知道，明天也可能一个主事的领导都见不到。

清晨六点多，宇文馨翻来覆去睡不着，干脆起身准备。她想既然来了，就向各位相关领导都问候一下。

给董事长发信息，很快便收到回信：在依维市开会。

给姚俊才打电话，他说在外面。

"没关系，我来百钢了，如果你在，我来汇报一下工作。"宇文馨恭恭敬敬地说话。

"谢谢！"姚俊才上周四接到宇文馨的电话时，他那头也很焦急，"不要紧张，公司经营情况是正常的，两家合作也是稳定的。宇文行长，我先了解一下情况，你放心，我来协调好这个工作。"

上午十点，宇文馨见了百钢集团上市公司财务部副部长耿总。耿总很热情，他给宇文馨倒水、递茶，屋子里马上暖起来了。宇文馨从耿总这里了解到许多情况，公司在建设一条新的1000万吨的生产线，预计投资300亿元。企业自筹了60亿元，仍有240亿元的缺口，准备通过定向增发80亿元，发中债50亿元，其他的通过平台融资来解决。

"公司很缺资金。"耿总表现得很真诚，"钢铁行业今年都不好，但百钢集团还算可以，有矿山有其他资源，半年报表略有盈利。你现在的关键任务是要见到姚俊才，目前公司架构很复杂，开票业务是上市公司的事，操作人员又是财务公司的，一切资金调度集中在集团财务部。'三驾马车'，人员交叉，业务交叉，这就是现状。"

下午两点半，宇文馨去财务部见小伊。秦艺不在，小伊不来见宇文馨，宇文馨得有个姿态。尽管宇文馨知道，这完全是一种形式，不会有任何的效果。

小伊在办公室来回走动，一直有人找她，确实很忙。大约过了四十分钟，小伊送走了客人，有机会沟通了。

"很感谢伊科长一直以来的大力支持，我们许多工作都是在你们的帮助下完成的。"宇文馨很真诚地望着她。

"都是双方的，互相支持。"说话的时候，小伊眼睛没朝宇文馨看，可能还在想事儿。

"是，一直都合作得很好。去年我让林树成分管这个项目，具体工作他做了许多，与你们相处得也很好，所以我也很放心。"

宇文馨问了小伊父亲的情况、小孩的读书情况，气氛轻松点了。老人有哮喘病，每年春天发作。宇文馨说："我帮你在滨城租套房子，很方便。什么时候老人想来了，就告诉我。"

交谈中，小伊不断接电话，银行的、下属公司的、客户付款的，都应答得很从容。

一会儿，进来一个四十出头的女人，在她耳边说了几句话，然后她拿起电话给下属打电话："给我准备点票，小的面额、大的面额都配点，一会儿过来办。"不知怎的，宇文馨脑海里闪过了十年前那个扎着两条小辫子、天真单纯的女收发员的身影，眼前的小伊再也不是那时的小伊了。

四点，宇文馨到达姚俊才的办公室，门开着，有一个人在等他。

宇文馨询问："姚部长在吗？"

"被领导叫去汇报工作了。"

姚俊才果然在，他没有离开百城。他为什么要告诉宇文馨他不在呢？可能是有难处吧，宇文馨这么想着。突然，小伊走了进来，带着两个人，她见到宇文馨很吃惊，吐了下舌头。小伊没想到宇文馨会在这里，刚刚在她的办公室，她跟宇文馨说四点要去开个会。

宇文馨大大方方站起来，说："伊科长，要找姚部长开会吗？"小伊连忙说："不是，不是。"

"我看见开着门，就来了。"宇文馨解释道。

墙上的钟指向了五点四十五分，司机打电话催小宋助理走。"还未跟姚部长汇报上，等一等。"小宋助理说。

坚持！宇文馨这样告诉自己，他一定会回办公室，总不会开着门就回家了吧？

等待姚俊才的时间，让宇文馨有机会细细端详这个宽大而又亮堂的办公室。北方的建筑与南方建筑有很大的不同。或许是早年苏联专家援建的缘故，大楼的风格有明显的俄罗斯建筑的元素：中轴对称，平面规矩，主楼高耸，回廊宽缓伸展，典型的"三殿式"结构。室内早已重新装修，象牙白色彩明快、柔和，看起来清淡而又庄重；入门处还用了大镜面作装饰，让本来就宽大的房间显得有些空旷，给人压不住的感觉。

过去，每次来百城，姚俊才都会热情地邀请宇文馨到他家做客。他太太把家里好吃的五谷杂粮拿出来让宇文馨品尝，茶几上许多北方的坚果，宇文馨都叫不出名字来。热腾腾的粥端上来，配上姚太太亲自腌制的小菜，吃得特别有味。挂墙的暖气片开着，屋子温暖、舒适，宇文馨就有了回家的感觉。

时间过了六点一刻，姚俊才终于出现了。

"不好意思，刚才领导找我，让你们久等了。我最近身体有点状况，面瘫，在治疗，经常不在办公室，怕麻烦你们，就说在外面呢。"姚俊才说得特别坦然。

宇文馨加快语速，汇报了几点情况，表达了总行、分行对百钢集团合作的重视，转达了滨城分行盛行长对他的问候。姚俊才说："放心，咱们的合作不动摇。百钢集团这么大的企业，不会做不成熟的事情，请相信我们。开票业务若这个月有困难，会少一点，下个月就会调剂回来给你们。这么远的路，你身体又不好，何必亲自跑一趟，打个电话就行。只要能做得到的，我都会尽力支持你们的。"

听了这番话，宇文馨顿时觉得心里的石头落地了。

"宇文行长，咱们已经是老朋友了，你千里迢迢来，我本应该请你到家里吃顿饭，老朋友叙叙旧。但我这一病呀，每天又是中药又是针灸，时间很碎。晚饭就陪不了你们了，很抱歉。"

"不用，不用，能见上面就很好。"不知怎的，姚俊才的话让宇文馨鼻子有点酸，她退着出门，不断地道谢，"谢谢，谢谢。"

想起下午在小伊那里得到的回答，看来没有一句真话。

"宇文行长，这要是在滨城，给一个企业放了18亿元的贷款，别人恨不得叫你爷了。你这么多年都怎么过来的？若不是我跟着你来，目睹了这一切，真不敢相信眼下的银行这么难做。"小宋助理愤愤不平，"人家都称你为'银行业"黄埔军校"的基层校长'，他们不知道你是用多少教科书级别的汗水和泪水成就的。对了,宇文行长,到底因为什么,你得了这么牛的称呼?"

"钢铁就是这样炼成的。"宇文馨对小宋助理轻描淡写地说。她当然不能在自己的下属面前说他们很难想象的事情,可是她永远不会忘记那惊心动魄的"钱荒"之日。

"钱荒"之日

那是发生在几年前的一件事了。平时,银行每到月末、季末、年中和年底这些时点,资金都会比较紧张。那年的5月下旬,由银行间市场资金紧张引起的金融市场震荡使投资者人心惶惶:银行间市场利率飙升,到处借不到钱,股票、债券市场暴跌,"一夜回到解放前"。

以前银行间市场也曾因为供给需求等方面的原因出现紧张局面,但央行一定会在危难时刻帮银行一把,采取各种措施增强市场流动性。但这一次,迟迟未见央行出手,央行的态度毫无疑问加剧了市场恐慌的情绪。

在各家银行都陷入"抢钱大战"时,新兴银行又卷入向关系人发放信用贷款的事件中。所谓的"钱荒"演变成了"心慌",最后在一场由私募债违约引发的"案中案"中,新兴银行再被曝出被罚数亿元,此事终于引爆了新兴银行一场史无前例的危机。

一层接一层的压力扑面而来,形势还在朝不利于新兴银行的方向发展，似乎还有更深的舆论地雷等待触碰……

新兴银行有关负责人在重压之下宣布辞职。数次大额的罚款，对于新兴银行来说，差不多相当于上一年一半的利润。

新兴银行不好的事碰巧都凑到一起，真是个多事之秋。

宇文馨作为新兴银行人，感慨万分。没人想自己的家不好，自己的事业系在新兴银行这棵大树上，不求能年年硕果喜人，但求能遮风挡雨，燕雀成群。"新兴银行"四个字一次又一次被推到财经报纸的头条，让人不禁感到一丝痛惜。

在舆论轰炸下，宇文馨的客户们也动摇了对新兴银行的信心，宇文馨甚至需要把一部分精力分配到给客户维稳的工作上，以至于要做比往常更多的事情。也罢，只要能够让客户明白，他们在新兴银行的存款不会受到新兴银行连番雷区事件的影响，能让他们继续信任和支持新兴银行，宇文馨也就心满意足了。

到了当年的 6 月 29 日，也是这一年上半年最后一天的工作日。多日的担惊受怕、诚惶诚恐将要见分晓，"生死"就在这一天。

其实战斗已经在半个月前就打响，银行"钱荒"事件仍阴云未散，加之央行加强了对各家商业银行的管理力度，各家银行使足全力去做 6 月末的存款指标。

在此一周前，宇文馨已经陆续接到了各种电话："月底要存款吗？"

"要。"做银行的，哪会不要存款。

宇文馨知道，或许这种方式沟通都是在询价，一批"游资"专门做银行月末的存款"专业户"，他们老谋深算，对各家银行的情况非常清楚，在市场上比来比去，就是看哪家出的价钱最高。之前已经有员工跟宇文馨说了，存款市场行情现在月末每天是千分之六的利息，有些给到千分之六点八，有的银行最后一天公开出价到了百分之一。

这是什么概念？即100万元放银行1天就是1万元，1000万元就是10万元，1亿元就是100万元。天啦，这是一个什么数字？宇文馨听了都发憷。如果说分行给宇文馨支行的月末新增任务是8000万元，为了完成这个任务，宇文馨在市场上"买"存款，这8000万元1天就是80万元。谁给宇文馨这个经费？分行不会，支行也没有，宇文馨个人更拿不出来。

市场疯了！为完成上级的任务，有些银行不惜一切代价。

宇文馨不敢迈出这一步，尽管完成任务的心情十分迫切，她也不敢做。因为她知道，只要开了头，今后每个月末、每个季度末都会依赖于这种过路的存款，虽然暂时完成了任务，但后患无穷。巨大的经费没有来源，员工也渐渐地没有了自力更生和发奋的愿望，久而久之，自身的"造血功能"就没有了。更严重的是，这是违反央行有关规定的恶性竞争，一旦被逮住，将有严厉的处罚措施，并可能列入从业资格的禁入名单。

坚持多年，可千万别到这个时候经不住考验，上了黑名单。

27日晚上，半夜了，林树成给宇文馨发了一条信息："宇文行长，Z行今天发布了一条理财预告：明天限量发行，挂钩同业存款理财，产品收益率可达到11%。我们的压力非常大。"

是的，这个产品收益太高了，太诱惑人了，没有客户不动心的，比起新兴银行的理财产品，高出了几个点，依照资金逐利的原则，傻瓜才不去买呢。

可怎么办？竞争就是如此激烈。宇文馨辛辛苦苦地一点一点地积累，每天盘算着家底，进了多少，又出了多少，轧差之后可能是多少，离分行最后目标还有多少距离，惶惶不可终日。好不容易积累到了一定的数量，增了6000多万元，说不准第二天客户一个电话，几千万就转走了，拦也拦不住，忙活了大半个月的战役就前功尽弃了！

宇文馨给林树成回复："挺住！过路的高价资金坚决不要，再难也要完成任务。"

林树成说："好。"

林树成这一点，有点像宇文馨。跟踪客户，不厌其烦。身边有一个像她一样在乎客户的人，宇文馨觉得身上这担子一下子轻了许多。有人帮她一起扛，而且是一群人帮她扛，精诚团结，她就不再孤单和畏惧。

大战最后一天了，竞争到了白热化的地步。分行甚至发出了战斗到最后的《告员工书》，文字激昂，让人热血沸腾。

亲爱的员工们：

面对今年的6月30日，在分行党委的全面部署下，全行上下做好了充足的准备，为力争保持"储蓄300亿元"这个光荣使命发起全面冲刺！

我们的脚下，是储蓄保持300亿元的光荣战场，我们面对的，是被誉为"史上竞争最激烈"的市场环境，在这场没有硝烟的战斗中，我们没有退路，我们每一位同仁都要坚定地站出来，全力以赴，积极揽储……各经营机构务必做到"关注每一个客户,盯紧每一笔资金"。分行安排专人前往各网点,配合网点开展稳储工作,各经营机构必须确保周末全天专人值守,紧盯客户资金流动,如有任何大额资金变动,需第一时间向分行相关人员报备。

员工们,战斗已经进入最后、最激烈的阶段,加油吧!

最后,请允许我们用艾森豪威尔将军在1944年的一段演讲作为这封信的结束:

"你们马上就要踏上征程去进行一场伟大的'圣战'。为此,我们已精心准备了数月……你们的敌人训练有素,装备精良,久经沙场……我对你们的勇敢、责任心和作战技巧充满了信心,我们迎接的只会是彻底的胜利。祝你们好运,并让我们祈求万能的上帝祝福这伟大而崇高的事业获得成功!"

30日一早,一位客户突然给宇文馨打电话,她是某省商会的会长,接到了其他银行的邀约电话,人家跟她说:"新兴银行不行了,要倒闭了,赶紧把存款转到我们这里来吧……"

宇文馨浑身冒汗,不安好心的人仍在炒作,继续扩大负面消息!

怎么办?尽管宇文馨知道新兴银行不是不行了,更不会倒闭,但客户的收益在她这里实实在在地减少了。正是因为太熟了,所以不能光为自己月末的存款任务而不顾客户的收益去考虑,否则这还叫朋友吗?客户这个时候说什么她都要听从了,一句挽留的话都不能说。

"宇文行长,理财收益很重要,的确现在有许多银行做我的工作,让我把钱转到他们那里去,你一定也会理解的,是不是呢?"

"是。"宇文馨心里就是这样想的,既是客户更是朋友,因为了解,了解到对方未说,都知道还要说什么。

"我的财务人员都把支票开好了,拿到我这里来,我的确也觉得有道理……"

宇文馨等待宣判,紧张得嘴唇都在抖。

"喂,宇文行长,你在听吗?"商会会长在那边说话,宇文馨愣了一下,忘记了接她的话。

"哦,听着,听着呢。理解,理解的。若是我,我也会这样考虑。放心吧,您支持我宇文馨也不是一次两次了,这次您支持别人,下次您一定还会支持我,何况您一直在支持我呢。"

"宇文行长,我今天打这个电话给你的意思,你可能还没听明白。"

宇文馨听明白了,这么明白的话,还有什么不明白的呢?"您放心,我会支持您的,同意您转款,不用担心。"

"你还是没有听明白,行长。我打这个电话的意思是,你不用担心。钱固然重要,企业收益也是经营者需要考虑的。但有时候,有些东西比钱更重要。我答应过你,月末支持你的工作,而且已经存进来了,我就不再走了。再诱惑的条件,我这次都不动了。我就是怕你睡不着觉,怕你焦虑,怕你身体不好,老担心。所以,我专门打这个电话给你。免得你老猜我会不会瞒着你,把这笔钱通过网银偷偷转走了。不会的,不会的。"

放下电话,宇文馨热泪盈眶,久久愣在那里,半天都反应不过来。太意外了,她心里沉甸甸的,不是压抑的那种,而是被浓浓的情谊包围着。滨城这地方总被人认为充满铜臭味，但真情仍在。人间仍有许多比钱更重要的东西存在。

尽管员工的一些客户原本准备留下的储蓄存款还是转走了，但这位客户的3000多万元，确确实实给了宇文馨很大的安慰。

直到30日的晚上，林树成终于给宇文馨发来了喜讯：支行超额完成了分行下达的月末储蓄存款任务，在分行排第9名。这次活动全分行39家支行只有10家完成任务。

接这个电话的时候，宇文馨正在阳台洗地板，顺势一屁股就坐在地上，长长地呼出一口气。多日来，压在心头上的一块石头，落地了。

"钱荒"风波过去之后，惊魂未定的宇文馨这才知道，打电话来的商会会长，是代表商会几百个会员来探听新兴银行虚实的，如果当时宇文馨表现得怯懦、哀求，或是叫苦连天，她一定会一声令下，让自己商会里的新兴银行的存款会员，统统把钱挪到其他银行去，接着许多客户就会跟风，银行很有可能会出现挤兑。

但是，宇文馨不仅表现淡定，还毫不犹豫地替她着想，她便放心了。

商场之上，瞬息万变，宇文馨根本没想到，自己只是己所不欲勿施于人而已，竟然无形中救新兴银行于水火之中。

也是从这以后，一个"银行业'黄埔军校'的基层校长"的称呼悄然出现，如影随形，成了宇文馨的代号了，是因为她会培养人，输送了很多人才？还是因为百钢那笔20亿元可转换债券的业务？还是指的这次"钱荒"危机中她能化风险于无形？她不得而知，也可能是兼而有之。

疑虑顿生

话说回宇文馨在百钢遭遇了冷待，从姚俊才办公室出来，她与小宋助理吃了个盒饭，就计划去小伊家里。小宋助理开始打电话："喂，伊科长，我和宇文行长到你家楼下了，我们上去坐一坐，看看你和老人家。好吗？"

"我不在家，我要有空就请你们吃饭了。我爸爸去旅游了……"对方直接把电话挂断了，小宋助理气得直跺脚。

宇文馨一点都不意外。

她给小伊发信息："伊科长，十分感谢你百忙之中抽时间接待我们。银行和企业这么多年都一起走过来了，希望我们能保持良好的持久的合作关系，共同发展，谢谢伊总了。"宇文馨都把她叫到"总"的级别了。

在百钢期间不断有电话打进来，分行周一行办会宇文馨没能参加，恰恰会上有两件事与她们有关。一是财政存款工作不错，受盛行长表扬了。二是交易所下月15日要正式成立，他们要做模式化业务，有60多个交易所的会员要注册开户，原本分配明华支行5个授信客户，结算量与营业部各分配50%，但会上宣布将明华支行的授信客户从5个减至1个。没有人告诉宇文馨是什么原因。

宇文馨本来应立即行动，但百钢集团业务突发，不得不来，同一时间发生多个事件，只能顾及最急最重要的。安排行里其他同志去开会，效果就会打折。宇文馨实在是分身乏术了。

宇文馨到百城的第三天上午，秦艺回来了。秦艺说她临时替领导到北京领奖去了，一个劲儿道歉，接着，安排了晚宴招待宇文馨他们。

饭桌上，宇文馨有点心不在焉。除了客气敬酒、说话，她的心思全在业务上。晚宴终于结束了，宇文馨拖住秦艺的手："领导们都得表个态，看看明天怎么办？"

"尽力，尽力。总有一部分票据业务可以给你们拿回去，不可能一点儿都没有。我明天一早回公司看看，尽量想办法。"秦艺说，"集团的增发资金可能也快了，总是能想出办法的，放心吧。"

饭后回到住处，宇文馨睡不着，躺着翻来覆去，有心事加上胆囊痛，她几乎一夜未睡。

上午快十点，秦艺发来信息："这么多年了，我们互相都很了解，我一直尽一切能力帮助身边能帮助的人，我是讲感情的。"这种来信是一种铺垫，最坏的消息即将到了，宇文馨的心脏开始收缩。

果然，十点零五分，秦艺又打来电话："宇文行长，你别急，你听我说，是这样的，我一大早亲自督办，一个一个打电话。现在我们财务只有4亿元的票，要付出去10亿多元，缺口很大，大家都涌到这里来要钱。集团的票都不够支付……"秦艺都有些哽咽了。

宇文馨无法听完她下面说的话，感觉大脑在那一刻停摆了。

小宋助理住在隔壁，也许还在睡觉。年轻人多幸福，二把手多幸福。宇文馨的眼泪不断地往外流，忍不住地流。十多年来，经历了多少风雨和曲折，好不容易坚持到今天。可眼下的百钢怎么了？

临别时，百钢的耿总打来电话："我了解了一下情况，问题出在你那边，有人把不正确的信息传递到了这里，经办人又传递给了有关领导。你们回去后，一定让分行协调一下，让林树成助理打电话给小伊解释一下。"

宇文馨的猜测竟然是对的,她隐隐约约怀疑是自己原来的助理林树成在背后搞的小动作。最近分行提拔林树成,让他去主持S支行的工作,恰恰在这个时候百钢出了问题,也太巧合了。

整理了一下情绪,宇文馨拿起手机给姚俊才发了一条长信息:"尊敬的姚部长:这次来,我感到企业的态度有一些变化,可能对我们有一些误会。我不知道有什么不正确的声音传递到这里。我们目前18亿元的贷款来之不易,年初各家银行额度那么紧张,我们在分行、总行做了大量的工作,才获批新增贷款,而且全部转为三年期,对企业资金补充、结构调整应该是起到积极作用的。下个月马上有到期的贷款,要做好续做准备。目前开票业务断了,我行续贷压力很大。合作是双方的。我们还要加强沟通、紧密合作,让企业走过今年和明年最困难的时期。我们银行永远做你们坚强的后盾。另外,回到滨城,我会立即帮你联系治疗面瘫的专家医生,有消息马上向你汇报。"

在北京T3航站楼,小宋助理说了一些话,让宇文馨一直在深思:"宇文行长,你这些年在管理上是不是含蓄了些?不能让你的员工走得太远,当事态发展到很严重的程度,就难以收拾了。"小宋助理接着说,"该做的沟通都做了,若企业仍不明白这道理,下月到期的贷款分行一定收回,这就是筹码。若接下来没有新的替补方案,企业长期无结算资金,总行很有可能就把18亿元同时收回了。我们两个人泡在这里,还得求这个求那个,若是有这力气,干吗不待在滨城开发几个好的客户呢?"

难道小宋助理也看出了林树成有问题?宇文馨不禁开始反思自己一直以来对待林树成的方式。

宇文馨想起盛行长说过:"你手下的人长成什么样子,与你的管理有关系。经营和管理中,如何授权,如何建立规则,又如何监督,是一个大学问。管严了,自己累,下面也放不开手脚。管松了,往往会失控,下面可以胡作非为。这个'度'掌控不好,就会出问题。"

宇文馨在认真地琢磨盛行长这段话。

问题还是没解决

从百钢集团回来,宇文馨一大早就想给秦艺打个电话。小宋助理说试探了情况,很不乐观。到了办公室,宇文馨打通了电话,直奔主题:"我知道你们公司经营面临压力,受到了新项目开工和销售回款滞后的双重影响。你们眼下有大量要付的款,但手头资金不足了。可是秦总,我昨天被分行叫去谈话了,票据业务突然中断,结算量突然下滑,总行也极度关注,要求我们压缩百钢的贷款规模。你们企业不容易,我们银行也不容易。这些年,经历了无数的风雨,金融风暴、经济危机,但我们的合作从未停止,从未减少过业务量。你说上个月没有票据,这个月也没有票据,总得有个替补方案才能持续合作下去吧?要不你们定向增发的资金到了,及时支持我们,行不行?"

"尽力吧。"秦艺说。

长达一个小时的电话,基本没有结果。

公司业务部总经理艾梅要求给百钢集团去一份"关于加强银企合作、共同发展的函",这就是对目前百钢的情况不满意了。宇文馨没有反对的理由，尽管她知道，秦艺他们收到后不一定会配合，但工作还得做。近期百钢集团有一笔贷款到期，收回后还放不放？这不是宇文馨能决定的。总行要在香港发行 H 股，资本充足率不够，贷款规模在压缩，新发放的贷款大企业最少要上浮 5% 利率，百钢集团不同意。

下午分行通知开行务会，会场上气氛很严肃，原来是总行的巡视团要召开座谈会。艾梅给宇文馨发信息："会后你来我这儿一下。"她就坐在宇文馨对面，这时领导都未到场，宇文馨直接向艾梅走过去。

"给百钢集团的公函，苏副行长批评了我，说没请示他。"艾梅说。

"不是分行走完审批流程才盖的公章吗？"宇文馨也觉得奇怪，这些手续应该是分行部门来办的呀？可宇文馨嘴上却说，"我来担当，艾总，未请示苏副行长是我的疏忽，责任归我，我会找苏副行长解释的，让他批评我好了。"

宇文馨得向苏副行长当面作一次汇报。总行巡视团开完大会开小会，分行班子成员还在会议室未出来，宇文馨坐在门口等了一个多小时，只好发信息："苏行长，艾总刚才找我，我才知事情未做好。因百钢集团业务有变化，支行这边很着急，都是我的责任，你批评我吧。现在百钢集团资金确实很紧张，也有我行人为因素，有人向百钢集团传递了一些负面的信息。"

晚上十点，苏副行长回信："没事，我是批评艾梅办事流程不对，和你没关系，你不用多想！"

宇文馨还得找百钢集团，找秦艺。从九月到现在，他们已经有三个月没有拿到票据做业务了，而且说什么时候都没有票据业务了，这是不可能的。宇文馨还得锲而不舍地去催，哪怕是三五千万元，哪怕是月末一天，也要去争取。宇文馨算了一下，如果光顺公司的4000万美元及财政存款能顺利落实，5亿多元的月底存款冲刺任务就能完成。

工作暂歇，宇文馨又忍不住想到林树成，林树成已经去S支行上任两个月了。那天，宇文馨正在奥来电子公司做贷前调查，远在澳洲探亲的客户戴总来电，他不小心把网银密码锁了，付款未成功，希望宇文馨跟柜台协调解释一下。

最后戴总问宇文馨："行里的林树成助理和很多人都调走了是怎么回事？"宇文馨很诧异，这几个人调动的消息怎么传到南半球去了？宇文馨突然想明白了其中的种种关联。近期调走的刘洋是这次去百钢集团上门取票的当事人，整件事的全过程她都清楚，包括其中一些人为制造的干扰，突然中断票据业务的事对她影响不小。如果刘洋继续留在支行，因为百钢业务下滑影响个人业绩，难免会为了自保而和盘托出事情的真相。林树成力推刘洋到分行工作，一来让刘洋感恩于他，二来能封住刘洋的口，还能造成一个假象——林树成走了就有人跟着走，给人一种支行内部不和谐的印象。

太可怕了，这个在宇文馨身边这么多年的副手竟有此"过人才能"，为了争夺明华支行的老客户，提升自己的新岗位业绩，林树成暗中用尽了手段。而百钢集团作为明华支行最大的一块"蛋糕"，为了得到它，林树成更是过河拆桥，无所不用其极！

可就是这个在外面做手脚阻挠明华支行业务的人，竟然寻找各式各样的理由要求宇文馨给他报销经费。宇文馨说："你营销客户的清单，支行全部给你报销了。"

"可是我觉得我在这里这么多年了，做了许多工作，应该……"

宇文馨说:"树成呀,凭你在行里这么多年的努力和付出,怎么安排奖励都是有道理的,远远不是这一点点的钱可以体现的,你这样说就把自己的位置放低了。"

分行已经明确给过宇文馨指示,调走的人已经不再管理原支行的客户了,也不再承担维护工作,不能回来继续报销经费。林树成拿着这些资源,是去做自己的关系,反过来破坏明华支行的业务。可宇文馨决定给他留点面子,别彻底捅破了。

出现恶性事件

春节后上班没几天,分行频频指示宇文馨抓紧把百钢集团贷款"卖掉",也就是转让给信托公司,电话一个接着一个,公司业务部艾梅最后急到都不找宇文馨了,直接督促小宋助理操作。首批"卖掉"6亿元。

宇文馨决定认真思考后再做下一步打算。首先,百钢集团是很不可靠了,自从几个月前停止开票业务以来,企业诚意很不够。说存款支持,9月说10月,10月说11月,一会儿说增发快完成了,可能在12月资金到位,1月又说要进入交割期审核,春节后又说这笔资金未启动时用途就全部安排了。

"新建项目全部投入都不够用呢,哪还有资金留给银行当存款?"小伊不客气地向宇文馨解释。

再说这资产一卖,还算不算支行的利润?卖掉后支行收益不受影响,责任解除。若没有文字,就像去年、前年发生过的一些事情,分行说过的话，没有人认账。领导一换，新的领导推得干干净净，找谁去？

还有，分行要卖掉资产，说明要腾出规模来，是不是额度用完了？一定是总行上面吃紧了，这是宇文馨的第一反应。

银行要转让信贷资产，主要是受限于资本约束力。银行根据经营需要，转让资产，目的是谋求、改善资产流动性，提高资本充足率，化解不良贷款，增加盈利渠道。

因为生病，宇文馨上周没参加分行行务会，现在不得不出现了。这段时间，行里有什么新动向、新政策，支行在前方"打仗"，每天都需要知道"司令部"的作战方案。

会上财务部在测算一季度全行净收入，预测全行一季度考核的得分情况。说到明华支行今年一季度有百钢集团中间业务收入600万元入账，宇文馨说不止呢，如果一季度收齐就有900万元，现在600万元已经划到总行账上了，这两天就会划到分行账上。另外，还有300万……

话一出口宇文馨就后悔了，她应该再与小宋助理确认一次才发言。万一分行把这笔收入纳入一季度全行测算，而事情并不顺利的话，岂不是把分行做被动了吗？宇文馨立刻给百钢集团上市公司耿总打电话。他说："没问题。"

宇文馨说："耿总，可不能掉以轻心。我们发的债还有300万元的中间业务收入未付给我们银行，我们说好了的，今年一季度一定付过来。秦总也说，已经交代下面人办了，但总行说没收到。"宇文馨感觉到信息有出入。去年9月在百钢遭遇冷板凳后，影响还一直没有消除。

"我来催一下，没问题。"耿总再次肯定地回答宇文馨。

会后，财务部的领导硬要拉宇文馨到饭堂吃饭，说一季度的中间业务收入给分行做了贡献，要感谢她。电梯里遇到了林树成。他们彼此都惯性脱口而出问候了对方，接着却相对无语。已经不在一条道上，大家心照不宣。

宇文馨知道有问题。总行正式向百钢发出了催收函，百钢应该付的发债的中间业务收入一直未付，已构成违约。总行很不客气："现在的百钢集团还是不是过去的百钢集团啊？"既然领导指示了，秦总、耿总直接下达了通知"没问题"，那是谁有问题呢？

是小伊吗？她背后是否有人授意？

中午快下班的时候，小宋助理拿着两张纸来找宇文馨："连云看了都哭了，宇文行长，该怎么办？"

宇文馨一看是《授信客户满意度调查问卷》，这是每个季度都必须做的规定动作，总行每阶段都要进行一次问卷调查，从多少年前就开始，年年如此，雷打不动。百钢集团是总行级的战略客户，也是合作十多年的优质客户，银企彼此都很默契，从没在这件事上出过问题。

"有什么问题吗？"

"你再仔细看看。"小宋助理说。

宇文馨再仔细地看，果然有问题，而且问题很大。企业在调查问卷表许多指标栏里，全部打上了"不同意""有点不同意""中立"，是最坏的3挡。"提供金融服务""客户经理了解企业需求""批准信贷额度满足企业需要""收费合理""敬业精神"等33项内容，无一项"比较满意"，更谈不上"满意"。

"这是不是百钢集团下面的人跟你们闹着玩儿的呀？"宇文馨的

第一反应。

"宇文行长,你再看看,那上面盖的是百钢集团财务部公章呀,是百钢集团给总行寄回来的一份总对总的很严肃的文件。"

这是一起恶性事件,极端恶性的事件。宇文馨终于明白了连云哭的原因。连云目前是百钢集团的主办客户经理。自从去年停了开票业务以来,她一如既往地对百钢集团进行服务,每月兑付到期票据,贷后尽职调查、结息、扣息、月底对账。常常百钢集团一个电话、一张票据的托收,她就会放下手中其他的工作全力地配合。就连母亲做重大手术的时候都没有告假回去守候。承担着18亿元贷款的客户经理的责任,账上却没有任何结算资金,被分行通报达不到管理要求,甚至还面临着降级培训的压力,该是多么委屈!眼下,还收到连服务态度都不满意的问卷表,这件事无论如何说不过去了。

如果把这个问卷原本寄回给总行,总行收到了这份问卷会做出什么样的反应呢?制造事端的人有没有想过它的后果?发出这样回复的问卷,姚俊才、秦艺知不知道?是小伊一个人的行为,还是代表了百钢集团的态度?

小宋助理向宇文馨提议,可以把事情做大,也可以把事情做小。做大就要大到让全分行人都知道,百钢集团下面的人为什么这样一而再,再而三地刁难我们,让总行、分行从源头上治理这件事情。动作大了可能就有人要为这件事"买单"。

宇文馨还是选择了用最小的动作协调这件事。

"你已经被人折磨得遍体鳞伤,还去考虑怎么才能不让对方受伤害!"小宋助理满腹牢骚,恨恨地说。

宇文馨把电话直接打到秦艺那里去了，要让她知道事件的严重性。

"你能不能把问卷再发一次，我马上亲自办理。"秦艺没有多做解释，她一定有说不出的难处。

"客户调查问卷"的事情刚平息下来，小宋助理又来报告：总行给百钢集团财务部的"关于支付债券业务收费函"，小伊答复没有收到。言下之意，没有收到函，小伊就有理由不支付这笔费用给新兴银行。而眼下离一季度末只剩一个工作日了。收不到这笔费用，就意味着全分行中间业务收入预测有一个大缺口。

大家都知道这是小伊在玩太极，可拿她没办法。

宇文馨给秦艺发去电邮，秦艺回道："你们明天叫总行再发一次函给小伊吧。好吗？"宇文馨顿感秦艺对局面已失去控制。让总行再发一次函是很严肃的事。

宇文馨反复在想，小伊怎么会走到这一步呢，背后的推手难道还是林树成？她还要"作"到什么时候？然而，小伊就像突然消失了一样，不接电话，不回信息。宇文馨知道，她一直在，甚至左右着整盘棋。

到了当晚九点，小宋助理告诉宇文馨，总行今天又发了一次催收函。宇文馨无数次与小伊联系，小伊仍不予回复。第二天一早，宇文馨给秦艺打电话，说总行又发了函，小伊仍然不回复，如果再不办，事情就大了，最后还得她俩兜底。

"我已安排别人办。"秦艺一句话都没有多说，回答得很干脆。

宇文馨以为可以结束了。可没有想到，一直到下午三点，总行账上仍没收到这笔款。最后，经过总行、分行、支行轮番"轰炸"，快到下班的时候，300万元中间业务收入终于入账了。

| 第三章 |

反复无常
风雨欲来

不知道该如何向企业解释，宇文馨突然觉得自己像是一个撒谎的孩子。其实她没有做错任何事情，但就是浑身上下说不清楚。

百钢又招手

宇文馨又一次来到百钢。这次是为双方加大合作力度而来。

接总行通知，年初已经转让的6亿元的贷款，信托要求提前终止，支行想在企业归还6亿元的同时，再发放一笔6亿元三年期的贷款，也就是说，目前12亿元的贷款余额又增加到18亿元了。在百钢最困难的时候再助力，宇文馨自然是希望的。

尽管长达10个月时间，百钢集团账户上的资金已经近乎零，但支行顶着各方的压力，仍一如既往地支持着企业。10亿多元的贷款，每月的付息、扣息、对账单的来回、月报、贷后检查，连云他们从未闲过。

大家似乎已经忘记了那些不愉快。那不过是某个人的私心作祟，不能左右银企合作的大局。

夜里十一点多，飞机刚降落在百城机场，百钢接机的人马上就满面笑容地迎了上来，宇文馨又有种回家了的感觉。

百钢集团与一年前不一样了。投资近300亿元的新生产线，下个月就能陆续投产了。80亿元的公司债已经走在有关部门的审批路上。去年百钢集团是钢铁行业中盈利排在前三的企业，而且新上的生产线加并购会使百钢集团的产能达到3000多万吨。再过一年，百钢集团将更让人刮目相看了。

新上任的集团副总经理姚俊才坐在新落成的办公室里，容光焕发，面瘫完全好了。他也不再是一年前那个姚部长了。

小伊殷勤地给大家端茶倒水，和往日的冷淡判若两人。

姚俊才说："我们百钢集团近年来的确遇到了前所未有的困难，资金非常紧张。原来与新兴银行的合作方式未能续下来的确是事实，希望多多谅解。我们阶段性的困难会过去，新的生产线投产后，各方面都会向好的方向发展。"

"所以我们一直对百钢集团有信心，合作是坚定的。"感觉到姚俊才的友好和真诚，宇文馨便多了几分从容和自信。

"我知道你们银行内部也有要求，让你们回去能有个交代，合作是互利互惠的，具体的方案你们可以提出来一起商量。"

虽然秦艺一再提醒她不要提关于存款的事，但宇文馨还是小心翼翼地跟姚俊才说出了顾虑："支行每发放一笔贷款，总行都要收取支行的风险占用费。因为资金是有成本的，这是银行内部经营核算的方式。本来不应该向你汇报这些的，但就是想让你了解，银行发放贷款时，如果利率低于指导利率，这就是一笔亏损生意，我们的压力会很大。"

这次明明是带着分行的要求而来,要把长达快一年的无结算的局面,用适当的方式改善和恢复回来。秦艺却让她绝口不能提存款的事:"等我到时亲自给你开口提出来,不是更漂亮吗?"

怎么就不能说出来?不是不相信秦艺,之前发生了许多事,宇文馨对未来不敢寄予厚望。

宇文馨与秦艺约好的日程没有改变,但落地百城后的情况却有了很多变化。秦艺因为当天要进行工作述职,一天都在会上,一点见面的时间都没有。但宇文馨仍感觉到这次的待遇与前一次大不相同,办公室主任一直热情地前后张罗。

下午六点过后,小伊给宇文馨发来了一条信息:"宇文行长,晚上有活动没法陪你们了,见谅!秦总安排了另外两个同事晚上陪你们吃饭,你们在酒店等着即可。"

差不多一年的僵局,因为这条看似礼节性的短信,竟让宇文馨莫名轻松了些。

从不吃火锅的宇文馨随同连云和百钢的两个年轻人一起,在小肥羊大涮了一顿,然后穿过维丁尔广场,在凉风下漫步回到了酒店。

此行是专程奔着秦艺的时间来的。白天被安排去汇报工作的秦艺,晚上又被客户拉去郊区开银企座谈会去了。宇文馨一直见不到秦艺的身影,秦艺有点歉意,给宇文馨一行人安排第二天去考察百钢的露天矿,这个地点靠近春铜山。驱车两个多小时,到达目的地。走下车映入眼帘的是一望无际的大草原,令已久没见草原的宇文馨感到新鲜和兴奋。

春铜山海拔 2500 米，是百城市制高点，也是百城唯一一块高原草甸草场，听说这里生长着黄芩、黄芪、秦艽、柴胡等几十种野生药材，自然草种达三百多种。原始桦林郁郁葱葱，还有个神奇景点——石洞沟，相传此沟内有一个深不见底的石洞，洞口冷风飕飕，洞内流水潺潺。早晨登高远望，似有一条白龙在云山雾海中腾飞，那就是传说中的白龙马，它给人们留下优美的传说和无限的遐想。

正值正午，猛烈的阳光洒落在高高低低的山坡上，也把连云的脸照得很明媚。宇文馨给连云拍照，远拍、近拍、蹲着拍、趴着拍，让这位第一次到草原的姑娘满足个够。

连云是百钢业务的第四任客户经理，每个月来百钢办业务，常常是深夜十二点到达百城，第二天赶早上八点的飞机到北京才能当天返回滨城。一年里，几乎没有见过百城的白天，她的敬业精神让宇文馨感动。

春铜山此时漫山遍野的山花，开得绚丽多彩。附近的牧民和城里的大人小孩，踏着长到膝盖高的草，越过大片的草丛向着山沟峡谷行走。

春铜山的地貌非常奇特，每条山梁都分阴阳两面。向阳的山梁上怪石嶙峋，悬崖陡峭；阴坡上土壤肥沃，草木葱茏。春铜山沟谷中，远远可见一丛丛、一片片郁郁葱葱的原始白桦林、榆树林、野杨树林。耳旁是叮叮咚咚的山泉声和悠扬婉转的鸟鸣声，脚边野草丛生，繁花似锦，偶尔会有矫健的野兔、美丽的金花鼠跃起。成千上万的彩蝶翩翩起舞。还有油瓶瓶、面果果、酸麻麻、酸葡萄等各种各样的野果随手可摘。8 月是草原最好的季节。

蒙古族人性格热情开朗，与生长在这辽阔的一望无际的大草原密切相关。这块沃土也同样养育着百钢集团和百钢人。午饭安排在矿上的招待所，财务科科长把露天矿的情况介绍完之后，便把当地各式各样最好吃的菜摆上桌子。乡下的羊肉比城里的好吃，大家吃得很撑，宇文馨笑着说："我把一年的羊肉指标都吃完了，回去再不碰羊肉了。"

最终宇文馨还是如约见到了秦艺，也只谈了一个多小时，秦艺就赶去依维市开会了。秦艺说她半个月都没能回家吃过一顿饭，人在职场，身不由己啊。

在机场，宇文馨收到小伊发的信息："常联系。"看来，也许真的又可以常联系了。

不可抗拒的行政命令

"你等我的好消息吧。"这是告别时秦艺对宇文馨说的话。

宇文馨回滨城后，赶去美国参加女儿的毕业典礼。一路未睡，不知不觉竟然有20个小时没有与外界交流了。她觉得应该不会有事。除了日常工作、几条分行的会议消息、报送的报表，就等百钢那边的好消息了。

好消息还没有来，连云一直没有收到百钢集团寄来的支票。还会有什么事呢？

下飞机一开手机，信息一条一条进来，其中有公司业务部总经理艾梅和小宋助理的。宇文馨心里咯噔了一下，莫非又是催月底存款任务？

虽然是国际漫游，宇文馨也忍不住要打电话过去了，小宋助理说，艾总突然通知，总行原交代的6亿元贷款突然通知停办了。原因是转让出去的贷款又不用提前还了，所以这个业务也不用跟百钢集团操作了。

到底是什么问题？电话那头小宋助理说的话，宇文馨听不清。

不知道该如何向企业解释，宇文馨突然觉得自己像是一个撒谎的孩子。其实她没有做错任何事情，但就是浑身上下说不清楚。

之前她反复地不厌其烦地对小宋助理和连云说，必须千方百计往前赶，总行要求上周四操作，宇文馨说周四就去百钢集团。"怕夜长梦多，怕额度收回，怕百钢集团不愿意配合操作，怕百城分行拿走主办权，怕……怕……"宇文馨说不出怕什么了。

小宋助理说："不至于吧，不会不行吧，就这两天，不是周一就是周二，一定能操作完。"宇文馨自己都觉得神经过敏，让手下过度紧张和不安。

半夜三点多，宇文馨从大洋彼岸给秦艺发了条短信，先简单交了个底。

总行在催移交百钢集团业务，百城分行寄来了管户权移交的协议书。百钢集团迟迟不回复贷款到底续不续做，形势很复杂。市场利率仍高企不落，分行要求利率上浮5%不松口，百钢集团不同意，双方继续在拉锯。

亏本的生意还干吗？亏着做百钢集团业务，倒不如拿回额度做其他中小企业，小宋助理的意见也不失为一个方案，而且在滨城，不用每年来回地飞那冰天雪地的百城。

但是十多年的合作，有着深厚的友谊和感情，宇文馨不甘心这个业务在她手中中断。

久违的百钢来电

"您好，宇文行长。"一个多月后，小伊突然给宇文馨来了个电话。

宇文馨知道她打电话的目的，百钢集团最近又有一笔贷款到期，企业归还之后银行没能再发放出来，企业急了。无论宇文馨做了多少工作，分行还是按照竞价投放的规则，把百钢集团远远排在了后面。连云几次汇报百钢集团在催促，宇文馨也知道企业困难，他们增发600亿元收购露天矿的项目，仍走在审批的路上。但宇文馨使出了浑身解数，也无法抢到贷款额度。

"宇文行长，我们的贷款什么时候才能发放出来？听说你们不想做百钢业务了。"小伊激将道。

"伊科长，我正想跟你汇报这个事情呢。"宇文馨调整了一下嗓音，"百钢集团是我们总行级的战略客户，一直以来，无论在额度上、利率上，还是审批流程上，都给予了大力的倾斜和支持。我们支行一直把百钢集团当成我们重中之重的客户，甚至把企业作为我们的'衣食父母'，十多年来上下高度团结，竭尽全力服务你们。百钢集团是我用了十多年青春年华培育出来的客户，像长在自己身上的一块肉，不愿割舍。我有什么理由在有条件的情况下不给企业续做贷款呢？"宇文馨的声音很慢，很有节奏。她终于有机会跟小伊直接地对上话，把这些埋在心底里很久很久的话说完。

"伊科长,你主动来电话我很高兴,听到你的声音我也很高兴。我在去年11月去百钢时与秦总谈了,我努力地想说服秦总,告诉她今年经济形势很不明朗,希望能把今年快到期的贷款提前续贷出来。那天我足足说了一个小时,都没能说服秦总。秦总从企业成本角度考虑,非常坚持要基准利率,总行不同意,双方未能达成共识。最后秦总说,等到1月份再商量吧。1月份全国银根收紧,分行头五天猛放贷款,被总行点名批评了。加上全行已超额度,即使你们1月份同意迅速把合同寄过来,我们排上了队,也已经晚了。"

宇文馨无法看到小伊这时的表情是怎样的,但宇文馨说这个话的时候心情很沉重。前两天姚俊才来电话过问此事,宇文馨说到这里,他也长长地叹了一口气。有时候就是这样,做业务的时机一旦错过,就无法弥补了。

"伊科长,你要相信我们。我们没有理由不想做好百钢的业务。今年是我们考核利润的重点年,百钢在我这里的贷款如果续不上,我连去年的利润都得不到保证,就更谈不上要完成新增任务了。这种压力是巨大的。"宇文馨的肺腑之言,小伊听进去了吗?

不管林树成对小伊说了些什么,又歪曲了些什么,宇文馨没有对流言蜚语作任何解释,让"支行有额度也不给百钢贷款"这些不实之言苍白无力,不攻自破。

其实,两周前,百钢集团上市公司的耿总一行来滨城,拜访了分行盛行长、分行苏副行长、分行公司业务部总经理艾梅。宇文馨热情地接待并长时间真诚地与他们交流和沟通,使他们对分行资金紧张的状况有了更多的了解，并接收到全行上下全力支持百钢的正面信息。

当天晚上宇文馨请百钢的客人吃饭，大大方方邀请林树成一起，毕竟他是支行里出去的干部，现在又是另一个支行主持工作的副行长。饭桌上，林树成不断给百钢的人敬酒，给宇文馨敬酒，还说了许多话。宴席结束后，目送他们，宇文馨心里有些慰藉。

但小宋助理突然对宇文馨说："林树成的所作所为都是想把百钢搞走。今天上午我去艾总办公室，在门口就听到林树成跟艾总说，是不是把百钢业务先搞回分行营业部啊？……见我进去，他们就不说话了。"

宇文馨心里一沉，支行是基层，势单力薄，又如何能和分行部门抗衡呢？

但林树成此刻想干什么？

900万元中收不见了

《滨城日报》的记者约见宇文馨。他要写一篇介绍滨城分行业务发展的专访，盛行长便让他来见见宇文馨。

宇文馨正跟记者讲到兴头上，小宋助理突然跑进来，也不管记者在场："宇文行长，分行这个季度经营指标数据核对表里，百钢集团的900万元中间业务收入，没有了。"

"怎么没有了呢？"

"不知道。"小宋助理说。

900万元中间业务收入，是支行从早几年就开始按年收取的百钢集团的发债手续费，已经早早落袋支行了。连云说早已跟分行核对过数字，一分不差在账上，怎么就突然没了呢？

宇文馨的思维发生短路，记者拿起录音笔，东瞧西瞧，不知道是不是也卡壳了。宇文馨正说着良好的内部机制、透明的考核办法、和谐的集体氛围，小宋助理一来，她的思绪完全被打乱了。

分行考核支行从肉到骨，员工们跟着吃饭，要拿工分，要拿奖金，更要业绩。宇文馨这儿连续收了四年的，明年就是最后一期的中间业务收入，马上就要结束了，怎么就突然没了呢？分行划到哪里去了呢？

宇文馨开始找公司业务部的总经理艾梅询问，艾梅回答不知道。宇文馨接着找计财部的老总，他也回答不知道。人事部说："不太清楚。但也不能说我不知道。至于什么原因，我真的不太清楚。"

那问题只能出在分行兰副行长那儿了。只有在她那儿，才会出现这种情况。眼下人事、财务大权在手，她真的比过去更有决策的机会了。

分行部门反馈回来："900万元的中间业务收入确认划走了，划到了林树成个人名下业绩了。"

"为什么？"

"没有说为什么。"

总得有个理由，一个支行在几个月前就已经收入的一笔900万元的利润，突然不见了，分行部门至少要通知一声，至少要跟支行说明到了哪里！怎么能说划走就划走了？

宇文馨让自己冷静了一会儿，她想起了今年早些时候发生的事情，林树成找过支行，找过兰副行长，要求继续分配百钢集团的业绩，理由是他欠着一个大人情。

分行要求支行汇报过这项工作，具体情况兰副行长是清楚的。林树成作为支行的副手，两年前承诺过客户的任何条件，早应该向支行提出来研究和商量。调离两年后，支行早已把他的业绩绩效兑现了，可他现在又找了一个新理由，来继续干扰支行的经营，这种做法实不可取。

兰副行长过去是人事部老总，现在又提拔到分行副行长岗位上，她应该知道规则。如果有人私下承诺了客户什么，她会在两年后的今天向盛行长汇报吗？宇文馨冷静下来，突然没有了那种急迫求证的激情。经历了这么多变故，她不得不接受了一个事实——自己曾经无比信任并委以重任的林树成，是一个为了达到目的不择手段的人。

钢铁行业突遭限制令

又过了一些日子，百钢 12 亿元的综合授信额度快到期了，宇文馨要在 12 亿元贷款到期续做前去百钢进行尽职调查。尽管仍然遇到微妙的干扰，但在大事面前，百钢集团领导和分行领导都保持着清醒，继续合作是双方最好的选择。

前两天，支行刚刚打完一场漂亮战。3亿元存款、3亿元开证"落袋"。诸多周折后，4670万美元中午到账，全行拉开战局，宇文馨在支行坐镇指挥；小宋助理在分行几个部门间来回穿梭，走审批流程；连云在支行办理存单、入库、贷款审批……直到晚上快七点钟他们才把信用证报文发送出去。终于，全胜完成任务，又一个季末考核过关了。

这次去百钢的飞机没有晚点，百钢的司机准时来接他们。第二天，展开尽职调查工作。

进入北区，宇文馨向第一次来百钢的分行风险部金副总和小覃经理介绍，这个区全都是百钢集团的地盘。大大小小、高高低低的房子都跟百钢集团有关。先有了百钢集团，后来才有了百城市。"我们现在走的这条北方大街，是世界上最贵的一条街。因为地下全部铺着当年炼钢后的废渣，专家说那时候我们的开采技术水平还比较低，许多矿物质没法提炼……"金副总和小覃经理好奇地睁着大眼睛，听着宇文馨讲这些新鲜的事。"当初，我从百钢做业务回去，员工总是好奇地问：百钢工人每天是不是骑着马上班的呀？"金副总和小覃经理听完忍俊不禁。

一行人见到了耿总。耿总与一年前的样子变化不大。他滔滔不绝地讲百钢的经营，讲到投资300亿元的新生产线要投产了，露天矿综合利用项目也在建设中，很快就见成果；现在的露天矿估值在1万多亿元，未来的百钢集团，盈利能力在全国将是数一数二的。"如今的百钢集团不完全是钢铁，我们的口号是'跳出钢铁，发展钢铁'，我们之所以仍把钢铁作为主业，是因为钢铁经营上是有现金流和规模的，能够养活在职全体员工。"

这次来好像很顺利。关于续做，关于上浮利率，关于派生存款，关于开票，好像都没怎么谈就达成了，百钢不再坚持原来的条件，余下的就是操作。所以，金副总和小覃经理提出："明天拜访完姚俊才，我们是不是可以去露天矿看一看？"小伊马上联系车，安排第二天中午出发。

晚上，大家聊的时候有点兴奋，毕竟谈好了顺利续做和开票条件。怎知小覃经理说了一嘴，分行刚刚收到总行对钢铁类企业管理的紧急通知。

"什么文件？主要精神是什么？"

几个人一看，完了。文件规定"关于钢铁行业2014年指令性限额、实行一户一策授信梳理工作。未经总行批准，任何时点、任何分行都不能新增授信余额与风险敞口，谁新增，谁审批，谁负责"，对钢铁行业全面实行了指令性限额与风险敞口双重管理。总行成立了钢铁行业客户压缩工作小组。

真是一波三折啊！计划赶不上变化，若是去年11月与秦艺那次谈话就确定了下来，所有的贷款都提前续出来了，或者年初他们同意，再或者上周做了低风险的业务，也就没有了现在的麻烦。因为文件下来之前做的，都叫存量。现在一刀切，所有新增授信敞口都不能做了。

怎么办？现在的规定是不但不能做新增，而且连低风险业务，只要是钢铁行业的，就都不能做了。

原定第二天上午见姚俊才的礼节性拜访变成了关键的一谈。

姚俊才仍是那样笑容可掬，语言亲切又老练。金副总与他交换了名片，开始谈业务。

"总行突然下了一个文件，把原来业务的计划打乱了，还得请姚总关心和支持一下。"金副总直白开场，她很明白支行的难处，替基层在说话，她知道明华支行和百钢太熟了，熟到都不好意思开这个口，"我们昨天听了情况介绍，看了生产现场，企业的形势还是比较乐观的，我们也积极续做贷款，有些具体合作条件要商定。比如，总行目前实行竞价机制，以综合收益排名。百钢集团不在本地，无法做代发工资、高管理财等业务，因此需要互相配合，企业要有些资金往来结算量，这也是银行对企业经营现金流的一个监测。"

"需要多少呢？"姚俊才真诚地问金副总。可能刚刚秦艺已经向他汇报了总行的政策调整。小宋助理马上把这份紧急的、标上商业秘密的文件呈上台面。姚俊才看了一遍，轻轻地放下，下意识地起身给各位倒茶。

金副总回答："分行要求 30%，你们是战略客户，那就 20% 吧。"

"那就是 2.4 亿元？"

"是的，2.4 亿元。"

"好的，秦总、耿总你们就办吧，既然有要求，我们就支持、配合。都十多年了，宇文行长是在百钢集团最困难的时候支持我们的。这次我们又遇到了困难，你们还得继续支持我们。过了这个坎儿，百钢集团就好了。到 6 月份我们完成 600 亿元增发的时候，百钢集团将成为全国最大的钢铁企业，比春钢多出 100 多亿元。未来的百钢集团会转型，百城政府已经配给我们两个煤田，每个的煤储存量都在

10亿吨左右。今后我们还做钢铁，但已经不完全是做钢铁了，我们将成为西北部最具潜力、最大规模的，集钢铁、矿产资源、煤田等综合业务于一体的大型集团。"

姚俊才每次讲到企业的未来，都激情满怀。

"祝贺！"金副总与姚俊才握手，"我们的方案就这么定了。"

"就这么定了。"

下午，金副总和小覃经理按计划前往露天矿看新建的项目。说投了30亿元，快建成生产了，要走一趟，回去汇报心里更踏实些。做项目审批的人，总是比其他部门更有风险意识。

宇文馨也应该去，但宇文馨不放心，从昨天晚饭至今，发生了许多事，小伊始终没有在场，这是什么原因？传递至关重要，不管领导说得多么肯定、多么好听，落地的操作，经办人才是最关键的。何况小伊的心被林树成挑拨后，就与支行有了距离。就在宇文馨出门前，还有人告诉她，林树成亲自找过盛行长，还把电话打到百钢，说明华支行不想做百钢集团业务了，让他来接手。

这个过程中，小伊恐怕不仅是旁观者，还很有可能是林树成的同盟。

最后他们初步商定，把小宋助理留下，明天把开户资料填好，与百钢的人一起到滨城，可以节省来回几天的时间，也怕夜长梦多。

这天要飞回去了。早上四个人按时下楼，但门口不见司机的车。为了消减等待的寂寞，宇文馨跟金副总说了一个笑话：百钢集团在当地的地位很高，有一次领导因急事未赶到，机场的广播里说，各位旅客稍等一下，百钢集团的领导还没登机……无法证明这些传说是真是假，但说明这里的机场真的很小，百钢的领导真的很有分量。

司机迟到，汽车飞车15分钟赶到机场，四人走特殊通道，果然一坐下，飞机就起飞了。不知道这是不是巧合？

| 第四章 |

如此真相
欲哭无泪

如果说一开始宇文馨是为了 12 亿元的贷款、2.4 亿元的存款的话，此刻宇文馨已经不仅仅是为了业务。她需要一个说法，并为之坚持到最后。

百钢突然出现神秘人

时钟走过了两点半,宇文馨在办公室里踱来踱去。秦艺的人该到了,这是双方约好的时间。但小宋助理说联系了百钢集团,无人接听。宇文馨打耿总电话,耿总说:"哎呀,我怕说不清楚,你直接找秦总吧。"而秦艺的电话一直在通话中。

眼看清明节快到了,有三天假期,百钢集团的贷款操作一定不能等到最后一天。

总行控制钢铁行业的文件突然下发,确实是增加了续做的难度。不仅利率要上浮,而且现在钢铁系已经不能做新业务了,还要有一个非钢企业做主体,来承接低风险业务。经办人有点为难:"许多准备工作来不及做,还要保证生产和发工资。31号做不到。"

"那就1号吧。"宇文馨与秦艺敲定了办理贷款的日期。

宇文馨保持着与秦艺、姚俊才、耿总、小伊的联系，同时也不断向盛行长、苏副行长、艾梅总经理汇报。即使宇文馨知道一旦汇报了，行内会走漏风声，但这是工作，没有办法回避。电话往来不停，就像蜘蛛织网似的，令宇文馨疲惫不堪。

下午三点，秦艺来电话了："怎么回事？刚刚接到通知，说四点多你们有个副行长带队来百钢集团，要我去接机。"

怎么回事？宇文馨也感到十分意外。不是刚刚回来吗？不是谈得好好的吗？

"你们刚走，我们百钢集团新开户的报告也走完了审批流程。这不，昨天下暴雨过不去。好家伙，人还没出门呢，你们就又来人了。为什么又来人呢？这趟又是代表谁呢？"秦艺在那头说，"一定是你们新兴银行出问题了。"

秦艺从来没有用这样的语气说过话。这个凡事谨慎、表达得体的总监这次的"话闸"有点收不住："我们也感到很突然。说到就到，之前一点风声都没有，搞得这么神秘。问题是我和耿总都像被人耍了似的。"

早上分行开行办会，宇文馨就觉得少了许多人，苏副行长、兰副行长、公司业务部的艾梅、林树成都不在。宇文馨下意识地想，他们会不会去百钢集团了？信息怎么封锁得这么严密，连经办业务的支行都不知会一声？百钢集团毕竟是明华支行的客户。这件事盛行长知道吗？

这么大的事，一位副行长带队出门，按理盛行长不可能不知道。难道是盛行长的安排吗？不可能。他们之前发生了许多事，盛行长都知道。那是谁的决定呢？苏副行长吗？上次出门做尽职调查，他很明确说最近没空去，走不开，怎么可能自己偷偷去一趟百钢集团？不像他的风格，他也没有这个必要。难道是兰副行长？兰副行长出门，盛行长难道真的不知道？

宇文馨不能继续待在支行了。有事，她感觉有大事。宇文馨叫上小宋助理直奔分行，约上了金副总和小覃经理打算去见盛行长。门口的保安把他们拦住了，说："盛行长中午一直忙到现在，刚刚关上门，让他休息一会儿吧。"

见不到盛行长，疑问一直找不到答案，宇文馨心神不宁。

突然保安通知盛行长开门了，宇文馨带着金副总他们转身飞奔向19楼。

盛行长正在会见客户，宇文馨只能在他办公室外等了，再急也要让着客户。行里的事再大，相比客户也是小事。

宇文馨口很干，想喝水。盛行长办公室的门口只有两张椅子，已经有人坐在那里排队了。宇文馨在门口来回走动，渐渐开始焦虑了。

宇文馨在检讨自己。也许，在出门前她应该给兰副行长汇报一下，见不到人也应该打一个电话。

宇文馨又检讨，是不是林树成在支行的时候，她对他不够好？他是自己一手栽培的，从柜台员工到行长助理，两年提拔一次，够快的了。这些年，百钢集团的业绩大部分都记在他一个人的名下，每年考核，林树成都排在全分行副职前三位，绩效奖金比许多支行一把手都要高。但宇文馨又想，林树成作为副手总是要进步的，不想当将军的士兵不是好士兵。或许宇文馨在这个位置太久了，挡了林树成的上升通道。宇文馨坐在盛行长的门口两个多小时了，一直在胡思乱想。

五点三十分了，排队的人越来越多，宇文馨与另一拨人围在门口，很热闹。每天要见盛行长的人是不是都这么多？宇文馨的手提包似乎很沉，她换了左手又换右手，换了右手又换左手，越提越重，心情也越发沉重了。终于，那扇门开了。

盛行长的神情跟往常一样淡定，他舒展了一下身体，很坦然地说："兰副行长这次去百钢是谈新业务，跟你们不冲突。我跟她说得很清楚，百钢集团的业务在明华支行，宇文行长已经谈好的业务继续有效，他们只谈新业务。"盛行长侧着身子收拾东西，准备要出门的样子。

"哦。"

宇文馨他们四个人齐齐站在盛行长办公台的对面，相视无言。小覃经理还拿着记事本和笔，都做好了详细汇报工作的准备，却没有想到事情这么简单就有了答案。

从办公大楼出来后，金副总说："宇文行长，看来我们有点想多了。"

宇文馨点点头，算是回应她，但没有说话。她心中的石头一直没有放下，以往的经验让她觉得事情不会那么简单。

这一夜，宇文馨没有睡好。

又是一个阴谋

连日大雨，乌云密布。

近期怎么有那么多的恶劣天气呢？宇文馨的心情特别压抑。

盛行长的指示很明确，存量业务继续留在明华支行，已经谈好的业务不受影响。兰副行长此行只谈新业务，不涉及其他。

领导的指示按道理是不冲突的。如果按原计划分两步走，先做低风险业务，把12亿元的贷款续做，再谈新业务，这样节奏更好，也更有把握。分行兰副行长提前把新业务谈了，或许是时间紧迫。只要新兴银行的利益得到了最大化，也是不矛盾的。分行领导站得高、看得远，算的是分行的大账。宇文馨应该想得开。

可现在已经是2号了，离贷款到期日只剩三个工作日。若做低风险业务，要涉及许多环节，企业要派人来滨城，带上资料、票据，没有两天时间恐怕做不完。做不完，就意味着续贷前没有落实分行的具体操作要求，就失职了。

难道企业不急了吗？宇文馨这次去，看到的情形不全是乐观的，姚俊才说最近资金面很紧，企业当下就是一个坎儿，这个坎儿跨不过去就有问题。投了300多亿元的新生产线，至今没有拿到发改委的批文。上市公司增发600亿元，还走在审批路上，什么时候批下来还是个未知数。

露天矿资源综合利用项目要投入30亿元，金副总和小覃经理来回跑了几百公里，亲自去矿上考察了，不像企业说的会那么快投产，预计两年后建成。"我们的续做业务，真不敢说完全没风险。"金副总和小覃经理做出来的尽职调查报告是客观的。百钢集团目前负债率达到75%了，且债务结构不够合理，企业当前的资金极度紧张。

正因为这样，他们双方都有了各自谈判的筹码，才有了企业与银行共同达成的协定：续做12亿元贷款，给予结算量20%的匹配，原计划今天落地。

但是，分行兰副行长一行突然出现在百钢集团，事情变得扑朔迷离。

听说百钢集团的董事长下了通牒，要确保企业的资金运行，一切贷款要保持正常，哪个部门不到位哪个部门负责任。看来，百钢集团目前上下是一条心，都在推动贷款到期的续做工作。

宇文馨思考再三，还是给正在百钢的兰副行长发了一条信息。

很快，兰副行长回了信息：“我们是在争取分行利益的最大化。”

小宋助理来报告，百钢集团中午会议开过了，没有动静，连一个通知一个电话都没有：“宇文行长，这事会不会有变？”

宇文馨给秦艺打电话。

"会议没有说具体内容，只谈战略合作。兰副行长在会上说，银行在加强对大客户的管理，分行已经成立了大客户中心，准备上收各支行的大客户集中在分行做业务。我们姚总也说新兴银行与百钢集团合作了十多年，关系紧密，合作愉快，我们企业也要支持，希望双方共赢，达到利益最大化。"

"我们那2.4亿元的存款和12亿元的贷款呢？"宇文馨念着支行盘子里的那点业务。

"没讲那么具体，都谈战略呢。"秦艺回答得很简练。

"那我们还做吗？"

"贷款当然要续做呀。"

"那你们不寄合同来，也不派人带资料来，怎么做？不是都谈好了吗？"

"哎呀，你们先发放贷款吧，不是战略合作吗，我们眼前有困难，你们要支持我们。过了这个困难之后，我们不是还有发行新中债业务吗？发了新中债给你们分行就是支持你们了呀。我们是大国企，要相信我们。"秦艺好像没有耐性再往下说了。

这结果不是回到零点了吗？去百钢集团前就是12亿元的贷款状态，存款结算几乎为零。一行四人，周六周日都不休息，千里迢迢前往百城，上下沟通做工作，方方面面同意了、安排了，昨天还说百钢集团新开户审批流程，最高领导都签字了。全都白忙乎了？怎么跟盛行长交代？宇文馨一时乱了分寸。

百钢与新兴银行的战略合作，在十多年前就开始了，那是总行行长与百钢董事长参加的签字仪式。

"会上宣布取消不做了吗？"宇文馨问。

"倒没有，谁也没提。"秦艺说，"林树成跟我们说你们内部有规定，我们企业的贷款是存量客户，必须继续做呀。说你们这次本来风险部都不用来做尽职调查的⋯⋯"真是胡说八道啊，这个不安好心的林树成。

4月4日，听说兰副行长从百钢回来了。当天一早，宇文馨约了兰副行长。百钢贷款7日到期，宇文馨一定要亲自向兰副行长汇报一次，搞清楚分行到底是什么态度和意见。只要讲清楚了，宇文馨就尽职了。

结果是，因为暴雨造成的交通堵塞，宇文馨赶到分行时，兰副行长已经开会去了。

宇文馨回到支行有许多事，不断有信用卡签字、提前还款签字、办理存款上浮10%签字，员工进来、出去，进来、出去，谁也不知道支行发生了什么事，只知道行长从百城回来一直心事重重。

他们又约了兰副行长下午三点见面。

兰副行长的办公室门外没有多少人，宇文馨和金副总、小宋助理一起走了进去。金副总先讲："我们根据分行要求，上周对百钢集团进行了风险尽职调查，总体情况正常。他们有一条生产线投了300多亿元，虽暂时未拿到国家发改委批文，但整体看，风险可控，所以谈了综合收益……"

"嗯，我知道你们去了。"未等金副总说完，兰副行长就打断了她的话，"不矛盾，我们此次去谈的更大，全部覆盖你们支行的业务，包括新的中债。把百钢业务拿到分行做，部门多，效率高，决策快。"兰副行长从百钢回来，很自信，也很有成就感，说话的时候，头是仰起来的。

宇文馨知道兰副行长在讲官话，出于礼貌，她一直很认真地在听。滨城只有一个分行，支行都是在分行管理下操作业务的经营单位。一个总指挥官，一个总作战部，不存在支行慢、分行快的说法，更何况中债业务根本不在分行、支行层面操作。总行直接对接，基层只是营销。兰副行长是不太熟悉业务呢，还是故意在说故事？

"百钢集团提出要把业务放到分行，你们到期业务不再在支行续做，但是收益我核算给你。"兰副行长显得很权威，没有任何商量的语气，"企业已经给了我们一份在滨城分行主办业务的确认函。"兰副行长以为这句话可以把宇文馨压住。

没想到宇文馨却说："这份函是我们支行写的。"总行拿走了百钢集团的管户权，宇文馨去百钢集团之前，分行要求拟好确认函给企业盖章再拿回来，目的是确认滨城分行的主办权，这当中没有不要支行做业务的意思。宇文馨不得不说话了。

宇文馨认真地端量了这位年轻的分行唯一的女副行长，她个子不高，皮肤算白皙，五官算周正，听人说她是滨城市有关部门领导的媳妇。在推荐后备干部时，她迫切地希望宇文馨投她一票。那一年的后备干部中，宇文馨是她的竞争对手，宇文馨最后竟把自己手中宝贵的一票投给了她。

兰副行长刚才说什么了？说百钢集团提出把账户从明华支行划到分行营业部？

怎么可能？宇文馨刚刚从百钢回来，姚俊才、秦艺、耿总的一个个笑脸还在眼前。

明华支行出了什么问题？哪一个层面出了问题呢？如果都没有问题，这就是一场阴谋。

"可盛行长在兰副行长去百钢集团时非常明确地说过，百钢集团过去的业务全部留在明华支行。你们这次只谈新业务。"宇文馨坚持道。

"我们要有高度，从大局出发、总体考虑，不是只看某一个支行的利益。"兰副行长没有正面回答宇文馨的话，却不断地挑着许多放诸四海而皆准的道理来说，这些话宇文馨也讲过。曾经，她在机关工作时，协调着几十个支行时也说过这样的话。

宇文馨极有耐心，一直等兰副行长说完，才开口："兰副行长，我们来向您汇报一下百钢集团的情况……"

"我知道，我看到了你的信息。"兰副行长打断了宇文馨的话，显得有些不耐烦。

"兰副行长，我们去之前，百钢集团的人来过一趟。他们来主要是为了两件事：第一是希望继续合作，对12亿元陆续到期的贷款给予支持；第二就是来了解情况，因为百钢集团听到了明华支行不想再做百钢集团业务，到期有额度也不给百钢集团做了的虚假传闻。"

"谁说的？我首先讲清楚，这个话不确定，不能随便讲。"兰副行长急不可待地再次打断宇文馨的话，"我们上收百钢集团，放在分行营业部也是为了分行的利益，我们的目标是一致的，没有大的分歧。"

"兰副行长，您这次去代表分行谈了新业务，谈了到期的中债续做，我们也很高兴。"这句话宇文馨不是奉承，她也知道他们这一行没有苏副行长带队，谈话力度和优势也有所不足，"说真的，道理上都是不冲突的。"

宇文馨没有放弃最后的争取："百钢集团通知我们方案变化了，原有的方案暂停操作。也就是说我们昨天应该到账的2.4亿元存款没有了。为什么不来了呢？"宇文馨虽然心里又急又气，但还是忍着没有提林树成的名字，她要把明华支行目前的情况汇报完，"现在支行面临的问题是立刻要操作贷款，但存款不能来了，支行又不想失去贷款的额度，这样业务无法操作，也不符合分行的要求。所以，也想听听您的指示。"

"老业务还算明华支行的，但不在明华支行做。"兰副行长又打断了宇文馨的话。

"客户的原话不是这样的。"宇文馨一点都不示弱。

"我再跟你说一次，宇文行长，我们的根本利益是不冲突的，你们要结算、要存款、要考核，分行都给你核算就行了。这不是一样的吗？为什么一直在这里纠结着这些细节，结果不都是一样的吗？"兰副行长把声音提得一句比一句高。

不一样。怎么能一样呢？原来是支行账上的业务，现在拿到分行的盘子里去了，宇文馨得看着你的脸色讨生活。什么时候给，给多少，今年给了明年给不给？最重要的是，为什么要拿走呢？难道就因为兰副行长你去了一趟百钢，听了林树成许多歪曲事实的话，就不问真相要上收吗？宇文馨这样想，但开口却是下面的话："兰副行长，百钢集团业务是我用血汗一点一滴做起来的，倾注了我的全部心血。您怎么就不考虑一下我的感受呢？"宇文馨的声音也越来越大，她控制不住自己的情绪。

"我理解你的心情。"兰副行长看对话的气氛在升级，口气慢慢地缓了下来，表情也比刚才柔和了许多。

其实，就在上午，百钢集团那边几个电话打过来，宇文馨已经很清楚地知道不是企业主动提出转移账户的。"问题就出在你们新兴银行，如果你们没有人搞鬼，企业怎么会昨天把你送上飞机，今天就打电话给你们兰副行长来谈账户转移呢？何况我们谁都不认识兰副行长。"秦艺在那头很无奈地说。

"宇文行长，我知道支行不容易，我会给你核算业务就行了，我们没有实质的矛盾。"兰副行长开始扮演一个救世主。

当然有矛盾。这件事整个过程就是一个阴谋，这个阴谋两年前就已经开始，挑起事端的人就是林树成。

如果说一开始宇文馨是为了12亿元的贷款、2.4亿元的存款的话，此刻她已经不仅仅是为了业务。她需要一个说法，并为之坚持到最后。

百钢在分行开户了

从兰副行长办公室出来，宇文馨的视线有些模糊。金副总下意识地扶着宇文馨，生怕她跌下去。21楼的走廊上人来人往，宇文馨低下头不想见人，这副样子很失礼，也很失态。

宇文馨浑身无力，回到行里，情绪一直没能平复下来。手抖得很厉害，她害怕自己的心脏有问题，吃了几颗药后平躺在沙发上。

天黑了，她不想吃饭。

这时候，母亲来电话，问她怎么两天没有音讯，明天就要回老家扫墓了："你爸爸昨天来找我了，要我今年一定要带齐你和妹妹回去看他。他已经五年多没有见过你了。"宇文馨鼻子一酸，眼泪又涌出来了。过了一阵，她不知不觉地躺在沙发上睡着了。

电话铃在响。几点了？这是在哪儿？摸到电话，母亲在叫宇文馨："快点咯，快点咯。大家都在等你。"宇文馨的头昏昏沉沉的，好像从很遥远很遥远的地方慢慢走回来，似醒非醒。想了很久才想起来，今天约好要跟母亲回老家扫墓的。

爬起来，宇文馨才发现昨晚自己是睡在办公室的沙发上。看电话记录显示，昨晚艾梅打来了九次电话。

小宋助理发来信息："行长你一片冰心在玉壶，做人光明磊落，日月可鉴。"像悼词。

"行长，你千万不要一个人扛，我们都在。"

"让暴风雨来得更猛烈些吧。"

"再苦再难，我都跟着你。"

第四章 如此真相 欲哭无泪

……

员工们的信息一条一条进来。

看着看着，宇文馨的眼泪哗啦哗啦地往下流。自己的团队都在，自己的员工都在。明华支行在最危难的时刻，体现出高度的团结，坚不可摧。

昨晚来信息的还有盛行长："已经和艾总和兰副行长商量过了，老业务还是放在明华支行做，你去谈的业务继续有效。党委开过会了，做出了明确的规定。你们尽快做工作吧，党委支持你们。"

回家的路上，雨停了，间或有阳光。宇文馨的胆囊好像没昨天那么痛了。

小宋助理发来信息说："百钢集团还贷款的1亿元资金仍未到账。上午林树成对百钢集团来还款的人说，'你若敢把1亿元支票交给明华支行而不给我，一切后果你负责'，吓得百钢集团来的小姑娘在分行营业大厅哭了起来。"

宇文馨需要休整。

这些日子，除了百钢集团，其他客户的工作也遇到了困难。该做的工作一直在做。大客户、单边存款客户是比较稳定的。盛行长都说党委商量过了，就是没事了，宇文馨在心里一直给自己暗示正能量。

中旬，宇文馨和行里几十名优秀员工启程去上海参加培训。一下飞机就见到小宋助理的信息："百钢集团已在分行营业部开户了。"

又是一个措手不及。

"因为涉及管户权协调问题，今天百钢集团到期的1亿元贷款还完，未获总行批准投放，明后天能不能顺利再发放1亿元贷款，我非常担心。"小宋助理发的另一条信息的内容。

把手机关上吧，宇文馨需要思考一下这一新情况。问题可能出在总行，也可能出在分行。

现在宇文馨担心的已经不仅仅是百城分行会不会干扰、会不会抢百钢集团，最重要的是若今天还了的贷款续不上，过两天分行会不会宣布新发放出来的1亿元贷款归分行营业部了？支行势单力薄，又如何与掌握话语权的分行部门抗衡呢？

看来不能低估林树成的力量，他到底能把水搅得多浑，宇文馨不敢多想。

"幸福的生活是自己允许的结果。"宇文馨把之前在复旦大学培训时教授说的这句话写在了笔记本的第一页。笔记本的中间，还夹着一枝三角梅的干花，那花虽然时日已久，却仍然保持着完好的形状，颜色也依然瑰丽动人。

宇文馨儿时最喜欢收集三角梅的干花，用线串起来，挂在卧室里当装饰用。她素来喜欢这种不娇气的花朵，纵然被时光风干，也仍然不失自我本色。

成年后，宇文馨才知道三角梅还有一个别名叫九重葛，很美好的名字。而它的花语，正如她对自己的期许那般：热情、坚韧不拔、顽强奋进。宇文馨的笔记本中夹带着这枝九重葛，正是为了时时提醒自己，要坚持自我，不忘初心。

半年之后，百钢集团的业务并没有像兰副行长所说的那样"有大量的资金回来"，实际上是一分钱也没有。由于这场风暴，支行业务严重受损。总行收走了到期的1亿元贷款额度。

百钢集团低风险的开票业务一直没有落地，自从林树成和兰副行长去了百钢集团,当初谈好的方案被破坏得七零八碎,百钢集团总是推托资金很紧,一拖再拖,宇文馨近乎绝望了。

月末,秦艺突然来信:"开票业务已经在安排中。"然而,开多少票、什么时间开,都没有明确。

这天晚上六点,宇文馨估计秦艺这时应该在办公室,就给她打电话:"开票的业务我们一定要操作了,不能再拖。总行这个月对分行控制额度,要压缩我们的部分贷款,有些支行的贷款到期后都收回不给贷了。百城分行的贷款额度已经没有了,后面的贷款百城分行暂时没有能力接替,仍然由滨城分行我们支行主办。所以我们一定要把该做的工作提前做好。总行对百钢集团的结算进行了检查,很不满意。总行对未达标的企业贷款续做一律从严审核。"宇文馨一口气把艾梅教她的话讲出来。

艾梅是支持宇文馨工作的,但她有时候的行为有些莫名其妙,按理她不是个磨叽的人,宇文馨有时候琢磨不透她的真实想法。

秦艺终于同意月底账上的1亿多元资金不动了。虽然少,也算有个交代。"算我们欠着你们的,"难得秦艺能对她说一句这样的话,"等资金宽松的时候,我们会把你的2.4亿元结算存款补齐的。"

黑手得寸进尺

"宇文行长,你一定要为我做主,我们员工被人欺负得忍无可忍了。"程诚在电话里喘着气,他那头或许正在赶着路,"我从来没有见过这么一个白眼狼,连一个与自己相处了十多年的同事都不放过。"

"不急,慢慢讲。"宇文馨安慰程诚。

"行长,你一定要帮我做主。我辛辛苦苦做了八年多的储蓄客户蒲女士的存款,被S支行的林树成副行长撬了。"程诚的话让宇文馨有点意外。

"讲话要有依据。程诚,你怎么知道是林树成副行长撬了你的业务了?"

"蒲女士前天已经找过我了。说林树成副行长找了她,说明华支行的宇文行长因身体原因,打算提前退休了,他现在是S支行的一把手,今后蒲女士有贷款需要的时候,他可以给蒲女士支持。"程诚继续说话。

"哦……"宇文馨一下子没了话。林树成不但抢员工的客户,还把宇文馨牵扯进来了。

"涉及多少金额呢?"宇文馨问。

"400万元。"

"划走了吗?"

"这周到期。"

宇文馨给程诚提了两点处理意见:"一,看好自己的门,维护好自己的客户。这是源头,也是最重要的。只要我们全心全意地为客户服务,你的真诚,一定会传导到客户那头。新兴银行任何一个网点的理财收益都是一样的,客户没有必要花费时间把账户搬来迁去。二,你可以开门见山地和林树成副行长谈谈,希望他支持你的工作。大家都不容易,不要再给客户添麻烦了。"

"人家现在是S支行主持工作的一把手,他肯定会说这是客户自己的决定。"程诚感到十分的委屈。

百钢集团这几年来发生了这么多的事,员工们心有余悸。一说到林树成，大家如临大敌。听着程诚快要哭出来的声音，宇文馨心里很不是滋味。如果说之前发生的事只是林树成在暗中算计，这次直接出手挖客户，还用这么低劣的手段，简直就是明抢了。

程诚比林树成进入这家银行还早，是支行里唯一获得高级理财师资格的员工，从这点上说，程诚还是林树成的师傅。十多年前，是宇文馨的一个决定，把林树成从柜员调入了客户部，接着提拔到客户部经理。宇文馨把自己的所有客户开放给了林树成，包括百钢集团。是她提携他，把他推到了今天的位置。

宇文馨想，如果当初决定提拔的人是程诚而不是林树成，程诚和林树成的命运又会是怎样呢？

"林树成下手的地方就是我们薄弱的地方。因此，我们下星期要开展50万元到500万元存款客户的维稳工作，摸清单边储蓄户的需求，尽最大的能力，从源头上治理、维护。"宇文馨马上与小宋助理交换了意见。

第二天，小宋助理与连云先后向宇文馨报告了同一件事："百钢集团在S支行开了一个账户……"

"他们要干什么？"

"不清楚。"

3月去百钢集团谈回来的2.4亿元的存款结算，刚刚才只做了一部分，秦艺已经在安排中，突然又出现了这个新情况，让宇文馨再次措手不及。

是的，应该相信百钢集团，相信合作了多年的特大型国有企业的承诺。可是，眼下又马上到8月了，百钢集团还会来业务吗？

"宇文行长，这不是很清楚了吗？那2.4亿元不会来了。林树成一定会想办法把它挪到 S 支行，神不知鬼不觉，我们的业务就萎缩了。到那时候，百钢集团领导只知道 2.4 亿元存款给了滨城分行，至于办给了谁，哪会知道得那么仔细呢？就像 4 月份的百钢集团事件，盛行长都被骗了。"小宋助理说。

宇文馨毛骨悚然，一身冷汗。

守得云开见月明

这一天，秦艺告诉宇文馨："一切准备就绪，来吧。"宇文馨就立刻带着小宋助理直飞百城，一刻也没有耽误。这次宇文馨选择了悄悄行动，不走漏任何风声。

行里的小青年伸着头问："领导去哪儿？"

"出差。"这不是宇文馨的风格。过去，不论去哪儿，长途短途，她无一不交代得清清楚楚的。

经历了很多事，宇文馨发现自己有些做法已经悄悄地改变了。这次宇文馨去百钢只带了小宋助理。

秦艺在北方大街的东来顺酒家门口等宇文馨一行。百城气温已经到零下了，她们俩穿着厚大的羽绒服，手握着手，所有想说的都在不言中。秦艺还是原来的秦总，业务还是年初谈的业务，但是眼下的百钢财务部，却有了一点不同。

宇文馨又来了，来到了这个十多年来一直让她魂牵梦绕的地方。

大家在饭局上聊了很多，聊到了百城人的友善和包容，聊到了当年元太祖成吉思汗曾经打到欧洲，聊到了百钢集团文化跟草原文化的融合。最后说起普京跟国家主席签了一个北京到莫斯科的高铁合作协议，秦艺插话说，百钢集团在这个项目上会很受益，因为百钢集团的轨梁、板材产品非常有市场和竞争力。

如今的百钢集团有了更多的底气，跟几年前将要被春钢收购的情形大不一样。投入了300亿元建设的生产线已经全面启用，再造一个新百钢的愿望实现了。600亿元的"增发"已获得发改委的批准，百钢集团将会成为全国钢铁行业的老大。百钢集团的未来不可估量。与此同时，宇文馨还了解到，百钢集团向金融多元化经营方向努力，在现有的信托、财务公司的基础上，又开始筹备保险公司了。

许久没有在这么轻松和谐的气氛中聊工作以外的事了。推杯换盏间，宇文馨的视线突然有些模糊，硝烟已散尽，前面是曙光。

心腹成了内鬼

在谈话中，秦艺告诉宇文馨，小伊已调走，真正的原因虽然没有对外公布，但是相关领导都知道是因为她与林树成交往过深，并严重干扰了她所负责的工作。

宇文馨再也无法回避了，她一直希望这一切都不是真的。但小伊跟林树成无关又跟谁有关呢？谁有这样的力量能够在百钢集团的业务上兴风作浪？宇文馨与林树成共事十年，彼此就像了解自己一样了解对方。他的一个眼神、一个动作，宇文馨都知道下一步会发生什么。

然而，宇文馨仍自欺欺人地选择相信他，给他机会。

在提拔林树成为S支行副行长之前，宇文馨跟他推心置腹地谈过，以为他会改变。之后，宇文馨还把林树成从乡下带来的妹妹推荐到一家证券公司工作。林树成事后像是忏悔一般地说："行长，我简直无地自容，你这样待我。"可后来，陆陆续续的事情让宇文馨知道，人的本性太难改了。那次宇文馨决定去百钢集团，让他去买俩人的机票，他反过来对宇文馨说："我先去吧，你身体不太好，一有情况我马上给你汇报。"结果林树成一人前往百钢后多日没有电话回来，直到人从百钢集团回来，他还没有跟宇文馨汇报有关百钢集团业务的事情，却带着小伊直接去分行汇报了。分行的艾梅问宇文馨："你的手下带客户来分行领导这里汇报，你知道吗？"宇文馨被问得哑口无言。

宇文馨还记得后来那几次到百钢集团，林树成给秦艺打过电话，问宇文馨是几个人？去干什么？业务都谈了哪些合作？秦艺以为林树成和宇文馨是一条心，就都跟林树成直说了。

秦艺是百钢上市公司资金运作的总调度和直接领导人，林树成想要拉拢秦艺，但出师不利。秦艺在意识到他可能另有所图之后，不再向他透露关于百钢和明华支行合作的具体内容，与分行打交道时也尽量避开他。

林树成在百钢的同盟是做对接服务的资金部的科长小伊，那他在分行的"靠山"又是谁呢？宇文馨马上想到了兰副行长。兰副行长新上任，需要有工作成绩，林树成这么贴心地为她设计营销几十亿元的中债方案，肯定也让她很满意。

秦艺说，当时百钢集团一听是一位副行长亲自来拜访，带来了最新的精神，马上安排召开座谈会。接着，就谈战略合作，大客户集中管理，上收百钢业务。林树成还联系了当地报社采访，造了不小的声势，安排得天衣无缝。

一切水落石出，所有的猜测都被证实了，宇文馨第一时间不再是心痛，而是悲哀。想起这十多年来，林树成作为自己的属下一起工作的许多日子。不记得从什么时候起，林树成在工作中开始出问题，越来越明显地表现出不尊重宇文馨，对她的决定寻找诸多理由不执行。宇文馨早就看出他的野心，作为上级，她本可以把他晾在一边，但宇文馨没有这样做，她希望时间会化解一切，甚至开始检讨自己的不足。后来，林树成开始在行里有了自己的小圈子，甚至在同事面前痛批宇文馨。有一次宇文馨给他打电话，通完话，在挂电话的那一瞬间，她听到对方在电话里传来一声狠狠的"有病！"，宇文馨感觉到这两个字是从他的胸腔里喷薄而出的。

他们之间其实并没有实质性的矛盾。如果有，或许就是林树成着急了点。

记得有一年元旦后上班的第一天，宇文馨主动找了林树成，趁着过节的气氛，大家寒暄了几句。在谈完了百钢集团的业务之后，宇文馨开始征求他的意见："你有两条发展路线，提拔副行长留在支行任用，或提拔去其他行做主持全面工作的副行长。"

"宇文行长，您觉得我去好还是不去好呢？"林树成问。这会儿的他，表情很意外。

"这就见仁见智了。进入一把手岗位，提拔得更快，但有压力、有责任，最重要的是，是否有实力改变支行落后的面貌。没有，你就坐不稳那个位置。不当一把手，也少了一些责任，少了压力，又有现成的百钢集团这个大客户，还拿着跟一把手差不多的奖金，明华支行一把手这个位置迟早是你的。你说哪个好？"宇文馨第一次这么彻底地跟林树成交了底牌。

林树成在静静地听着，目光还算专注，略带真诚，但没有轻易表态。

"宇文行长，我会做好今后的工作，来弥补过去的不足。"林树成后来很诚恳地跟宇文馨表达了他的态度。

之后，林树成顺利被提拔为明华支行副行长。

想当初，总行给了一个名额给滨城分行，参加总行"十佳客户经理"评选，分行把这个名额给了明华支行，代表分行去争取这份荣誉。到了晚上，分行人事部来电，告诉宇文馨，分行很重视此项工作。既然是全国三十个分行只产生十名，那么就不能确保一个分行一名。因此"要把百钢集团的业绩，包括明华支行的其他业绩变通纳入这个材料里，当作林树成个人的业绩去争取才有希望"。

"哦。"宇文馨一下子不知道该说什么。那一刻，她的心里有一种说不出的滋味。百钢集团，这个自己用了这么多年时间和心血栽培出的丰硕成果，要亲手奉献出去，成了别人的荣誉，可对方现在却以这种方式来回报。

宇文馨怎么能不感到悲哀呢。

| 第五章 |

遭遇不良
失手小微

宇文馨想，我们支行算是杀出这条"血路"的先行者吧，现在挂了彩、负了伤，如果能给后来者一些警醒，也不算白忙一场。

做了"小微"出头鸟

年末只剩下最后两天,严格说只有一个工作日了。

宇文馨正在年度述职报告里写结束语:"今年我们克服了一个又一个困难,排除了一个又一个阻力,在经济大环境持续恶化的背景下,业务规模不断地扩大,产品不断地创新,小微业务占比不断地上升,支行40亿元的贷款没有出现不良,经受住了严峻的考验……"

小宋助理一个电话中断了她的报告:"宇文行长,斯禹科技公司700万元的小微周转卡出现逾期了。"

宇文馨无奈地把手从笔记本上拿下来,她知道自己一直坐在火山口上,但还算幸运,没有被"烧烤"过,这个电话让她立刻感觉到了灼人的高温,很危险!

明华支行小微周转卡贷款客户斯禹科技公司,因对外担保问题被法院冻结了 200 万元，法人约了好几次都没有见上。宇文馨感觉到问题有点严重了，应该报告分行。但小宋助理建议先观察，若是可以化解就不用麻烦分行太多部门。

这属于最早一批办小微周转卡的企业，那时候总行、分行审批流程比较简单，当时支行分管这块工作的林树成助理也见过企业的法人，说是一位社会名流，有地位，有多套房产，没什么风险，并签了字。但现在说这些有用吗？出了问题，一把手能说没责任吗？宇文馨自我安慰地想，企业经营活动中哪会没一点风险，过两天也许他们协调好了，就化解了。

之前，小宋助理和经办客户经理费蓉已经多次上门了解，未能摸到企业最新的核心情况，却发现企业办公室状况大不如前。经办人说企业对外担保涉及法律纠纷，账户被冻结，但公司经营情况是正常的，实际借款人也在积极地调动资金来偿还银行这一期贷款。加之年底工作繁忙，小宋助理说，再努力争取一下，也许是虚惊一场。宇文馨犹豫了。

可直觉告诉宇文馨事情没那么简单，过两天能缓过来最好，如果不能，还是要及时向分行报告。因为分行大会小会无数次地提醒，支行一旦发现贷款企业有问题，千万不能捂着，要立刻报告分行，不要错过最好的抢救资产的机会。

果然像宇文馨预料的那样，事态逐渐恶化。早期还能见到的企业财务人员和企业的老总，现在都吞吞吐吐地在回避，所谓法人去追款的 200 万元迟迟不落地，最后，连法人都找不着了。

宇文馨再也不能迟疑，无论如何都要向分行报告了。

宇文馨请了两天年假，没接到小宋助理28号中午打来的电话。后来她获知盛行长召集了分行信用卡部和明华支行有关人员开了一个会，了解了斯禹科技的逾期情况后，做出指示："立刻摸查清收！"经办人费蓉已经在去浙江催收的路上。

小宋助理告诉宇文馨："当初审批并面签企业的林树成在会上说，审批企业的时候他在百钢集团，后来放款了他也不知道，再后来他就调走了。"宇文馨细查了一下记录，并向经办人了解了情况，发现事情的真相并非如此。从费蓉的报告里，宇文馨读到了这样的记录：

"2012年7月，我通过朋友介绍联系了斯禹科技公司，并开始做小微周转卡业务。我查看了财务报表并形成了授信报告后，上报了支行领导林树成助理，上报了分行信用卡中心，并约企业法人和其夫人跟林树成助理见面，林树成助理对企业法人和企业充分肯定，并深入谈了小微周转卡以外的对公对私业务，有结售汇、信用证、代发工资及个人房产抵押贷款。斯禹科技的贷款于8月13日经总行审批通过。放款前林树成助理于8月21日要求拿斯禹科技申请的资料回家看，之后资料一直未归还。放款后档案资料需要整理归档时，我要求林树成助理归还，他说已经放到宇文行长的办公桌上，可资料一直未找到，中间多次向他要资料，但直到他调离工作都未归还……"

资料的事宇文馨还有印象，斯禹科技出现逾期后，她亲自向林树成要资料才归还。宇文馨查看资料时，发现授信报告最后一页少了一张上报单位领导签字表，即林树成签名上报的这一页档案不见了。

后来宇文馨又了解到，费蓉报告里的"通过朋友介绍"，这个"朋友"是分行信用卡部的席阳。更可怕的是，推荐人、授信报告撰写人、审批人居然都是这个席阳。如果业务没有出现问题，也许宇文馨一直不知道这个情况，也没有任何人向她报告。从记录看，此项目是由林树成审批上报的，并且出账凭证的记录显示，企业第一、第二次提款都是由林树成审批签字的，不是他自己在会上说的，出款他不知道。这样看来，林树成就有点嫌疑了。

又是林树成！宇文馨皱了皱眉头。

银行内控制度日趋规范，支行客户经理、分行风险经理与审批官是三个层面，各有分工，各不重叠，这当中还有支行的部门经理、分管行长，当然还有支行一把手，同时还有总行风险经理、总行信用卡部审批官，层层把关。若是授信报告反映的情况属实，实地考察认真，有哪个企业能逃得过类似天罗地网的银行审批系统，钻银行的空子呢？

可是，这个貌似看来壁垒森严的、庞大的、健全的银行审批系统是那么的经不住"敲打"，只要有一个小小的环节出现了问题，就会导致"火山的爆发"。宇文馨在这笔业务上没有签字，但她脱不了干系，作为经营单位的一把手，她是第一负责人。

首先，这个业务一开始就由分行信用卡部推荐，是一个有信用卡功能的新业务；其次，内部管理有分工，业务推进的过程中，有分管领导林树成，有部门经理，又有经办客户经理，还有分行信用卡风险经理和总行审批部门。一个跟信用卡有关的产品，就像信用卡审批一样，支行主管行长与支行行长没有最终审批权。

这几个月来，明华支行小微周转卡业务发展得很迅猛，支行班子决定要加强风险防范，建立小微周转卡支行上会制度，并要求班子成员全体走访小微周转卡企业，面见核心企业法人和下游企业，确保业务的健康发展，以加强小微周转卡业务在支行审批环节中的重要作用。但这一切，都已经弥补不了早期不规范的业务留下的隐患。

后来，宇文馨又获知，总行推行小微周转卡业务初期没有审批会制度，没有企业法人无限责任保证担保，对贸易背景的真实性核实措施也不够，档案管理不严谨等。遗憾的是，明华支行的小微周转卡业务偏偏做了"出头鸟"。

因为斯禹科技的事，小宋助理情绪很低落。分行在全行通报了明华支行未及时报告企业账户被法院查封的情况，他觉得自己背了黑锅。

通报上点了经办人、柜台经理和小宋助理的名字，没有宇文馨。宇文馨倒希望连她一起"揪"出来，至少体现与民同"罪"。小宋助理说："通报明华支行就是通报一把手，还用点名吗？况且这个行的业务还要你继续主持，分行许多工作还要你出力，也可能是一个策略吧。"

小宋助理心里明白，但他还是感觉不舒服："新兴银行目前的管理体制和考核机制，估计相当一段时间都不会有太大的起色，我在这里没有归属感。"小宋助理继续说，"支行目前管理权、人事权、财务权什么都没有，出了问题就是支行的事。干这个活儿，迟早会出事。"

更大的问题是，小宋助理作为支行的主力，已经在专职摸查清收，其他方面业务的节奏迫不得已地放慢。还有，明华支行大干一季度的工作也受到了严重的影响，若想继续完成"开门红"，就需要比平时付出更多的努力了。

当业务真的出了问题时，即使还没有定性，还没有进入60天界定不良资产的期限,也让宇文馨经历了一个人气、士气由高到低的波动过程。她感觉到自己还是昨天的自己,业务还是昨天的业务,团队还是昨天的团队,但人们的看法已经不一样了。分行前两天召开了信用卡表彰会,仍然是宇文馨带领的明华支行做得最好,小微周转卡全行量最大,利润创收最高,获得前三季度冠军。但这次会上无一奖状可领,明华支行的座位排在最后一行,所有业绩被一票否决了。

想起这些,她自己的情绪也很低落。

启动关系促成立案

马上到春节了,过了春节就到2月底。

小宋助理又忙忙碌碌20多天,斯禹科技推动效果不大,市公安局那边至今没有立案。这笔业务到底是信用卡还是贷款,公安局尚未界定;核心企业和20家下游企业有没有问题,还要等他们一一核查才能确定。宇文馨打电话问过分行保全部的翟总,他说新兴银行十多年来还没有一个立案成功的例子。也就是说,按正常程序,还不知道要等到猴年马月呢。若是没有立案,就无法进入公安的刑侦系统,通缉当事人谈何容易!

宇文馨想起了平常不轻易启动的关系。

周日,宇文馨在办公室一直等到下午四点半,见到了来帮忙的人,这个人是艾梅介绍的。来的人很热心,坐下来开口就是要报案的日期、名称、内容,还问案件在哪个警官的手上。

宇文馨打电话找小宋助理："你把相关的资料发过来好吗？"

"好。"

20多天了，除了分行前天催着要的调查报告，小宋助理没有给宇文馨提供其他任何文字报告，不知道是她要求的不够明确呢，还是他的做事风格所致，他常常会按自己的思路去做事。斯禹科技的情况分行也不是不知道，但支行一直没主动报告进展情况，盛行长问宇文馨："司法部门查封账号是很重要的事情，怎么就不报告呢？"问得宇文馨哑口无言。

"你不上报是不对的，现在分行拿着这个事说事，说我们不上报，错过了抓法人、补合同的机会。"宇文馨有点责怪小宋助理。

"这都是马后炮，抓人？凭什么？人家企业当时经营正常，还款正常，法人也在，没有理由抓人。补签个人无限责任合同？总行连无限责任合同版本都没有，拿什么来签？"小宋助理满脸通红，他也着急了，"宇文行长，他们也得讲讲理，整个事情有多少漏洞？所有的贸易背景都不是真实的，20个人都不是企业的员工。平行作业（指分行和支行两级同时到企业进行考察）时，风险经理席阳、分管领导林树成难道一点都看不出来吗？当时总行都不同意放款了，我们支行也没有提出复议，后来的贷款怎么就批了，还发放了呢？放款时支行都不知道。相比之下，即使我没有及时报告，也算不上什么大问题。再说下去，大不了我就不干了，有什么了不起的。"

细细想来，宇文馨觉得小宋助理说的也不是没有道理。

宇文馨尽量口气平和地跟他沟通，鼓励他："盛行长说了，支行好好配合分行保全部，想办法找到人，立了案就好办了。"

怎么办？年轻人有脾气，不能多说。他要是辞职撒手不管了，行里更没人手干活了。经办客户经理费蓉也很不争气，请假三天了，说是眼睛痛，上周就说要做手术，宇文馨想去探望她，不让去看。问了她半天也说不出眼睛是什么病，做什么手术。这是一个行外编制的社会化员工，她真要辞职了，这经办人的责任还没人顶替呢。

这天，宇文馨正谈事，小企业部的领导来电问："方便吗？"

"在客户这里谈业务。"

"回头再说。"电话那头挂了。

宇文馨有点慌，"回头再说"说什么呢？自从斯禹科技出了问题，一说到小微业务她就打战，条件反射。

分行行办会结束那天中午，在16楼饭堂里，宇文馨见到了保全部的翟总，她主动说："支行工作没有做好，给保全部添麻烦了，请领导多多帮助我们。"

翟总说："立案没那么快，公安局的程序要慢慢来，急也没有用。你不要到盛行长那里去告状，说我们不抓紧呀。"

宇文馨弯腰低头说："没有说，没有说。"

宇文馨没有告诉翟总其实她已经在想办法。昨天经侦大队队长回话："立案快了。"

支行开会，宇文馨心急如焚，若是节前大部分工作落不到实处，大干一季度就会泡汤。越是在非常时期，越要振作。业务不能垮，人更不能垮，她必须鼓舞士气。尽管上一年度的支行经营数据出来了，比宇文馨想象中要好，净收入已经超过1亿元，中间业务收入3800万元，双双创历史新高。可这些数字，眼下有什么用呢？都在一票否决中，随风飘散了。

虽然冬至已经过去了，南方的天气暖洋洋的，可宇文馨的感冒还是没有一点好的迹象，她把自己裹得严严实实，一把把地吃药。她在家休息了半天，原以为企业都陆陆续续放假了，应该没什么事情，结果，电话还是一个接一个，短信一条接一条。

她想了想，还是到行里给大家开个碰头会，集中处理一下节前工作。

有时候开会不仅仅是传达，也是教大家做业务，培训员工。

这样忙碌下来，离春节只有最后的两天，大多数员工正在回家的路上。家家盼团聚，这一代孩子大多数是独生子女，每一个请假的员工宇文馨都批准了。而且以支行名义给每一位员工的父母都写了一封感谢信，还送了一份慰问金和一个小礼品。

宇文馨也想早点见到母亲，陪在母亲身边。前两天终于找到了母亲想要买的有两个口袋的衬衣了，一直没有送过去。宇文馨越来越想母亲了，自己和母亲聚少离多，欠母亲的这笔债，何时还得清？

母亲近来不舒服，上周妹妹突然来电话："咱妈昨天血压高到了190，但她不允许我给你打电话，说你很忙，把我们吓得一整夜没睡。"宇文馨一听情况很严重，立刻让妹妹打车把母亲送到滨城医院。母亲说千盼万盼来滨城过年是为了与子孙相聚，却要在医院住院，说什么也不同意。

在医院看到母亲的时候，宇文馨见她艰难地弯下腰去，在凳子旁边提起那个从来不离她身边、已经有点破旧的布袋，翻出了一沓一沓病历和平时量血压的记录，递给医生看，告诉医生这个药会过敏，那个药会过敏。

看着母亲做着这些事的时候，宇文馨感觉很心酸，有一种严重失职的内疚。父亲走后，母亲身边的保姆一直在更换，因此到现在为止，没有一个人能够把母亲从头到尾的病历做一个完整的整理和装订。母亲在身体这么不舒服的情况下，还么坚持地做自己的功课，宇文馨的眼泪忍不住就掉下来了。

医生看母亲那么谨慎，不敢开点滴，最后开了两种中成药，帮助减缓血栓。把母亲接出医院，让妹妹送走母亲后，宇文馨心里松了一口气，同时感觉自己整个人都想立刻躺下去。

宇文馨把自己硬拉回到工作上来。关于立案，近日经过大家的努力，终于正式拿回了斯禹科技小微周转卡的立案通知书。斯禹科技案件发生以来，分行一直没有追究支行的责任，并明确表示，"只要支行把案立了，支行就尽了职"。这是分行盛行长亲口说的。

宇文馨理解领导的意思：第一，出了这个事情，不全是明华支行的责任；第二，明华支行立完案之后，余下的工作主要由分行保全部处理了。她配合保全部，也是在帮助支行，帮助前任、现任主管行长和经办客户经理。员工们没事了，宇文馨也就没事了，小宋助理也解放出来了，又可以全力以赴做其他业务了。

为了这句话，宇文馨动用了所有能动用的关系，只要立了案，公安局就可以通缉，启动一系列刑侦手段，抓人、变卖他的资产，等等，还款就有了保证。宇文馨不愿意让支行这几个经办人担这么大的责任，这些年轻的员工，职业生涯才开始，他们应该有未来，有美好的远方。

出人意料的真相

小宋助理告诉宇文馨，由于分行其他支行的小微周转卡也陆续出现问题，分行已经让该业务的风险经理席阳待岗清收了。分行还做了大量调查，从席阳的存折和银行卡流水上查出200多万元的不明收入。费蓉账上也有两笔不明收入，其中一笔20多万元。但费蓉已经向分行监察室说明了来源，这笔款是她与席阳谈恋爱分手后，席阳给她的青春赔偿费。

两个月前，宇文馨在分行行办会上，含蓄地表达了这个业务是信用卡部有关人员推荐的，没想到话说出来却遭到了兰副行长的批评，说支行出了问题，应该主动承担，不要说有问题的业务就是分行介绍的。会后，宇文馨还向信用卡部的领导道了歉。支行的费蓉也不可靠，事情发生之后一直是含含糊糊，从不主动汇报，也不给宇文馨提交任何的文字说明，还三天两头请假。当时宇文馨就纳闷，如果像她自己所说，她真是没有事，那为什么要躲呢？一直到春节前支行员工联欢的那天晚上，费蓉突然抓着宇文馨的双手，用恳求的目光死死地盯着她："行长，你一定要帮帮我，我会把所有的事情真相都告诉你，但你一定要帮我。"

"好，其实我一直在帮你。可你一定要配合支行，跟我说实话。把你知道的、经历的如实地形成书面报告，星期一上午给我，我们要一起来研究才知道下一步该怎么帮你，好吗？"

星期一的上午，情况发生了变化。费蓉整个上午都在躲宇文馨，生怕宇文馨找她。

现在看来，费蓉和席阳的情感和业务搅到了一起，银行的员工又和企业搅到了一起，对公和对私搅到了一起。那会儿想抓企业的法人，支行还报告分行席阳，希望他能够上下齐心协力，没准这个"叛徒"就当了通风报信的角色，让企业人员早早地逃之夭夭。

因为到百钢出差，宇文馨上周没赶上分行行办会。行办会上的内容很多，每一次盛行长都会说些很精彩的话，随时会说出他的新想法、新决定。果然，这周盛行长宣布了一项重要的决定：改革创新。设立小微金融专业支行，这个专业支行不考核对公存贷款，只考核与小微金融业务有关的指标。分行配套成立小微金融部，把现在的小微业务部与中小企业部合并。

"滨城分行如果不突破、不创新，不杀出一条血路来，就不会有大前途。因此我们要在激烈的竞争中顽强生存、精耕细作、发展壮大，这是分行的唯一出路。"盛行长情绪高涨，声音洪亮。

宇文馨想，我们支行算是杀出这条"血路"的先行者吧，现在挂了彩、负了伤，如果能给后来者一些警醒，也不算白忙一场。

盛行长还宣布斯禹科技的问题已经水落石出，席阳、费蓉和林树成是这个业务的直接责任人。让大家更惊讶的是，在另一个支行一位女员工的账户上也查到了20万元，跟费蓉一样，是与席阳谈恋爱的青春赔偿费。

宇文馨觉得自己真傻，一心想让分行重视，尽快采取措施，以防更大面积出现问题。那会儿形势还不够明朗，所以引来了一连串"攻击"。分行信用卡部去年业务蓬勃发展，光是发卡就创造了2亿多元的利润。当时处分席阳就是处分信用卡部，领导很没面子。有关人员出于自我保护考虑，抱团向盛行长报告，说是明华支行太麻烦了。

这一天的会议上，宇文馨看到了许多部门一把手友好的目光。真相大白，宇文馨释然了。

谁来重组斯禹科技

分行两次给宇文馨指示，推动斯禹科技的重组方案。宇文馨知道这事很重要，6月底以前必须解决，分行、总行是一盘棋，不能影响总行H股的上市，也不能影响滨城分行半年度考核得分。分行说，万不得已都不要选择核销贷款，一旦进入核销阶段，就会扣分行、支行的利润，还要追究相关人员的责任。

但是，斯禹科技小微周转卡的重组并不顺利。原先分行宣布由分行主导进行重组，后来不知道是什么原因，突然通知，由支行想办法重组。宇文馨召开了支行行务会，跟大家通报，发挥集体的智慧。宇文馨与大家详细分析了手中有可能重组的企业名单，一个一个过目。但最后支行向分行报送了几个方案，都没有通过。

"喂，你们的斯禹科技重组得怎么样了呀？"分行苏副行长新上任风险总监，他突然给宇文馨打电话，"你们下午五点来一趟我办公室。其他支行都已经找好重组单位了，就剩你们支行了。"

宇文馨让小宋助理准备了一份汇报材料，把几家有可能重组的企业情况做一个全面介绍。

五点三十分，宇文馨推开了苏副行长办公室的门。苏副行长脸上的表情很冷，坐在沙发上，手里夹着一根烟。屋子里充满烟味，很呛人。宇文馨赶紧汇报，讲了支行近期的工作，讲了小宋助理很卖力地与企业沟通和谈判。

宇文馨说："我们刚又谈了一家公司，企业不错，是做新能源汽车配件的。"还没等宇文馨说完，苏副行长就打断了宇文馨的话："企业找我了。"苏副行长拿出了迈飞公司财务总监的名片,在手上挥了挥,然后放在了茶几上,"感觉上还可以。我们做两个准备方案:一,把企业抵押在其他行的抵押物置换出来,再追加三套他们的房子,给他一个贷款总额度;二,拿董事长在滨城和郊外的9套房子抵押,贷出6000多万元。你看行不行?"

苏副行长思维特别清晰,语速很快。风险部的小覃经理刷刷地记录,生怕记录不全,又复述了一次他的话。谈话过程很短,从头到尾只有十几分钟。宇文馨以为是来挨批评的,没想到方案已经全在苏副行长的脑海里,他们是来接活儿的。

"好的。我们马上找企业谈。"说完宇文馨便退出了办公室。

第二天,宇文馨带着小宋助理赶到迈飞公司,与迈飞公司开始了详细的交流。

迈飞公司是滨城新能源汽车总公司重要的合作商,去年的销售额达到了16亿元,并且进入了滨城运输局享受政府补贴的单位名单。迈飞公司很早就绑定了新能源汽车行业这个"高富帅",公司近年来发展如鱼得水。作为一个民营企业,迈飞公司没有国企那般财大气粗,但如果能够一直坚持稳健经营,并与新能源汽车总公司建立紧密而持续的合作关系,一直享受政府补贴,未来是值得期待的。

迈飞公司董事长侯中富是温州人,有着温州人独特的气质,精明、干练、儒雅,还有一双深邃的眼睛。最大的特点是他的额头,发际线很高,额头占了他的脸部的二分之一。宇文馨第一次见他是在日光灯下,他讲话时不断地晃动脑袋,他脑袋上的那束光不断移动,让宇文馨想到四个字:"聪明、有钱"。

后来宇文馨拜访他，他谈到除了做新能源汽车配件，他还想向多个领域拓展。比如他发现现代人越来越注重生活品质，便马上想到要拓展家政生活领域的新路子。他提出家政工作还有一个思路，就是向"管家"转型。现在人们忙于工作，往往对家里的大小杂事疲于打理，于是就催生了这样一个家庭管理者角色。侯中富的这些新颖的思路，在当时普通低端的家政行业中算是领先的，让宇文馨不得不佩服他捕捉商机的能力。

作为一个金融服务业的银行，如果也推出一个金融管家，会不会也能给客户提供更大的便利呢？在优质客户云集的滨城，各家银行都在抢占资源，新兴银行如果能像管家那样提供贴心服务，是不是更能赢得客户的青睐呢？这对银行来说未尝不是一个商机，宇文馨暗自想。

侯中富见宇文馨对他的想法连连肯定，说起话来，更加自信："下一步我将进军家居智能化行业。"

侯中富讲起他的全方位品质生活理念，眼里放光，仿佛脑海中已经有了张宏伟蓝图。从个人形象设计，到有机食物的健康配比，再到生活中的点滴细节，为追求精致生活的人打造衣食住行全套的个性化服务，敏锐的商业嗅觉又为侯中富指明了一条新路。

"我现在还读了一个关于企业管理的MBA课程，讲到经济学中的'微笑曲线'，这是类似微笑嘴型的一条曲线，两端朝上。在产业链中，附加值更多体现在两端——设计和销售。因此产业未来应朝'微笑曲线'的两端发展，也就是在左边加强研发，创造智慧财产权；在右边加强客户导向的营销与服务……"侯中富仿佛迫不及待地想跟宇文馨分享他的全部发展思路。

中午快下班的时候，宇文馨约了侯中富到分行见苏副行长。很巧，分行风险部的金副总之前就认识侯中富，金副总说，侯中富的行业口碑还不错，个人实力比较强，随便说说，他就能拿出十几套房子，若是有 6000 万元的物业，贷 6000 万元，2 个公司担保，2 个法人无限责任担保，还是相对安全的。"迈飞公司是滨城新能源汽车总公司最重要的合作商之一，一年能拿到大量的订单。侯中富还是滨城市新能源汽车协会的副会长，有地位、有身份。"小宋助理也跟宇文馨分析了这些情况，渐渐地宇文馨也觉得，或许迈飞公司就是重组中较合适的企业。

这次见面，分行风险部的金副总也在，他们说了一会儿话，距离近了，金副总直截了当地问："你有什么想法啊？你见了真佛，就不客气地说吧。"

"我不是来趁火打劫的，我们是互相支持。"侯中富悟性真好，宇文馨只是轻轻地提示了几句，让他跟分行谈方案的时候，要有高度，着眼大局。难怪他能在这个竞争十分激烈的行业里生存十多年，而且一直处于领先的位置。

苏副行长让侯中富详细介绍他的公司业务，然后习惯性地叼着一根烟，坐在沙发上，侧着身体，看着侯中富。整个过程，金副总、宇文馨、小宋助理轮流提问题，和侯中富互动。苏副行长就是不轻易说话。

谈话一直在继续，不知不觉已经快一点了，苏副行长把大家带到分行食堂吃自助餐，菜不多，但大家都吃得很香。

苏副行长吃饭很快，三下两下一碗面就吃完了。饭吃完的同时，他的方案也出笼了："你干脆把押给西北银行那三套房子也一块儿抵押给我们得了，我一次性给你 9500 万元，前面 5500 万元直接给你作流动资金使用，后面的 4000 万元，你接一张新能源汽车的订单，我就给你一笔。"这样的方案，支行的客户经理、小宋助理没想出来，宇文馨也不敢这么大胆地想。

苏副行长拍了板，终于敲定由迈飞公司来重组斯禹科技的不良资产。

很快，重组成功了。

按照分行贷后检查的工作要求，支行定期对全行贷款进行检查，这天轮到了迈飞公司。迈飞公司的总部基地在后山区，宇文馨他们坐着侯中富的宝马车一路穿梭来到他的办公基地。

宇文馨已经好长时间没有拜访侯中富的后山办公室了。走进去，一个硕大的招牌映入眼帘——高成集团。侯中富兴高采烈地介绍道，这是他们刚刚才新注册的集团公司，打算将他所经营的多家企业联合起来管理，打造成一家具有雄厚实力和经营广泛业务的综合性集团。

刚刚聊完企业的老业务后，侯中富说他又有新想法、新动作了。"你们能给我的异地公司做母公司担保授信吗？"侯中富的规划已经不止于滨城了，他准备将团队先拓展到全省，最后发展到他的老家。通过自己积累的人脉，与许多城市的新能源汽车企业有了接触，或许可以很快找到市场的切入口，并能为当地市场带去最新的销售和合作模式。

他们现在的公司管理架构、管理营销团队已经跟不上企业发展的速度了。从前年的 100 多人发展到如今 600 多人的规模，公司管理有了大的跨度。目前还因为招不到合适的人，侯中富自己在当总裁和董事长的同时，还兼做销售总监。听他手下的人说，侯中富一天到晚都忙得不可开交，连躺下也在打电话。

侯中富说，从今年开始，不要再把他们的企业看作一个单纯做汽车配件的企业了。它是一家集供应和配送为一体的综合服务平台企业。聊着聊着，侯中富从公文包中掏出一份尚未落地的商业策划书，上面印着"大数据""物联网"等字眼。这些当时非常时髦的名词，宇文馨也觉得很新鲜。

侯中富滔滔不绝地讲了两个小时，迈飞公司的前景被描绘得无限美好。明华支行的贷后检查走访安然无事。

迈飞贷款续做遇到麻烦

斯禹科技与迈飞公司重组成功，摆脱了不良资产的影响，明华支行的小微业务渐渐步入正轨，当初冒险吃下的螃蟹，慢慢品出好滋味来了。

可就在全行上下努力拓展新业务的时候，小宋助理突然向宇文馨汇报，迈飞公司5500万元流动资金贷款到期归还后，再续做时遇到了麻烦。由于企业利润下滑、现金流不足，分行贷审会批复比支行上报的5500万元少了1000万元的金额，并且要求企业另一笔已经发放的五年期限的4000万元固定资产贷款追加2000万元的抵押物。

春节前，侯中富跑到宇文馨办公室，面带难色地对她说："我们企业节前要支付一些货款，员工等着发年终奖和过节费，能不能先给我启用 2000 万元的贷款呢？我写一份承诺书，节后我一定把 2000 万元市值的抵押物给你们支行补上。"

宇文馨犹豫了一下，还是签了字。签字有很大的原因是侯中富放款的合同经分行放款中心审核，手续都齐全了，小宋助理和经办人马帆也催着宇文馨签字放款。合作了两年多，企业还是讲诚信的，彼此要有一定的信任，合作才能持续下去。

出款的时候，宇文馨在小宋助理的办公室，要求侯中富在承诺书上签下了字，并对他说："说好了，节后你务必追加 2000 万元的抵押物，否则分行不会同意你继续放款了。"

"一定。"侯中富坚定地说。临走时，侯中富紧紧地与宇文馨握了握手。

节后，侯中富又来宇文馨的办公室，不是来追加抵押物的，是要求继续放款的。说抵押物一时半会儿凑不齐，能不能再放 900 万元。小宋助理在旁边帮着说话："节前侯中富借了部分小贷公司的贷款，小贷公司天天派人跟着他，侯中富的公司经营受到了影响。小贷公司每天收息高达千分之三，企业受不了。这样下去，侯中富被拖垮了，我们的业务也会被牵连。"

侯中富又给宇文馨写了一份承诺书，除了保证追加 2000 万元的抵押物，还保证跟银行的合作全年结算量不低于 30%。这一次宇文馨又签字了，但愿能够给侯中富的经营带来改善。

没想到，过了两天，侯中富又来了。

"宇文行长，听说你腰痛，我给你准备了一个小型的理疗机，你试试看。"侯中富还挺心细，前两次来，都看见宇文馨捆着一个腰带上班。

"不用了，谢谢侯总。"宇文馨没有接侯中富手上的东西，"这病是个慢性病，一时半会儿治不好。"

"你不用怎么知道呢，用了说不定就好了呢。"侯中富还是很坚持。

"真不用。你有事先说吧。"宇文馨不与这些贷款户深交，拿人家手短，这些生意人，无利不起早，"你不会又有什么事吧？"

侯中富果然有事。他在找宇文馨之前，已经找过了经办人马帆，要求继续放 1600 万元贷款。

"不可能。"马帆挡了回去。

侯中富又找了小宋助理。

"你太为难我了，侯总，我们都说好了，先追加抵押物。银行又不是我自己开的。"小宋助理也挡了回去。

侯中富接着找宇文馨。连续三天，天天都候在支行办公室里，宇文馨一踏入办公室，他就出现了，不知道他的消息为什么这么灵通。

"宇文行长，我们企业资金确实很紧张，与合作商的货款要按进度付款，你能不能再通融一下？"侯中富小心翼翼，眼睛一转不转地看着宇文馨，让她有说不出的压力。

"我已经通融了你两次，不能再通融了。"宇文馨再难也要把话说出来，员工可以推，但是到她这里来就要拍板。

"那你就放一点点，300 万元也好。不到万不得已我都不会这样求你的。其他银行已经收缩了我的一部分贷款，小贷公司的款未能还完，利滚利，压得我喘不过气，企业快撑不住了。"侯中富苦苦地向宇文馨解释着。

"那你的 2000 万元的抵押物呢？"宇文馨问。

"我有一些在按揭中,我要一套一套解出来,才能给你们银行。"

"要多久?"

"再缓一缓。"

"缓多久?"宇文馨问。

侯中富吞吞吐吐,答不上来了,表情有些不自然。他知道自己有些理亏,但此刻他就是赖在宇文馨的办公室不走。

"宇文行长,这次你就算救救我吧。"侯中富一脸苦相,已经没有了往日放光的眼神。那双本比别人长许多的腿,屈在不宽的茶几与沙发之间。

宇文馨看着侯中富沮丧的样子,开始有些心软。

"宇文行长,我再给你写份承诺书,这次我保证7天内把抵押物追加上,如果实在不成我就主动提前归还1600万元的贷款,好不好?"

"这只是我的一份工作,帮人也不能让我违规,这点你应该懂吧?不按照贷审会的批复办理,这个款我们支行是没有权利放出去的。"宇文馨很耐心地向侯中富解释。

"据我了解,批复里没有说到这句话。"侯中富神秘地说。

"你怎么知道没有这句话呢?"宇文馨惊讶地问。

"因为我有你们贷审会批复的文件。"侯中富凑近宇文馨的耳朵小声地说。

"你怎么可能有分行贷审会的批复呢?"宇文馨瞪大眼睛,"即使你看到这个批复,我们还有一个贷审会的小批复,我们那个条件写在小批复里面。这个小批复你总该没有吧?"

侯中富想了想又说:"那分行也是可以沟通的。"

"分行沟通？你是说跟谁沟通呢？"宇文馨问。难道是苏副行长？听小宋助理说，最近侯中富经常去找苏副行长。

"侯总，你这样要求银行确实已经不合适了。两年前，你帮过我们银行。但这两年多来，你一直用的都是银行给你的钱，银行是把收益让利给你了，银行按照当初的约定也给你足够的支持了。现在，我不光是给你发放了一个5500万元的流动资金贷款，又给你追加了一笔4000万元的五年期的固定资产贷款。所以你不能用这种方式来逼我们银行。目前经济环境复杂，各家银行加大了资产风险的管理，纷纷收贷款，你在我们新兴银行的贷款从一年期增加到五年期，这种支持力度是各家银行所没有的。你一定要珍惜和维护好来之不易的合作关系。大局当前，一定要清醒，信守承诺，我们的合作才能长远，企业才能渡过难关，走向辉煌，对不对？"宇文馨一口气讲了许多语重心长的话。

或许这些话触动了侯中富，他点点头说"好"，就退出去了。

看侯中富走了，宇文馨也赶紧出门办事。

宇文馨开车回支行，路上接到分行小微金融部的电话："宇文行长，听说你们支行有两笔预报过的个人助业贷款1500万元不准备投放了，是这样吗？"

"没有呀，谁说的？"

"你们员工给我们反映说你们不准备投放了，因为支行出了问题，你们支行的业绩考核就会扣分，所以现在做什么业务都没有意义了。"分行小微金融部的领导说。

"我们支行根本不是这个意思，即使支行真有业务出了问题，也从未在任何场合说过支行不想发放贷款了。我们现在有3381笔个人贷款，金额已经超过了7亿元，即使刚出现的这两笔小额贷款列入问题贷款，目前的关注类贷款也控制在总行要求的范围内。一笔业务从开始跟客户沟通、营销到客户有意向，再到产品设计、方案报批、抵押物办理手续，经过多少的环节才能完成全部操作流程，现在哪能说放弃就放弃呢？"

宇文馨心里十分清楚，当下银行发展显得十分困难，相当大的存量资产管理工作问题不少。但越是困难越要挺住，如果银行资产出了问题，再不发展，那存量的客户就会跑了。一边不良资产冒出来，一边优质客户跑了，银行就进入了恶性循环，后果又会是怎么样的呢？宇文馨想起了十年前她刚出任明华支行行长时的情形，历史不能重演啊！

回到支行，一进楼，就听见有人在高声说话。细听是马帆与侯中富吵起来了。

"侯总，你若要我们银行继续放款，就必须把你公司的各家银行贷款情况说清楚，否则我不知道你的洞有多深，也不知道我们银行投下去能不能救活你，不说我是不会操作的。"马帆用很高的语调跟侯中富说话。

"我为什么要告诉你那么多？我投到哪里关你什么事？最多你知道你们银行借给我的钱放哪里就行了。"侯中富也不示弱，声音比马帆还要高。

"你这个态度，那就没得谈了，你不告诉我，我也不知道你的资金投到哪里去了。你说，我还会给你放款吗？放了也会死掉。"

"你为什么咒我，你是不是巴不得我快死，我死了你有什么好处啊？"

"我大不了就不干了。"

"不干就不干，拿去给别人干。"

这两个人越吵越没理性。马帆本来就有点生气，上周因业务上的一些问题，侯中富派人守着马帆不让他回家，马帆曾经报过警。

宇文馨见这情形，赶快拉开了马帆。

"侯总，不要跟小伙子一般见识，你要理性一点。我们了解情况，是为了帮你梳理一下你当下的情况，研究你的现金流怎么盘活，你应该配合才对呀。"宇文馨拉过来一张凳子，坐在侯中富的旁边，平和地跟他说，"我们问你这么多，就是想帮助你。"

屋子里安静下来了，马帆和侯中富好像回到了理性的状态。

宇文馨趁机接着说："我们马帆、小宋助理，这些员工都很辛苦，每天都加班，为了你这个项目，不止十次到企业调查，了解情况，书写报告，你要尊重他们。你目前已经到了非常困难的时期，银行拉你一把，你就活过来了。和气生财，有想法好好说话。你说好不好呢？"

一场风暴终于平息了。

最近中小企业的形势十分严峻，遇到困难的不仅仅是迈飞公司，新兴银行的逾期贷款不断增加，宇文馨所在的明华支行也陆续出现情况。

宇文馨夜以继日，把一切有可能防范的、化解的问题全速推动，力求控制局面，不让事态继续变坏。但受大环境的影响，继续出现企业违约率不断增高的情况，银行信用经营的脆弱性在这种环境下暴露无遗。支行有两笔个人助业贷款，先后出现欠息现象。虽然贷款未到期，抵押物都是足值的，但这两笔贷款的贷款人由于经营不善，上下游资金结算受阻，又有经济纠纷，抵押的房屋均被他人查封了。

宇文馨的明华支行业务，似乎陷入了瓶颈。

| 第 六 章 |

放不放款
谁来担当

宇文馨万万没想到的是，侯中富第二天突然不见了，银行和小贷公司动用了大量的资源都没能找到他，迈飞公司的事就这样遥遥无期地拖了下去……

苏副行长变脸为哪桩

迈飞公司的情况越来越复杂了。侯中富的债主小贷公司开始采取升级行动,把迈飞公司的公章、银行U盾,侯中富的身份证、港澳通行证全部收走了,还每天派人跟着他出入。侯中富没有了人身自由,已经七天没回家了,公司的经营也受到了较大的影响。

宇文馨知道得越多,越感到迈飞公司的问题严重。最要命的是,侯中富至今未跟她说实话。公司在外面到底还有多少债务?他公司的2亿元的贷款都到哪里去了?新兴银行这1600万元有没有救他的可能?如果暂时救了,下一步又怎么抽回来?

侯中富的财务每天都到支行办公室坐着,办公室挤满了迈飞公司和他的债主小贷公司的人,这到底是怎么回事?

宇文馨心里慌得很,希望分行给个指导意见。苏副行长派了风险部小覃经理到企业再摸查一遍情况，看看公司目前的主营业务是否正常。

昨天上午九点，宇文馨和小宋助理、马帆被叫到了苏副行长的办公室开会。马帆、小宋助理一边汇报，一边听风险经理小覃的介绍，大家达成了共识：企业有问题了，目前不宜再加大投放。

中途苏副行长通知侯中富到他办公室。半个小时不到，侯中富来了。

"你老实告诉我，你的资金去了哪里？"苏副行长问。

"一部分投到香港了，1500万元准备收购上市公司的部分股权；一部分借给了老婆的伯父，6000万元在沈阳开服装城；一部分银行收贷压缩了3500万元，另外还用2500万元买了个别墅。"

侯中富一进苏副行长的办公室，就老实得像只猫似的，毫无保留地坦白交代了。

"我们给你放的款你都用到哪里去了？"苏副行长继续问。

侯中富又一五一十地汇报了……

苏副行长耐心地听完他的表述，迅速做出了指示："一，你香港收购股权是一个错误的决定。1500万元在里面占很少的份额，股价跌了你还要追加买进，后续资金跟不上，所以建议你赶紧收回，毫不犹豫，哪怕是亏了一点也要撤退。二，你老婆伯父的借款也是错误的。现在的服装城还有搞头吗？明明知道搞不起来，你帮他就是害他。所以你赶紧把他沈阳的10000平方米的厂房追加抵押给我们。三，把别墅、你的办公楼、你住的房子，这些优质的房产赶快卖掉，还掉其他银行的贷款，你的负债马上就会下来。没有什么舍不得的，你现在要先救你自己。你还有东山再起的机会。"

苏副行长处理这些问题轻车熟路。

"能不能先把款放给我用呢？"侯中富有些不情愿。

"你不要跟我谈条件，你先把你的这些事情处理好了，我们再议。"苏副行长始终未松口。

宇文馨深深地舒了一口气。苏副行长的态度很明确，坚定的意见跟支行的意见是完全一致的。刚刚上任的风险部魏总第一次参会，在旁边认真听着，然后说："侯总，我们银行是有制度要求的，你别为难我们了。你有你的事业，我们只是在这个岗位上尽一份责任。"遇到一些客户执着难缠的时候，银行就是要这样，上下一致，高度团结，不能让他有任何的幻想。只要分行不松口，企业就无法逼支行。

侯中富低头走出了办公室。

第二天，宇文馨的办公室门口突然多了一个陌生人。员工给宇文馨打电话，叫她不要回来，侯中富把小贷公司的人带来了。

宇文馨有点反感。侯中富不但不去解决问题，还把压力传导到这里来。

侯中富的财务不断地打电话找宇文馨："苏副行长下午找你们开会。"奇怪，宇文馨想，苏副行长找我们开会为什么要企业来通知呢？

小宋助理告诉宇文馨："昨天下午我们在分行开项目会的时候，等了一个多小时未开，就是因为侯中富又找了苏副行长，说了什么不知道。无非就是侯中富不死心，又去磨领导了。"

果然下午一上班，风险部打电话来通知宇文馨马上到苏副行长办公室开会。

"你们支行怎么办呀？"一进门，苏副行长就问话。魏总也在。

"您昨天不是做了指示吗？我们就按您的指示办。等企业完善了条件，追加了抵押物再说。"宇文馨很轻松地回话，没弄明白发生什么事了。

"你们现在不放款，他就死了。"

宇文馨有点摸不着头脑，"万一救了也死呢？不是损失更大吗？"

"至少死得不那么快，甚至有生的机会。"苏副行长说。

"谁能保证投进去就活了呢？如果不完善条件，不追加抵押物，我们见不到企业采取措施，匆忙地再投放1600万元，风险会很大，苏副行长。"

"那你是什么意思？"苏副行长有点没耐心了。

"我听分行的。你们领导说放，那我就放，你们签字。"

"我没有意见，你们自己定。"

"我们定不了，我们听分行的。"宇文馨与苏副行长你一句我一句。

"我没逼你，放不放你们自己决定。不要问我，我没意见。"苏副行长一反昨日的态度，调子完全不一样了。苏副行长怎么变得那么快？支行每一笔业务，做，或不做，从来都是分行说了算的。

"苏副行长，您昨天说得很清楚了呀，企业应该回去好好地解决自己的问题，不能够反过来逼我们放款，这是不对的。您说呢，苏副行长。既不追加抵押物，还投放1600万元，我们支行继续这样走下去太盲目了。这就是我的意见。"宇文馨还是很耐心地跟苏副行长作解释。

苏副行长从烟盒里抽出一根烟点燃，打火机重重地往茶几上一扔，深深地吸了一口烟。"你们不放，企业会死得更快，支行马上把这个户划到资产保全部，你们的人下岗清收吧，客户进入不良。"苏副行长讲完之后，看了一眼宇文馨，咄咄逼人的语气就是要宇文馨表态，但宇文馨就是不吭声。企业自身经营不善，乱投资，结果应该他自己去承受。宇文馨经过这些年的锤炼，心也变得有点硬了。让她奇怪的是，苏副行长怎么就一夜之间，屁股居然坐在企业那边了呢？明明昨天已经说好了。

"你们三个人要不要出去商量一下再回来？"苏副行长提示。

"不用了，马帆、小宋，你们先说。"宇文馨说。

马帆说了自己的想法："我感觉对企业还没有摸透，从去年下半年开始，他大量增加了贷款，虽然昨天在这里说了一些他的投资方向和项目，但是我觉得他还没有讲透，还藏着一点。所以不搞清楚，现阶段不适宜这么急地放款。"

轮到小宋助理，他却讲了一些模棱两可的话："不放呢，可能企业就会死了。放呢，可能就救活了，也可能救不活。大头都放了，再放个1600万元，这数字没有太大的差别。"小宋助理的话说了等于没说。

宇文馨想，贷款是分行批的，领导既然发了话，自己何必得罪人？再说，小宋助理、马帆也时不时闹着要调走。只要不下岗，不扣利润，大家都过去了。为什么不顺着领导的意思做呢？但是，1600万元，这该是个多大的数字，现在客户经理程诚连贷款欠息10万元都收不回来。

魏总坐在一旁一直不说话，不断看手机收到的信息。宇文馨知道，他对这笔业务给予这么大的贷款是有保留意见的。

小覃经理不断地低头做记录，更不会说话。苏副行长此刻有点尴尬，突然说："叫资产保全部的翟总来。"

翟总进来了。"马上把这笔业务划上资产保全部，清收。"苏副行长的脸色很不好看，语气很重，"马帆，你下岗，干脆小宋助理一块儿下岗。"

苏副行长是做给宇文馨看的，看她救不救自己的左右手。宇文馨很难受，也很委屈，但高压对她没有用。

"宇文行长，我一直都很尊重你。"苏副行长发现他前面的话没能让宇文馨顺从，就又改变了语气。

"我知道。工作中您一直对我都很支持，尤其是百钢业务，所以我深深地感谢您。"宇文馨想，那是工作上的支持，分行对支行的支持。

"你看你最近做的都是什么业务？歪歪扭扭的！"苏副行长接着说。

"行长，我最近没有新业务。去年我上报了七个客户，包括两个上市公司、三个国企大集团，至今有些过了会，有些没过会。"尽管苏副行长的态度不友好，但是宇文馨还是低声下气地跟他汇报。

"你说的项目是哪一个啊？"

"保税区集团。"宇文馨说。

"我没批你吗？"

"是总行政策不支持，一会儿说走'流动资金贷款'，一会儿说走

'固定资产贷款'，一会儿说走'项目贷款'，结果流产了。"

"你再说说你还有哪些项目？"

"中天集团，30亿元的物流园项目贷款。现在就等着两证合一证，拿到了就可以报批了。还有就是方业集团两个项目，听说昨天批了一个小的。"

"我不支持你吗？"

"支持。如果不支持也就批不下来了。听说昨天贷审会上您还帮我们说了很多的好话，我们真的也是很感谢的，没有您的批准，我们什么也做不成。"

苏副行长企图一点一点地说服宇文馨。

宇文馨也觉得自己很奇怪，为什么这么倔呢？

苏副行长又开始施压："你们支行都怎么管理的？迈飞公司去年年底在其他银行迅速增加了这么多贷款，为什么不报告？"

"我们报了呀。"

"你给谁报了？"

"我给魏总报了。"宇文馨说完，苏副行长再也不说话了。

宇文馨很不愿意用这种方式跟苏副行长对话，得罪领导了，今后的日子有的是苦果吃。百钢业务就是一个例子，兰副行长后来对宇文馨的工作左右找茬，让明华支行承受着很大的压力。但是宇文馨还是想把事情说清楚，听说全行有十多个支行小微周转卡出了问题，最后只有明华支行真正重组解决了。其他支行后来都不重组了，现在也没看到哪个支行考核扣分了，哪个行长下岗了。

宇文馨有些后悔。

苏副行长今天真的有点反常。平时他很少说话，也很理性，但为了迈飞公司，居然用了整整两个上午的时间，连分行几十个项目的贷审会也不开了。三个小时过去了，苏副行长没有在宇文馨这里得到他要的结果。

"明天上午你们必须给我报方案，签上你们的名字。"

宇文馨他们离开了苏副行长办公室。

她不知道该找谁商量，想着想着就走进了魏总的办公室。

"分行与支行是一致的，都是想把风险降到最低。"魏总的话说得很有策略，不愧是总行下来的干部，"这些事情盛行长知道吗？"

"没有，因为盛行长没有问过我。"

宇文馨突然想，莫非是魏总给她的一个提示。跟盛行长说了会不会好一点？不管最后放不放款，领导知道是怎么一回事儿，宇文馨就有所交代。

宇文馨犹豫了一下，还是到了盛行长的办公室，把情况汇报了一下。

盛行长刚下飞机，从总行开会回来，风尘仆仆，台面上堆满了文件。盛行长在办公室里踱来踱去："你继续说。"

宇文馨就一五一十地把下午发生的事情做了简单的汇报。

"好，我知道了。你回去吧。不着急，我尊重你们支行的意见，不想放款就不放款了。"盛行长见宇文馨一筹莫展的样子，宽慰了她几句。

宇文馨回到支行已经天黑了，小宋助理在会议室里继续向侯中富了解情况。宇文馨叫马帆去买盒饭，几个人在会议室一边吃快餐，一边继续与侯中富谈话。侯中富拿出了委托中介变卖三套房子的清单：

一套是锦都花园的250平方米的大房，一套是沁园山庄的900平方米的别墅，还有他后山的整层2000平方米的办公室。要是侯中富一开始就有这么坦诚的态度多好，事态不会到今天这个地步。

有钱也不能任性啊！宇文馨暗暗感慨。

"早知老婆的伯父没有能力经营，就不应该借他那么多的钱，尤其是后面又追加了3000万元，这叫害他。不借他，他也就没有能力往下走了。"侯中富说。

"按理说，我们也不应该给你这么多的贷款。明知道你只有几千万元的缺口，却给你放大额度，这不也叫害了你吗？"宇文馨不能说出来，后来的方案是苏副行长给他设计的一个4000万元的5年期的固定资产贷款。

与侯中富的交流快十点才结束。其间，苏副行长曾经给宇文馨来过一个电话，是八点多的时候。苏副行长说："你明天一早就要把支行的意见签好送到我办公室。"

这是下午开会他已经说过多次的话，他这个电话不是为这句话而来的。果然，他接着说："我没有逼你放款啊，你不要到处说我逼你。"莫非刚才见盛行长的事情，被苏副行长知道了？

"你自己做了什么事你自己知道。"苏副行长突然来了这么一句话。

"我没有做什么事啊，苏副行长。您这句话想说什么呢？我一生坦坦荡荡，光明磊落，从来不做对不起新兴银行和集体的事情。除了百钢，我不与任何贷款户深交，也无需他们对我个人有任何的帮助。这些行里员工都清楚的。我是一个有20多年党龄、工龄的干部，经得起组织对我的任何检查，也不怕任何人造谣生非。所以请您相信我的品德和为人。"说这话的时候，宇文馨挺着腰板，中气很足。

"可能你误会了，我不是这个意思。"

这话太直白了，怎么会有误会呢？

"你说我有没有帮你？"苏副行长又重复着下午会上说过的话。

"有啊，您一直都在帮我，我十分感激。"宇文馨也重复下午会上的话。

"这一次就算帮我吧。"苏副行长的语速很快，一滑就过，但宇文馨听得很清楚。

莫非这次苏副行长真的遇到困难了？下午在分行的时候，她听到风险部的人在说，近期分行频频出了不良，总行给苏副行长亮"黄牌"了，要求必须在季末把不良贷款压下来。苏副行长身不由己？

这一夜宇文馨又彻夜不眠。

迈飞被小贷公司追杀

迈飞公司的事，一波比一波凶。昨天，企业要发工资，小贷公司不肯交回迈飞公司的网银 U 盾。侯中富账上的回款有 400 多万元无法使用，几百名员工集体向劳动局投诉，侯中富被劳动局叫去问话了。

"小贷公司太黑了，出这么下三烂的招。"宇文馨也开始生气。

迈飞公司这样下去，合作单位一定会介入。若无法给员工发工资，这事就大了，会导致企业劳动仲裁，接着各家银行会起诉收贷。

迈飞公司已经四面楚歌，再不及时处理，企业随时会垮掉。

小宋助理急得团团转，狠狠骂了小贷公司："你们搞死侯中富，也把自己搞死了，这道理你难道不懂吗？"

"借钱还债，天经地义。"小贷公司的副总跟小宋助理顶了起来。

经过一番努力协调，小贷公司终于让步了，把网银 U 盾交给了银行，但是只允许发放 200 万元的工资，其他资金不能动，并且要迅速把网银 U 盾交回给小贷公司。

宇文馨对小贷公司从来没有好感，她本不应该卷进来，小贷公司与侯中富的债务关系与银行无关。宇文馨在上面也没有任何的约定和签字，甚至侯中富借小贷公司的钱，宇文馨之前都不知道。但一个借着几千万元贷款的企业，只要它的经营有任何风吹草动，都会让宇文馨担惊受怕，因为这涉及明华支行的业务。

前两天，来了一批小贷公司的人，就是这个副总带队，宇文馨让小宋助理去对接。小贷公司核算的侯中富借款是 2400 多万元，侯中富本人核算是 2250 万元。最后在小宋助理的协调下，小贷公司把侯中富的债务降低到 2150 万元，比侯中富的 2250 万元还要低 100 万元。但小贷公司提出了三个条件：一，银行发放贷款要还小贷公司 1500 万元，余下的 650 万元，小贷公司转为侯中富企业的正常贷款；二，每月除了还息，还要还本金 150 万元；三，只要侯中富有一次违约，本合同作废，回到原点，即侯中富的借款又要执行每天千分之三的利息。

侯中富居然同意了。

按侯中富往日的聪明机灵，连个小数点都算得清清楚楚的人，怎么算这个账就那么犯糊涂呢？怕是这些天，小贷公司对他采取的各式各样的手段已经把他弄晕了。

"我们坚决反对。宇文行长,这三个条件侯中富都不应该答应。第一,我们放这个1500万元给小贷的前提是侯中富要结清与小贷的全部债务,不留任何尾巴;第二,每个月除了还息,还要还150万元的本金,侯中富的现金流无法覆盖,因为他公司还有2亿元贷款的正常利息要还;第三,若侯中富有一次因不可预测的因素,没能实现前面两点,他们的合约就无条件回到了原点,我们银行就被套牢了。"小宋助理说。

"那怎么办呢?"宇文馨问。

"那个小贷公司副总凶得很,老说我帮企业说话,还怀疑我与侯中富是一伙的,好像减少了多少金额侯中富就会给我发奖金似的。"小宋助理说话的时候有气无力,这段时间他为迈飞公司的事耗尽了精力。他本来就个子矮小,才三十出头的人就开始驼背了,跟人说话的时候,脑袋上一片光亮光亮的白发很抢眼。

宇文馨知道小宋助理是在帮助侯中富,帮助侯中富就是在帮助银行。首先支行要让企业清掉它的非正常的债务,然后让它活下去,支行的业务才有可能保持正常。

由于双方僵持,当天的方案未被通过。

不久又传来了新的方案,有一家银行同意把侯中富的贷款提前结清,余下的款归还小贷公司。也就是说,小贷公司出资1250万元,把侯中富抵押在这家银行的市价在1900万元的写字楼买下,这样小贷公司就把侯中富的部分债务转为了物业,余下的就是宇文馨放款1500万元。

"这样也可以。"小宋助理说,"只要侯中富在小贷公司的借款压到 1500 万元,就在我们可控的范围内,银行介入才会有意义。否则,按前面的方案,银行投多少都会被小贷公司没完没了地吞掉。据说侯中富一开始的借款没有这么多,而且当中他已经还过 500 万元。但是小贷公司扣的不是他的本,是他的欠息,利滚利,越滚越大。"

宇文馨与小宋助理保持一致意见,绝不松口。小贷公司亏个 2000 万元,它可能就运营不下去了。看谁熬得过谁。

上午十点,侯中富带着小贷公司的人二度来银行。这次来的是小贷公司的老板,熊先生。

宇文馨很客气地接待了这位不速之客。尽管不想太深地介入侯中富的事,但这几天处理的效果很不理想。

"宇文行长,久仰大名。听说你在银行界享有名气,今天是见真人了。竟然是个女行长,还那么端庄优雅。"

"客气了,应该向您学习。"宇文馨侧着身,给熊先生倒茶。

细端详起来,熊老板国字脸,额头又宽又大,看着应该有一把年纪了,白发苍苍的。

"我们今天来,是想与你沟通一下,了解银行对侯中富的态度,同时也想向你通报一个情况。先前谈的那家银行贷款由我们来赎楼买下,有诸多的不确定性,所以我们的方案改了。上一次 2400 多万元降到 2150 万元,现在我们还可以降一些,宇文行长,你看我这个提议行吗?你也可以提一个方案,只要合理,我们就结了,我们的态度很明确,就是尽快解决问题。"

熊先生讲话节奏很慢,声音也很平和。这些小贷公司,机关算尽，能主动跟你谈减少债务的可不是一般的人，也要有一定的胸怀。还没等宇文馨说话，熊先生又开口了："宇文行长啊，我们小贷公司是个弱势群体，等不得。侯中富的债务银行很多，任何一个银行开始采取措施，我们都会很被动。你们银行都抓住了他的写字楼、住房，我们什么都没有。所以我只能抓住他的个人担保、身份证、公章、法人章、银行网银U盾。昨天发不出工资的事件不是我的本意，不好意思呀。如果没有这些手段，侯中富也不会重视在我这里的欠款。我们也是一个企业，做的就是这个资金买卖的生意。有借有还，大家都还有下一回。你别看我放贷款收的利息高一些，可我资金来得也贵。你们是国家银行，享有特权，吸收的是公众存款。而我们的存款是靠自己吸收的，成本很高。不瞒你说，存款利率到了20%了，所以我贷出去要比银行的高，也是合理的吧。"

"过桥贷款，就是过桥。可侯中富从年初到现在，借款已经几个月了，早已经不是过桥了。侯中富已经违约，按规则他就要承担违约的责任和处罚。"熊先生继续说话。

"当初我也是看着侯中富很困难，才支持他的，好心帮助了他，他却违约不还款，影响了我的正常经营。从年初到现在，我的工作人员进入清收，每个月只拿2200元的生活费，没有奖金了。"宇文馨没有告诉熊先生，银行处罚手段一点都不比小贷公司的轻。银行员工下岗清收的生活费是1800元。话说回来，若是今天宇文馨发放了1600万元，帮助侯中富还了他和小贷公司的债务，小贷公司是解脱了，又怎么知道下一个被套牢的人是不是宇文馨呢？迈飞公司一旦喘不上气，就会成为明华支行最大的不良贷款户。

熊先生又说:"我今天来就是想听宇文行长的一句话,你的态度决定了我的态度。你可能在看我能不能与侯中富达成协议,我却要看你的底牌能不能够解决侯中富在我这里的债务。应该说我们的目的是一致的。若侯中富继续欠债不还,我们这个行业也有我们自己的清收方式。"熊先生说到最后一句话的时候口气还比较强硬。

坐在旁边的小宋助理终于开始说话了:"熊先生,既然你已经说得那么诚恳,我也想补充几句。侯中富现在是个病人,我们在某个意义上就是他的医生。我们能不能把他治好,要看我们给他开的是什么药方。如果药到病除,侯中富病好了,是我们最希望看到的。即使他好了,他也还不完全是一个健康人,要让他有一段疗伤的过程。因此我们一定要有务实的态度,可行的方案。"

"既然你说到这儿,我们就说具体的。我现在开出 1650 万元,行了吗?从 2150 万元到 1650 万元,再减少 500 万元的债务。"熊先生的话让宇文馨有点意外,宇文馨瞟了一眼坐在对面的侯中富。侯中富低着头说:"A 银行有 40 万元银行承兑汇票到期了,如果不兑付上,银行就会起诉我……"

"那好,我再给你减少 40 万元。"熊先生非常不情愿,但还是再一次做出了让步,"还有什么问题吗?"

侯中富又低着头说:"还有 600 多个人的工资没有发放……"

"你还真敢说了,侯中富你也太不像话了,你不能没完没了地向我们提要求。"坐在边上的熊先生带来的副总,终于忍不住咆哮起来了。

侯中富张着嘴,表情僵在那儿,不敢再往下说话。

"小侯啊,我真的要说你几句了。困难谁都有,你不能这样。我们让步也是有限的。一个大男人，要有责任，要敢于承担。自己做的事自己要挑起来，不能连累他人。我跟宇文行长都是帮助你的人。你要有良心，我不客气地说，你解决问题的能力太差了，当下你要抓住的是主要问题，首先解决大事。我说过了，我收不回这一千多万元，明天我的公司还在，你处理不好这件事，你的公司就彻底完了。一旦破产，你十年都抬不起头。你才40岁出头，你要考虑清楚。"熊先生语重心长地对侯中富说。

侯中富就坐在对面，一声不吭，低着头缩成一团，往日光鲜照人、底气十足的形象不见了。边上坐着他的妻子，高高的个头，修长的腿，白嫩的皮肤，高鼻梁，樱桃小嘴，楚楚动人，连宇文馨都忍不住要多看她几眼。难怪枕边风轻轻一吹，侯中富就像中了邪，先后把6000多万元借给她伯父，放在毫无希望的项目上。

"侯总，你落难成这个样子，各家银行都在收你的贷款。人家宇文行长还伸出手来救你，你东山再起的时候，真的要记住你这些生命中的贵人。"熊先生的话有点触动宇文馨，尽管宇文馨知道他也在表达着他自己是侯中富的贵人。

"宇文行长，今天我当着你的面就拍板了，1650万元就再减个40万元，或者直接就减50万元吧。1600万元，结了。你看行吗？"

侯中富不再说话了。他是受益者，但整个过程却是宇文馨与熊先生在谈判。

宇文馨没有马上回答。不是她不想，而是她做不了这个主。她心里是接受这个方案的。熊先生今天的到来，使得多日议而不决的方案落地了。如果顺利的话，宇文馨就可以帮助侯中富解开这个结，让迈飞公司甩掉小贷公司的重重债务，回归正常。这是宇文馨最希望看到的，问题解决好了，三方都是赢家。

"先这么议吧。因为我们还要向分行汇报。"

宇文馨一直把熊先生送到电梯口。

这款放还是不放

一大早，宇文馨带着小宋助理和马帆，捧着准备继续放款的方案、材料，满怀希望地去敲苏副行长的门。苏副行长不在。宇文馨转身到了 20 楼分行风险部找魏总。

魏总很惊讶："你们不是不放款了吗？怎么又准备放款了？"

宇文馨赶紧解释了这些天来她与小宋助理一起做的大量的工作和谈判的方案，告诉魏总现在到了发放贷款的时机了。没想到魏总说："这事我定不了，你们要去跟盛行长汇报。"宇文馨又捧着资料，不加思考地往盛行长的办公室走去。眼看着一个企业奄奄一息，马上就有可能被宇文馨他们救活了，宇文馨期待着这种可能的到来。眼下侯中富的小贷公司的方案，已经比当初的 2400 多万元实实在在地少了 800 多万元，所以宇文馨非常有信心会得到盛行长的认同。

没想到，盛行长听完汇报后脱口而出："不行，我不同意。你们不是已经跟分行报告过，企业有了问题不放款吗？我也已经通知了苏副行长，支行不愿意做的业务，分行不能再推。你这是什么意思？现在又可以放款了，这很不严肃。分行还要再研究一下到底可不可以放款。"

宇文馨垂头丧气地走出了盛行长的办公室，刚刚提起来的那点底气一下子又泄了。宇文馨又回到了魏总的办公室。这一次魏总叫上了他所有的副手和风险经理。

"宇文行长，我首先想听一下支行的意见。"魏总说。

宇文馨说："第一种可能，我们发放了1600万元，迈飞公司彻底盘活，起死回生。经过两三个月的疗伤，企业恢复正常经营，新能源汽车总公司与侯中富的合作持续而有效地进行，迈飞公司也挺过了这场风暴。第二种可能，我们暂时不放。有可能出现奇迹，侯中富调动所有的关系和资源，包括别人欠他的债，能够在短期内收回款项。通过自救，他自己解决了他与小贷公司1600万元的借贷问题。这是我们支行最希望看到的，但也是希望最小的一种可能。第三种可能，我们不发放这个1600万元，侯中富也已经山穷水尽无路可走。小贷公司和其他银行纷纷起诉，资金链断裂，侯中富的公司倒闭、清盘。迈飞公司在我们银行的贷款立刻变成不良，我们所有人的精力马上进入清收，拍卖他的房子。这是我最不愿意看到的，又是最可能的事情。经我们支行反复地研究，我们想搏一把。"宇文馨一口气把多日来思考的问题跟魏总做了一个汇报。

魏总问："如果放款了，侯中富依然没有救活呢？那么我们又多了1600万元的不良贷款。是这样吗？"

"是的，魏总，有这个可能。但是我们觉得它复活的概率很大。"

"多大？"魏总问。

"60%。"

"好，那你们三个人分别给我写一份你们的个人承诺书，如果这个业务出了问题,你们承担全部的责任。"

宇文馨不再说话了。她心里在斗争,为了做业务,为了支持客户,她可以不辞劳苦,竭尽全力。但是为了解救一个不争气的客户,要不要交出承诺书呢?做出超底线的保证,这不是一个成熟的职业人应该做的。

小宋助理不断偷看宇文馨的反应和表情。在回来的车上,他们仨一路都闷着,有一种说不出的压抑情绪。

"宇文行长,可能我们已经走进死局了。盛行长都介入了这件事情,放不放款已经不是苏副行长能说了算了,我终于明白了他今天为什么不见我们。当初要是盛行长不知道这件事情,现在看来岂不是简单一些吗?"小宋助理说。

"那几天我压力有多大,小宋助理你是感受不到的。"宇文馨没有告诉他,苏副行长给她私下打过的那个电话。事实上,宇文馨也很怕自己顶不住苏副行长的压力。

小宋助理说:"宇文行长,你就是过不了这一关。现在不是我们帮他值不值得,而是要把这一刻过去,你就得冒点风险。"

"我最恨别人骗我,侯中富骗了我两次,两次都没有把他的承诺兑现,没有把他的 2000 万元市值的抵押物给我们。"宇文馨说。

"我知道,宇文行长。可你要想,我们再发放 1600 万元,就可能全盘复活,如果我们不去解决,迈飞公司的贷款就会成为不良。我们现在没有任何的回转余地,你没听刚才魏总的话吗?他要派风险经理独立地去企业再次进行尽职调查,回来之后重新开贷审会。也就是说,这个业务一周内出不了结果,它已经是一个问题贷款,出了那么多状况,贷审会还会同意吗?结果一定不乐观。"小宋助理接着说。

宇文馨陷入了深深的思考。她一向认为自己思路清晰,处理问题果断,多么棘手的事情到她手中都能化险为夷,可这一次她显得无能为力。

晚上十点多了,不断有电话打进来,宇文馨没有接。这么晚的电话无非两类,除了无聊的中介公司,就是询问迈飞公司有关情况的电话。

第二天一早,小宋助理就跟她汇报:"昨天晚上小贷公司又把侯中富叫去了,一夜没有让他回家,侯中富又回到了24小时被监控的状态。"

宇文馨深深地吸了一口气。如果侯中富重新被小贷公司控制,分行到企业做尽职调查,却没有看到企业的法人侯中富,又会怎么想?眼看又到了这个月的21号付息日,如果侯中富的账上的资金不足以覆盖他现有的全部银行的贷款利息,接着下月初的员工工资又无法正常发放,新的危机就又会重新爆发。

莫非一切又回到原点了?

贷审会"没意见"

这天上午,支行正开着例会,宇文馨突然接到通知,让她与小宋助理、马帆马上赶到分行开贷审会。

"是迈飞公司的项目吗?"宇文馨想了想,近日好像没有上报新项目,但迈飞公司的复议是上周五做的决定。按排队进程,至少要一周之后,才能开贷审会。

"宇文行长，没有来得及向你汇报，分行风险经理上周六加班，已经根据苏副行长的指示对迈飞公司进行了再次的平行作业，实地考察了新能源汽车总公司与迈飞公司的合作业务。"小宋助理边开车边说。

"结论呢？"

"与上次的差不多，正常。"

"那我们三人的意见呢？"宇文馨接着问。

"宇文行长，首先是你的意见。"小宋助理全神贯注地开车，也许他心里已经有了答案，但他还得先听听宇文馨怎么反应。

"我的意见其实你们早知道，平心而论，我肯定不同意再追加放款了。但是实际上不往下走又好像不行。"

"那是什么意思？可不能上了会之后，我们三个人一人一个说法。"

一路上讨论没有结果。

20楼南面的会议室没有人，会议是结束了还是没开始？

到了快十点的时候，苏副行长姗姗来迟，他说很热，空调开起来了，一会儿，他又说风太大了。三四个贷审会成员来回地去开关空调，但好像空调失灵了。

支行开始汇报，马帆念完了《关于迈飞公司风险情况的汇报》后，小宋助理补充了几点，接着宇文馨汇报了。

"完全同意马帆、小宋助理的汇报，补充几点：首先，迈飞公司目前的主营业务是正常的，短期资金紧张是由债务引起的。其次，如果支行继续投放1600万元，企业恢复正常的可能性很大，但有不确定性，支行如果不再投放，目前的贷款存量可能会出现问题。若贷审会通过可以投放的话，支行也提出几点要完善的措施，并加强贷后管理。一，落实追加抵押物，把风险降低；二，要求企业减少债务，尽快瘦身，让现金流回到正常；三，加速新能源汽车总公司的结算回款、别人欠他的700万元的仲裁、香港投资款1500万元的回收；四，企业要给我行出示承诺函，声明与小贷公司的债务已全部结清，不得有第二份私下的协议，保证不隐瞒公司的经营状况，否则我行有权利提前收回贷款；五，不得用任何的理由变更新能源汽车总公司的回款账户和停止结算，否则企业承担一切后果；六，企业在没完全恢复正常的初期，应把公司的公章、法人章等重要凭证，交由我行代管。办理一份委托保管的手续。"宇文馨一口气说完了她的补充意见。

"最后你们支行的意见呢？"苏副行长一直没有说话，非常淡定，刚进来的那会儿，感觉还有点躁，现在显得很沉着，不急不慢地问宇文馨。

"经我们班子慎重地研究，考虑到企业有较大的存量贷款，为确保客户正常经营和发展，我们同意发放剩余的贷款1600万元。"

委员们展开了热烈的讨论，你一句我一句地问了许多问题。艾梅从头到尾都没有发言，也不知道是被临时通知参会，对之前的事情毫不知情，还是其他原因。

苏副行长看着这个气氛，说："你们可以出去了。"他脸上一直没有任何表情，在场的人都不知道他此刻在想什么。

宇文馨他们仨退出了会议室。

事后监督中心的人正在找宇文馨，说支行有几张凭证单据要找她补签字，宇文馨又迅速地跑到16楼，与具体的经办人对接了一下。折回 20 楼的时候，正好又被叫进去参加贷审会了。做了很多补充说明后，她又被通知到会议室门口等候结果。

会议在十二点过后才结束。宇文馨和小宋助理、马帆站在那里，看着委员们一个一个从门口出来，艾梅还背着宇文馨往消防电梯口走了。他们仨想问又不敢问，一直等到最后风险经理抱着资料走出来，才敢迎上去打听结果。

"怎么样？"小宋助理问。

"贷审会非常重视，反复地、认真地讨论了很久，把企业的情况做了很多论证，最后做出了决定……"讲到这儿的时候，他突然停了一下。

"是个什么意见啊？"宇文馨伸长了脖子，忍不住问了一句。

"支行认为要发展业务，风险可控，你们就自行决定，分行贷审会尊重支行的意见，我们……没意见。"风险经理终于说完了刚才的话。

"什么意思？"宇文馨有点摸不着头脑。分行贷审会开了整整一上午，七个委员就讨论一个项目，让他们二进二出，说了几个小时的话，最后结论是"没意见"？没意见是什么意见呢？从来没有听说过支行来开会汇报项目的结果是"没意见"。宇文馨终于明白了，今天苏副行长设计的这个会议，就是把分行身上的"猴子"转到支行身上来。分行开会了，讨论了，然后尊重支行的意见，所以，"没意见"。

回来的路上，三个人闷在车上谁都不说话，心里有一种说不出的难受和委屈。

中午，宇文馨没去食堂吃饭，也没睡午觉。她叫员工打了一个盒饭，刚吃几口，迈飞公司的侯中富来了。宇文馨知道一个不轻松的谈判又要开始了。她到洗手间用凉水冲了把脸，回到了会议室。

"侯总呀，怎么说你好呢，一个企业本来好好的，你却朝三暮四，到处投资，弄出了一大堆事。不单把自己搭上去了，也把我们银行扯进来了。你知道今天的贷审会给我们的是什么意见吗？"

侯中富脸上的表情有点诡异："好事？"或许他真的消息很灵通，或许已经有领导用他们的方式交流了情况，他满是一副期待的样子。

"分行把这个球踢回给我们了，分行开了一上午的会，结果是'没意见'。我和小宋助理、马帆，我们仨的命都得搭上去了，我们三个家庭都搭上去了。我们每一个人都得养家糊口，我们怎么对你公司负这个责任呢？你不会让我们这三个人做你这个业务做得流落街头吧？"说到这儿的时候，宇文馨开始有点哽咽。

"哪敢哪敢。"侯中富凑上前赶紧说。

"现在不就是这个结果吗？让我们写保证书，让我们负全责，我们怎么负得起你这个全责？"宇文馨有气无力，她只是把今天上午无法发泄出来的情绪释放出来。

"说句良心话，从你的业务拉响警报以来，我们支行就把小宋助理和马帆配给你，全程负责你的问题谈判、危机化解、全盘方案的制定，不是你的员工，胜似你的员工，让你无偿地使用，你上哪里找这样的银行？别人都是锦上添花、釜底抽薪，我们却要在这里雪中送炭。我们这一赌，是赢是输，全押在你的身上了，你可得给我争气啊……"宇文馨说到这里再也说不下去了。

侯中富此刻的表情有内疚，有后悔，有感激。他忐忑不安地说："很对不起，给你们添了这么大的麻烦，我一定努力把业务恢复正常，决不再出现任何的问题。"他突然把手举起来，"如果我不好好地珍惜这个机会，不好好地重新做人，我发毒誓，让老天爷来收拾我！"

"得了，得了。"宇文馨把侯中富的手按下，没有被他这些情绪所牵动，银行的经营从来都是残酷的，风险的出现，绝不是可以用一两句发誓来解决的。

小宋助理给侯中富开出了清单：一，限时处置他行的业务；二，承诺授权我行可以陆续售卖他抵押在我行的9套房子；三，本周内与迈飞公司新的意向投资方见面洽谈；四，异地抵押物的处置方案下周前敲定；五，本月内要与新能源汽车总公司结一次回款；六，保证本月20日前自行筹备全部的贷款利息，我们要对你进行压力测试；七，要与小贷公司明确结算金额1600万元，不得突破；八，公司全部的公章委托交我行代管理，直到一切正常为止。

侯中富低着头，很认真地一条一条地记录，管他能不能做到，今天就得这么说出去。明天又会是什么样子，听天由命吧。

宇文馨抬头望着窗外灰色的天空，内心一片茫然……

忙了一天，深夜归家，宇文馨正准备休息。发现手机上迈飞公司的侯中富来了5个电话，宇文馨连忙打回去。

"能不能出来谈一谈？"侯中富在那头说。

"现在吗？都快十二点了。有紧急事吗？"宇文馨问。

"我要向你宣布一件很重要的事情。"

"明天上班说行吗？"

"不行，来不及了。明天小贷公司就会去查封迈飞公司的股权了。"侯中富在那头有气无力。

"查封你的股权应该是你很着急才对呀。"宇文馨觉得这个侯中富有点越来越奇怪了。刚刚下午才谈完，答应好好的条件，而且还签了字。莫非是小贷公司又给他施加了压力？

"我就是通知你，一旦迈飞公司被查封了，我们就来不及处理了，也就没有了任何的回转余地。"

"那你应该去抢救你的公司，化解你的问题，清收你的债务。"

"你能不能现在出来见一下？"侯中富没有正面回答宇文馨的话。

是不是发生了什么特别的事情？宇文馨总是为别人着想。她到洗手间更衣，准备下楼开车。突然转念一想，不对呀，现在都晚上十二点了，有什么事急得要立刻谈？身边没有任何人陪同，谁知道侯中富要干什么！万一是小贷公司劫持了侯中富，到时候又派人把宇文馨扣下，拉到一个什么地方去，该怎么办？一想到这里，宇文馨全身打战。她给小宋助理打了一个电话："侯中富有什么事？不能等到明天在办公室谈吗？"

"刚才他们也给我打了电话，说找个人来收拾我，还叫我一家大小千万不要出现在马路上，出什么事，没有人保证我的安全。"小宋助理也很生气。

"如果他们再来电话，你一定要录音，并且立刻报警，至少要给分行监察部报备。"

事态越来越严重，明天要不要向魏总报告？要不要向盛行长报告？

宇文馨万万没想到的是，侯中富第二天突然不见了，银行和小贷公司动用了大量的资源都没能找到他，迈飞公司的事就这样遥遥无期地拖了下去……

| 第七章 |

泰安诈骗
支行遭殃

宇文馨觉得自己被泰安绑架了。……明明是欺骗，做了一大堆假公章，骗了银行的贷款，还不能报案，不能抓人，不能报损索赔。银行就等着任由你们摆布吗？

泰安业务是一起诈骗事件

分行贸金部总经理给宇文馨打电话："泰安公司2000万元最后的还款时间已过，该笔融资出现逾期了。到底怎么回事？分行苏副行长通知你立刻到他办公室开会。"

泰安出事了吗？宇文馨愕然。

这会儿她正带母亲去医院。母亲自从清明节回了一趟老家，回来就重感冒，高烧，肺部感染，血压190多，前段时间一直住在医院，刚出院回来，血压又不稳定了。

"小宋助理呢？"宇文馨问。

"他正在泰安法人贾强的车上。"贸金部总经理说。关于泰安业务，每月应按时从美电公司回款，但资金一直没有回到支行的指定账户。小宋助理跟宇文馨汇报过情况，说企业解释，他们与美电公司返点的问题没有谈好，一旦开始回款就很难谈判了，还不如一次回款更好。小宋助理从几个渠道了解的情况是同样的答复，便信了。

"泰安与美电公司的合作真实性认真核对过了吗？"之前宇文馨已经与小宋助理有过很清晰的交流。

"真实的。我跟马帆到城北电器城等大商场看过，那里的货架上确实摆着泰安的产品。"

"提款前核过他们的增值税发票吗？"宇文馨又问。

"核过了，客户经理马帆和分行贸金部的人都抽查过，并且上网进行了发票真伪查询。放款时，放款中心也核实过我们抽查的凭证。"

那就可以向"中信保"报损，宇文馨想。因为该笔业务有中信保担保，如果发生逾期，可以向他们提出赔偿。这是下一步的事。当下最重要的是稳住法人贾强，要求他筹集资金还款是首选，也是最快、最有保障的措施。

"你们到哪儿了？"宇文馨给小宋助理打电话。

"到他家楼下了，贾强没让我们跟进去。"

"万一他从别处跑了呢？或者他一直不再出来，一个小区几百户人家，你上哪儿找他？"

"他们这里只有一个出口。"小宋助理说。

"万一从窗户溜走呢？"宇文馨想起了电影里有很多这样的镜头。

"这是高楼，跳不下去。"

宇文馨每隔十分钟打一个电话，与小宋助理保持密切联系。

一会儿小宋助理来信息了："贾强下楼了，带着一个青花瓷回支行了。"

"好，你们先稳住他。与他好好谈，趁势与他谈还款计划，一鼓作气，不能把他放了。"

这时客户经理马帆打电话进来："行长，我能做什么？"

这笔业务是马帆介绍的，严格地说，是他的朋友——北京分行的胡磊介绍的，现在业务出现了问题，他很紧张。

"你不是很熟悉胡磊吗？你要跟他联系，了解更多泰安的情况，给我们一点意见，希望他帮助我们配合催收。"

"我一直与他保持着电话联系，他与贾强的关系好像很密切，对贾强所有的动作都很清楚。"马帆说。

"当然，这个业务方案就是他提出来的。而且可以说是他们共同设计出来的方案，他已经不是一般的业务介绍人。"

宇文馨想起来了，她第一次跟小宋助理、马帆去企业平行作业时，介绍业务的整个过程都是胡磊在主讲，他扮演了一个很重要的角色。

离开企业后，宇文馨感觉到这个方案设计不成熟，还款无保证。分行贸金部的人也认同宇文馨的看法，说企业规模比较小，抗风险能力比较弱。"不成熟就停下来吧，跟企业说清楚。分行的意见很重要，一定要认真听进去，他们是帮支行把关的，每一次的否决都有道理。"

"嗯。"小宋助理、马帆应声回答。

听说胡磊事后又找了小宋助理，推荐了一个所谓非常有把握的融资方式，该贷款品种全称为"国内信保项下供应链卖方应收账款融资"。也就是说，泰安卖货给美电公司，泰安向银行提供美电公司给予确认盖章的订货单、结算单、增值税发票,向明华支行申请不超过应收账款80%的贷款。美电公司根据合同规定的付款日期结算货款给泰安,而泰安回款的账户指定开在明华支行,并由明华支行监管。若其间美电公司违约,不及时或不付款给泰安,中信保将承担美电公司向泰安付应收账款的义务,出了问题中信保全额赔偿。

这个方案在分行再次上会,全体贷款审查委员会成员都投票通过了。一有知名品牌的上市公司的付款保障,二有中信保的担保,三有公司法人和几个股东的个人无限责任担保。

"问题不大。"小宋助理对他亲自参与设计和完善的方案非常有把握。

小宋助理与马帆做业务的热情很高,遇到困难不退缩,积极推动解决问题,排除万难争取了胜利,那种喜悦和成就感跃然在他们的脸上。看着他们为完成支行的指标不懈努力,宇文馨也很高兴。

宇文馨一边开车赶回行里,一边在回顾这些细节。

小宋助理给宇文馨报告,苏副行长召开的会议刚刚结束,贸金部、风险部、资产保全部参会的同时,分行同步调出了泰安业务的全套资料,经查实,泰安向明华支行提供的两百多张增值税的发票大部分为伪造的。泰安私下刻了十几个美电公司的公章,而增值税发票全部都是连号,做得非常真实。

马帆不是审查过了吗?分行贸金部也同时抽查过,都确认是真实的。怎么就不真实了呢?

"我们抽了十多张,都是真的。"

"为什么不多抽几张,从中部抽,从底部抽,就会发现问题。"宇文馨问。

"当时很急。"马帆说。

"为什么急？谁催你急了呢？该做的动作，我们细心多做，就更有保证。"

"唉，就是这么背。"马帆一副很痛苦又很后悔的表情。

马帆在客户经理的位置上经验不足，工作还有些粗心。在重要的审票环节上，协办客户经理又未参与，小宋助理竟然不亲自把关，而宇文馨偏偏又没有再盯紧，支行公司业务部的负责人那天又请了病假。

分行苏副行长果断做出指示："一，泰安业务定性为诈骗，情节恶劣，金额巨大，可以立即报案抓人；二，立刻要求法人贾强补签两套房子的抵押合同；三，筹集现金500万元归还，对余下的1500万元进行重组贷款；四，看看他们家有什么值钱的东西先拿过来保管……"

"青花瓷值多少钱？"苏副行长问。

"他自己说是元朝的，值6000万元以上。"宇文馨回答。

"先别听他的，把鉴定书拿过来，找个人看看，评估一下。暂且放着，我们不是为了要他的青花瓷，我们的最终目的是解决资金的偿还问题。"

把法人"扣"在支行

此刻的支行正趁热打铁，与贾强展开了艰难的谈判。

晚上十一点半了，小宋助理问宇文馨要不要打110报警。他们有没有权利把贾强扣在支行一夜呢？谁都没有经验。报了警，把人带回派出所，大家都可以回家了。但会不会这一带就走了，再也找不到人了？况且，苏副行长说明天一早就可以叫公安经侦处抓人。要是报警给城南区派出所，明天抓人的是城西区经侦处，会不会给分行添乱？可不报警，万一他逃了怎么办？

"你们一步都不要离开他，上厕所也要跟着。给他买饭买水，晚上把员工午睡的小床给他打开，拿好被子和枕头。"宇文馨说。

过了十二点，马帆告诉宇文馨他想报警，小宋助理却问把派出所的人叫到支行来合不合适。万一把贾强惹怒了，好不容易谈得差不多的方案他不配合，不就是白谈了吗？可是如果不通知派出所，就得把他一直看到天亮。

"听说贾强有心脏病，做了三次心脏支架手术，万一这一夜他被吓着了，心脏出了问题，可怎么办？万一他想不开，采取了一些非正常的手段自杀了，怎么办？"马帆说。

"那就放他回家？"小宋助理问。

"不能。"直觉告诉宇文馨，今夜如果不乘势追击，就会前功尽弃。但把人扣在支行的确有些不妥。接下来会发生什么事情，谁都不知道。他老婆会不会报警，反过来告我们软禁了他的老公？

"你们好好跟他谈，注意谈话的策略和方法。按照苏副行长的四点指示一一落实，另外，要他明天上午先归还100万元现金，余下的400万元一周内补上。"宇文馨几分钟打一次电话，总觉得没有讲完。她恨不得回到支行狠狠地痛骂这个贾强。但小宋助理提醒宇文馨，超过三个人限制他的行为，就会触犯法律。

"照顾好他的身体，检查好门窗，把台面的刀剪利器全部收起来，以防他想不开出事。"宇文馨只能电话继续指挥。

宇文馨也不知道下一步该怎么办。她从来没有扣过人，从来没有干过审问人的事。她在客厅里走来走去，给苏副行长打了个电话请示。苏副行长说："你们自己看着办吧……"语气很不热情。也难怪，都半夜三更了，领导白天已经处理了好多事，哪有精力这会儿还管这么具体的事呢！

快一点了，宇文馨犹豫了一下，硬着头皮给资产保全部翟总打电话，电话关机。

必须要坚持到天亮，这一夜一定要熬过去，不能出事。

"你们轮流睡觉，保持有一个人值班。马帆睡在大门口的折叠椅上，防止他跑了。或者你们叫保安把你们三个人反锁在里面，同时千万不要让他跳楼。上班后我们就能把人带到分行交给他们处置。分行处理这些问题非常有经验，一旦交给了他们，分行就完全有能力控制这个局面。"

宇文馨的心脏也开始不舒服，胸口一阵一阵地闷痛。事情突发，之前毫无准备，大家每天手头都有很多工作，班子有分工，宇文馨不可能天天盯着小宋助理，小宋助理又偏偏是一个不习惯主动汇报的人。

泰安这件事暴露了银行的很多漏洞，宇文馨也有许多疏忽大意的地方。后来陆续了解到发放这笔贷款之前，泰安有一笔在他行的1500万元的贷款即将到期，支行是从他行接了一个烫手的山芋？若经办客户经理尽职调查做得详细一点，掌握情况全面一点，或许就会发现这些问题。更严重的是，泰安的副总经理，贷款一放下来就辞职了。

　　胡磊在这里面是什么角色？策划者？利益共同体？他那么熟悉贾强的情况，不可能不知道泰安与美电公司没有这么多的交易量。没有银行内部的人给企业出高招，企业怎么可能那么清楚银行的审批条件。这样一想，宇文馨觉得胡磊有问题。开完一季度工作会议回来，百钢业务渐渐恢复正常，单边存款客户也很稳定，业务又有了起色。宇文馨以为初战告捷了，开门红是个好兆头。谁知道又碰到泰安这样的事，而且问题这么严重！

　　一个小小环节的疏忽、一个工作上的不细心、一个员工的错误，都很可能改变明华支行的全年考核结果，也改变全行员工今年的命运。宇文馨对马帆说："有些错误有机会纠正，有些错误发生了就再没有机会回头了。对于支行来说是小概率，对于你个人来说就是100%。"

　　马帆低着头，不说话，但看得出来他心里是有些不服的。

　　天未亮，宇文馨半睡半醒，六点多就爬起来了。她打电话向小宋助理了解了昨晚的情况后，让他到楼下买早餐，带上去给贾强。

　　宇文馨应该立刻回到支行，但她一早坐在了苏副行长的办公室，正好资产保全部翟总也在。宇文馨说："苏副行长，支行昨晚守了一夜，逼出了 100 万元，一会儿就到账。签了两份合同，拿回了一个元朝的青花瓷。现在是不是把人带到分行来处理？"

　　"你以为是想抓就抓的吗？何况抓了人进去了，谁帮他还债呢？公安系统启动抓人是一个很严肃的事，一旦进入程序谁都控制不住了。分行的目的很明确，就是收回资金，银行不受损失。"

宇文馨有些不明白。昨天苏副行长明明说"明天就可以抓人"，今天却又改变了态度。宇文馨尴尬了，说好今早送人到分行的，支行两个大男人熬了一夜，都以为坚持到上午就算完事了。现在该怎么办？放了吧？他会不会躲起来？如果谈的两个房产证拿不到手，青花瓷是个赝品，2000万元只还了100万元，零头都不够。但继续下去支行还要正常开门营业，来往见客户。银行不是看守所，怎么能一直"扣"人呢？

"超过24小时要放人，千万不要被人告。你们的心情我可以理解，但是着急不得。你们要注意讲话的语气，千万不要过激，也不要被人抓了把柄。更要注意保护好自己。"久经沙场的资产保全部的翟总在提醒宇文馨。

"领导，我们没有其他办法了吗？能不能找个公安来吓吓他？"宇文馨恨不得一口气把贾强逼出个结果。

"现在都什么时候了，谁愿意为你违规去做这些事啊？公安现在也很讲程序。"翟总显然不同意这个建议，本来答应会同宇文馨一起到支行见贾强，他想了想，又改变了主意，"分行出面一下子牌就打完了，我们留点后路，先不介入。你就说分行一出面就要抓人，你求了分行同意给两天时间的宽限期，希望他好好配合银行还款。"

宇文馨回到支行见到贾强，"宇文行长，我要做人，我不想做鬼……"贾强一口四川话，话还没说完，眼泪就流出来了。

宇文馨把纸巾递过去给他拭眼泪："贾总，既然走到这一步，之前的事先不讨论了，我们着眼现在，解决问题。有人在，就有办法，关键是要有信心。你有信心，我们才有信心。困难是暂时的，你要振作起来，好好配合银行，尽快还款。"

昨晚宇文馨恨了他一夜，若不是他弄虚作假，支行怎么会这么被动？但此刻宇文馨有了怜悯之心，竟然说不出一句责怪的话。也许宇文馨真的不适合坐在这个人称"狼性十足"的岗位上。

宇文馨开始调整说话的语气："贾总，分行昨天开会，已经定性为诈骗。铁证事实，你责任很大。若按正常程序，你现在应该是被带走了。但我们不希望出现这样的结果。只要你配合，积极凑钱还款，我们分行领导说了，会对你网开一面。只要你把2000万元还回来，一切都好说。你在滨城打拼了这么多年不容易，家中有老有小，两个可爱的孩子在读书，身边还有一个贤惠的妻子陪着你，一家人多幸福，你要好好地珍惜。"

宇文馨开始打感情牌，此刻最让他留恋的应该是亲情，这种方法可能比吓他更有效果。

"好的、好的，很感谢行长这么理解、帮忙。给我几天时间，我一定会想办法还你们银行的钱。"贾强说。

宇文馨对他的承诺还是将信将疑。接下来宇文馨询问了一些业务上的问题。他贷出资金后做了什么？为什么事前没有做充分的还款准备？贾强说以为公司最近有一笔资金回笼，立刻就能还上银行的2000万元贷款。

对话中，宇文馨感觉不出他有什么特别的能力，怎么可能设计得出这个银行产品呢？背后除了北京分行的胡磊，还有谁？支行里有人配合吗？苏副行长在前一天晚上已经很清楚地问过小宋助理和马帆，说:"你们有什么事,赶快主动交代。只要退回来,内部都好说,千万不要到最后抓人了,你们牵扯进去了,问题就大了。"

"没有没有。就吃了三顿饭,拿了两个灯,其他的真的没有。"小宋助理说。

宇文馨也觉得小宋助理没有这个胆,至少此刻她应该相信自己的员工。但企业5月13日就到还款期了,小宋助理应该提前告诉宇文馨,但他既不报告,自己又没有足够的能力去解决。

泰安竟然也一点都不准备还款,5月7日还把500万元借给了别人。宇文馨想,若马帆放款之前能够细心把关审核,小宋助理能够勤汇报,事情或许就不会发生,现在再想这些问题,已经晚了。

宇文馨又怨这个贾强,若是没有足够把握在还款日前资金到位,为什么不一开始就干脆把房子抵押给银行做个人贷款呢?这样可以解决燃眉之急。他还自以为聪明,想过渡两个月,自己的资金就能够回笼。结果经营失误,资金断链。

贾强的100万元资金到账后,写了一个青花瓷委托保管的声明。两套房子,他的老婆也签了字按了手印,分行要求放人了。

这时候北京的胡磊来电提供情报,说贾强家有很多和田玉和桧木,非常值钱,让支行马上带个鉴定师上门鉴定。苏副行长一听,说把这些东西全拉回来。大家又一股脑到贾强家去看,满怀希望。结论是不怎么值钱。

该不该马上报损

贸金部总经理给宇文馨来电:"宇文行长,泰安这笔业务的逾期情况,我们按要求要报告总行了。按规定,今天我们也要向中信保报损。问题出现了,我们没有及时报告,总行追究起责任来担当不起哦。"

"不是说泰安报损的增值税发票大部分都是伪造的吗?中信保一旦查核,不符合条件,赔偿最终是实现不了的。"

"但也不能不报。"贸金部总经理说,"这是一个规定动作,赔不赔得到是一回事,我们报不报是另一回事。"

说得有道理,贸金部总经理在这个位置上,有她的工作岗位要求,宇文馨不同意她履责是不对的。

但小宋助理转达了贾强的话:"千万别报损。我们十分珍惜与美电公司的合作关系。这些年做了许多工作,好不容易产品打进去了,还要进一步扩大合作的。你们一旦报损,美电公司就会停掉我们所有的合作关系,多年的努力就会付诸东流。事业无翻身之日,我拿什么来还你们的债务?"

宇文馨觉得自己被泰安绑架了。既然那么珍惜与美电公司的合作,为什么不遵纪守法、正规合作呢?明明是欺骗,做了一大堆假公章,骗了银行的贷款,还不能报案,不能抓人,不能报损索赔。银行就等着任由你们摆布吗?你凭什么这样要求一个被你诈骗的银行呢?岂有此理!

"报吧。"宇文馨回答贸金部总经理。

但转身贾强的电话来了:"求求你,宇文行长,你是个好人,千万要帮帮我,公司正在全力凑钱还你们,你要给我一点时间。我已经还了 100 万元,今天我马上就能给你一本房产证。你这一报案,消息传开,身边的朋友就再也不会借钱给我了。"

在小宋助理的办公室,宇文馨坐也不舒服,站也不舒服。看着那个锁在柜子里的青花瓷,宇文馨又想,若是前天一口气做个彻底,把他抓起来,交给公安局倒是解恨了。可就没有他后来的 100 万元还款,当然也不会拿到他的两个房产证了。

宇文馨开始与贸金部的总经理商量:"能不能迟几天,看看他的配合度?如果他今天真的把一套房子押给了我们,我们就给他个机会,要他写份承诺书,下周二以前,再筹 400 万元,再把那套 200 平方米房子的房产证交给我们。否则,我们分行可以采取一切手段追款。"

"也不是不可以。我要请示一下,我做不了主。"贸金部总经理是一位刚从支行提拔上任的年轻人,说话很客气,"出了这些事情,还是要冷静处理,你也别上火,我在基层做业务出身,每天如履薄冰,非常能理解你们的难处。"

下午,贾强把东区的房产证拿出来了,催着马帆到房屋交易中心递件进去抵押给明华支行。同时,主动把他的护照和港澳通行证交给了小宋助理保管。看来贾强是有诚意配合的。可是宇文馨原计划全天让人陪着他的方案让他很不耐烦,他讲话也大声了,还投诉马帆慢慢吞吞,耽误他的时间。

晚上八点半,马帆进入了宇文馨的办公室:"行长,不好意思,今天没有抵押成功。"

"为什么呢?"宇文馨盯着马帆的脸,很愕然。贾强、小宋助理都已经确认今天能够办完抵押手续。因为打电话的时间是下午两点,交易中心的工作时间是到五点半。马帆足足有三个多小时,怎么就没有抵押成功呢?

"嗐,太急了,我的合同是叫其他员工帮着准备的,后来才发现缺了几个公章,所以我又跑回分行重新盖了章,赶回去人家已经下班了。"马帆一副很无奈的表情。

宇文馨细细地打量着眼前这个经常给她带来麻烦的马帆,黑黝黝的皮肤,个头不高,很壮实,笑起来的时候两个眉毛弯弯的,还有一点憨样。就是脾气不太好,说不得,还经常将工作减量。遇到问题总是宇文馨找他,而他每一次都有足够的理由告诉你他为什么这样。说心里话,宇文馨不喜欢这样的手下,自己不虚心,还让别人很操心。

宇文馨没有再与他谈下去。一天下来筋疲力尽,快九点了,还没吃上饭。宇文馨顺手拿起那个常用的笔记本,打开看到夹在本子里的那枝九重葛,原本焦躁不安的心,陡然平静了下来。九重葛的下方,是她摘抄的一本书中的句子:"平衡如同风中的芦苇,从不折断,身处风暴,却能顺势弯曲。常常,美存在于不作为之中。"

当下的他们,能做风中的芦苇吗?

小宋助理告诉宇文馨,北京的胡磊主动打电话来了,建议把青花瓷送到北京鉴定。他联系了资产管理公司,若真的评估价有6000多万元,至少可以抵押放出3000万元,还款一下子就有着落了。

倒是一个好主意。可谁送去呢?怎么送?送到哪里?鉴定机构权不权威？谁出鉴定费？最重要的是，路那么远，万一摔了、碎了，被人抢了、劫了，谁担当得起这份责任？宇文馨想，会不会是胡磊故意要把注意力引开？

战线拉得太长，精力顾不过来，会影响到原方案的执行。宇文馨他们就是要紧紧盯住贾强的两套房，400万元现金还回，按苏副行长的意见进行1500万元的重组，这个方案最实际。

"胡磊还给我们提供了一条线索，担保人'亚洲安防'与四川政府有一笔工程应收账款，我们可以去调查，争取用这笔应收账款来偿还。"小宋助理每跟宇文馨说一个建议，都是伸着脑袋驼着背，心里拿不定主意。出了这么大的事，他好像一夜之间变了，不敢自作主张。看着他日夜操劳、心神不宁，宇文馨也有点怜惜。

这个信息或许真的有点用，政府工程的应收账款，是有保证的。前天，宇文馨已经分头布置了，也让马帆做了些调查：向胡磊的原单位了解他的住处，知道了他老婆是北京分行某个支行的副行长。万一案件有需要，明华支行是有权利要求他来滨城协助调查的。宇文馨之前跟胡磊进行了好几次对话，她态度严厉但又技巧性地提醒他，他在这件事上是有责任的，让他有所顾忌和重视。

担保人亚洲安防的智能监控项目是2013年中标的，2015年1月主体工程已经全部完工。工程造价是9200万元，如果他们了解的情况属实，这也是一个还款的保证。

"你们进一步落实情况。"宇文馨给小宋助理指示。

贸金部总经理让人催宇文馨写延迟报损的情况说明，把目前进展和申请延迟的理由讲清楚。马帆打好了情况说明书拿来给宇文馨签字，上面既没有经办人,也没有主管行长。

"就我签吗?"宇文馨每天被客户经理指挥着签这个签那个,任何一次他们的不认真,都可能让她陷入被动。

落笔那一刻,心很沉,不知道这一赌能不能赢!若贾强靠不住,要了花招,跑了,错过了最佳的捉拿他的时间,给分行带来更大的麻烦,支行还错上加错,延误了报损的时间,那是一个什么样的罪名?

还要赌一次。无论错或对,宇文馨也只能做一种选择,签了就得接受命运的裁定。

可惜签字这会儿,偏偏小宋助理不在。

清收路上困难重重

苏副行长办公室从来都门庭若市。他分管的部门多,能力也很强,找他的人都是抱着解决问题的希望而来的,他也几乎没让信任他的人失望过。宇文馨在门口等候了半个小时才进去。

"把青花瓷鉴定书拿到手,要求北京的专家来滨城鉴定。分行派人随同支行去四川核实亚洲安防应收账款的真实性。另一套房产证下周二前拿到手,尽快办理抵押手续。继续催收350万元现金,到了马上进行重组。"苏副行长的指示很短,很精练,没有一句多余的话,"我给你们三个月的时间,清收重组。90天后贷款进入'次级',要全额提取呆账准备金。1000万元不良扣你们1000万元利润,2000万元以上加倍。"

宇文馨瞪着大眼看苏副行长。他说得很快，宇文馨怕自己没有听清楚。2000万元的双倍计罚，即4000万元利润没了。若真的清收重组无望，今年明华支行就白干了。小宋助理缩在角落里，一声也不敢吭。一单不良贷款的业务，让光鲜了十多年的明华支行，由此蒙上了一层耻辱的浓雾。

"知道我为什么不立刻抓人吗？"苏副行长问。

宇文馨和小宋助理对视了一下，都知道苏副行长是在给时间让贾强筹资还款，确保银行资金不损失。除了这个还有其他吗？

"我怕你们有事。"苏副行长从茶几上抽出了一根烟点燃，然后靠在沙发背上，侧着脸看着小宋助理。

小宋助理神情有点紧张，急急忙忙地接话："行长，我没事。"说这话的时候宇文馨能感觉到他有点慌张。"真的没事。我跟您说过了，吃了三顿饭，拿了两盏节能小台灯。"

"反正我已经多次警告过你们，有事赶紧说，拿了东西赶快退出来，一旦抓人办案，再交代就迟了。"

苏副行长的目光始终盯着小宋助理，没有看宇文馨一眼，说话时侧身向着小宋助理。

"诈骗案金额达到50万元就可以判十年，知道吗？2000万元是什么概念，可以坐几辈子牢。"苏副行长一直在启发教育着小宋助理，静静地观察着小宋助理的表情。

宇文馨猛然醒悟，苏副行长反复在讲这些内容，莫非是讲给自己听的？因为他之前已经审问过小宋助理，那天宇文馨不在场。支行出了那么大的事，银行被诈骗了2000万元，作为经营单位一把手，可能不只是把关不严、管理失职，还可能是受贿、与企业同谋。宇文馨心里明白，组织上做任何一种猜测都不过分。

开车回支行的路上，宇文馨给苏副行长发信息。过去百钢来电话，宇文馨还把车停靠在路边，现在根本没有这个时间了，所以她一手抓方向盘，一手抓手机编辑信息。她隐约感觉到苏副行长的一丝隐忧，觉得自己应该主动说点什么。苏副行长很快回信了，而且信息很温和，一点都没有严厉的口气和让人难堪的话。

小宋助理与分行派的人连夜赶去四川调查亚洲安防的应收工程款，宇文馨叮嘱他有情况及时报告。

周二上午九点行办会，苏副行长主持。各部门例行汇报了各自的工作情况后，苏副行长发言。宇文馨很紧张，不知道他今天会说什么事。他应该会把宇文馨支行的事进行通报，引起全行的高度注意，让各支行防止类似事件的发生，起到警示的作用。可宇文馨又担心会上说了，事情扩散了，节外生枝，给处理时带来麻烦。

结果，苏副行长在讲四季度和明年一季度开门红的事情。"明年怎么打法？指标怎么下达？眼下我们该怎么办？是等还是继续干？要干到多少？要很清晰。"苏副行长喝了一口水，继续说话，"目前我们的支行有三类情况。一是成绩稳定型，不高不低，踏踏实实在干，发展平稳；二是跳高运动员，年头蹦到极高，然后一路下滑，至今不止；三是潜水运动员，许多指标一直在年初数以下，观望。我告诉你们，第一种类型的，发扬成绩，再接再厉，分行不会让你们吃亏；第二种类型的，把当初跳高的水平拿出来，快快赶上；第三种类型的，马上浮出水面，不允许长期潜在水下面，否则，我拔掉你的吸气管。"此刻，台下鸦雀无声，各路诸侯，不敢大声出气。"全行第四季度要恢复性增长，谁与分行过不去，我就与你过不去，我会让你的考核成绩很难看。"平时不多言的苏副行长在今天的会议上好像关不住闸门。支行行长个个低头记录，没有人敢抬头看他，生怕他随时会把谁叫起来批评。

正在大家十分紧张的时候，秘书突然进入，送来了一份紧急机密文件，要求口头传达，不得复印。苏副行长拿起了文件开始宣读。

他首先介绍了当前中国经济形势和分行的经营情况："今年三季度受周期性因素和结构性因素的双重影响，中国经济增速放缓到7.4%，经济增长有所下降，部分行业、企业经济运行困难，三季度CPI上涨2.3%。新兴银行方面，利润增速达到计划目标，但增速下降较快，三季度新兴银行全行净利润增长达3%，完成预算的80.3%，超过进度要求，但净利润增速同比去年下降了13.6%。从各家银行公布的三季度数据看，大多数银行利润增速超过10%，对标银行利润增速达17.6%，是本行的7倍，差距进一步拉大。"看来，总行三季度的经营情况也比较严峻。据了解，各家上市银行三季度大排队，新兴银行的利润排到后四位了。

这种大环境下，总是有人中招，不是新兴银行，就是别的银行。总有经营不善的企业，总有违约的客户。支行的客户最近出了一些问题，看似是个案，但在这个经济大环境下，是一些中小企业的缩影。听说，许多支行也纷纷暴露出问题，有些支行的老板和客户都跑路了……

散会后，分行风险部的金副总找宇文馨商量分行摄影协会去赤坡采风的活动事宜，总行要举办20周年摄影大展，分行办公室也很积极推动。宇文馨这个摄影协会副会长，不组织大家出去一次也说不过去。但此刻，她实在没有心情。

回支行的路上，宇文馨给贾强打电话。除了马帆每天盯着，宇文馨还要第一时间知道他的筹资进度。

"我已经跟朋友谈好可以借800万元过桥资金，但朋友公司今年的财务交给老婆管理了，我们正在去找他老婆的路上。"贾强在找钱。只要他不失踪、不逃跑，就有希望，宇文馨的心就能定一点。

"宇文行长，我知道我现在是在要救命钱，但也不能坑了朋友。所以我要向朋友借钱不是一两天就能谈妥的。"

"难道就可以坑银行吗？"宇文馨拿出了耳机，插头接上了电话。上次开车低头发信息给苏副行长，差点撞到前面的车了。这段时间开车不专注已经成了她的毛病。

或许贾强起初的动机就是要筹一笔资金还其他银行的到期贷款，以为自己资金周转得开。结果合作企业欠了他的钱，货款又不能及时回笼，资金断链。

"分行已经很为难，支行出了问题还不能让分行正常报损，让分行有关部门跟着我们继续犯错误，我也觉得很不应该。你不是说不能坑朋友吗，你也不能坑我们银行，对不对？"宇文馨一边开车，一边与贾强理论。

"是，是，让你们非常难做了。宇文行长，我也不想这样。我这两天找人借款天天谈到凌晨两三点，我把人都赔给你也愿意，你们就把我拿去抵押吧。"宇文馨听到了贾强讲话的哽咽声,"我这两天身体很不舒服,精神压力很大,眼睛一圈黑,自己看了都很害怕。你再帮我向分行解释一下吧,再宽限几天,我在想一切办法找钱。"

"不是说你的小姨子很有钱吗?这个时候了,做人该低头就低头,该说软话就说软话。好好地求求她,她总不会见死不救吧?"宇文馨想起了小宋助理讲过,贾强的小姨子是一个上市公司的副总裁。

"哎呀,不瞒你说,她的资金也全都用出去了,这几天我跟家人都闹翻了,老婆跟她的妈妈也断了关系,只要有可能,我怎么可能不去开口呢?我今天胸口闷得很,不敢去医院看病,因为我知道,一去医生马上会让我住院,又要往我心脏里放支架了……"

"千万别逼他太过,一旦出了问题,我们都很被动,事情会变得更复杂。"宇文馨想起了资产保全部翟总之前提醒她的话。

小宋助理下午来电话了,他与分行同去的人经与当地政府有关部门核实,那份应收账款是真实的。"我们得马上赶回来,明天向分行汇报。有可能的话,追加担保人,这笔应收账款作为这笔贷款的还款来源,办理质押手续。但要得到亚洲安防的同意,因为他们是一家在新加坡上市的公司。亚洲安防对泰安进行担保时就没有按规定公告,本来就是违规的,亚洲安防也面临着股东的质疑和公众的指责,甚至处罚。"小宋助理在那头不停地讲。

看来,工作难度还不小。催收、重组之路,不知道下一步会以什么样的方式展开。

半个月来,滨城没完没了地下着雨,月初那场特大暴雨据说是滨城六十年一遇的大暴雨。长时间见不到阳光的人,心也会长霉。

近日，贾强配合力度有所减弱。小宋助理说他已山穷水尽，逼也逼不出啥来了。

支行的注意力转移到了担保人亚洲安防的身上，但操作的方案有许多不确定性。亚洲安防接手的政府工程，由于其资质不够，当时是挂靠另一个公司去中标的，而应收账款开户也在当地工商银行。资金什么时候回来，难以监控。四川工行说无法签三方监管协议，他们的合规部律师不同意。

宇文馨知道，银行体制都一样。基层经营单位自己说了不算，上面不会让你去做与本行无关的事情。哪怕是让我们支行在上面印鉴上留一个章，或者承诺资金到了让他们告知一声。宇文馨在不断争取。

"人家银行没这个义务。"小宋助理说得也对。

经商量，亚洲安防提出可以把工行应收账款的专户公章、私章、支票、网银U盾等交出来由明华支行保管，但宇文馨还是觉得没把握。若他们背着银行报失什么的，重新刻回一套章，这个措施如同虚设。

宇文馨决定给贾强老婆打电话。

"我们外家都帮他帮了很多了，是真的一点办法也没有了。"

宇文馨还没多说，就被贾强老婆一句一句顶回来了。

"你们家庭多幸福，两个孩子也挺可爱，千万要珍惜……"

"行长，不瞒你说，为了他，我已经与我的家人翻脸了。差点与母亲断绝母女关系。我已经尽我所能，也已无能为力，他自己的事，自己承担。我在银行干了十多年工作，我理解你，出了问题，银行的制度毫不留情面。他胆子也够大了，竟伪造公章、发票，我们全家都不知道这些情况。唉，你们该怎么办就怎么办吧。"

宇文馨本想做他老婆的工作，适当施加压力，或许会说服她，现在不但没说服，反而发现连他老婆都放弃他了，而且还带着强烈的怨恨。

贸金部的总经理最后通牒："下午报损。"

报吧。宇文馨筋疲力尽。看来不升级行动，已经威慑不到贾强了。

分行资产保全部出手了。上午，在分行 20 楼会议室，分行保全部翟总、城西刑警大队队长在和泰安的贾强谈话。

"你今年多大？"

"46 岁。"

"有几个小孩？"

"两个。一个读高中，一个读小学。"

"太太在哪里工作？"

"银行工作。"

"多好的家庭啊。"翟总的开场白挺温和。

"你的钱都到哪里去了？据了解，你已经经营了十多年，还听说经营得不错。"翟总换了种口气，态度开始强硬起来。

"我这几年一直在投入，我的资金全部放在经营和开拓市场上了。我们在国内已经设了三十家分支机构，本来希望与美电公司合作，打开一个局面，进军全国 1000 家门店……"贾强结结巴巴，说得很不流畅，或许是对面坐着警官让他有压力，"我对天发誓，我不嫖，不赌，不吸毒……"

"这就好。"翟总说,"那就还款,我给你一定的时间完善这件事情。处理好了,银行内部就能解决。"

"是,是,是。"贾强恭恭敬敬地点头。他缩在会议桌前的椅子上,圆滚滚的身体像一个桶。

"你知道自己私刻公章、骗取银行贷款、提供虚假发票的行为是犯法的吗?数罪并罚,情节严重,我们就可以把你扣了,马上移交有关部门。案情清晰,手续不复杂。知道吗?"翟总声音中多了一些威慑力,"我还是让你走,只要你能够将款筹来还上,这事就简单多了。如果还不上,我们也不客气。大不了银行这2000万元不要了,我们把你法办了。"

"我对天发誓,我从来没想逃脱,一直在想办法。"贾强一副哭相在求情,表情沮丧,情绪低落。

坐在旁边一直没有开口的城西刑警大队队长说话了:"我本来想跟你一起学习一下民事法和刑事法的。但我临时有任务了,马上要走。你自己查一查刑法,回去好好学习,好好想一想。如果没有态度,没有方案,银行就办不了,会放到我们这里来办的。"刑警大队队长讲完之后,真的就向大门走去了。

"我给你一周时间,拿出来500万元,过了节后再给你一周时间。看你的诚意和配合态度,否则我们立即立案,分分钟的事。"翟总接着刑警大队队长的话,"关键时刻你要思考清楚,你人在,生意就在,赚钱机会就在,翻身机会就在。人进去了,家庭破碎了,你的担保人也全进去了,还会牵连到许多人。"翟总停了停,观察了一下贾强的表情,接着说,"我们也了解了一下你的情况,平时做人还是可以的,所以给你这个机会。我觉得你是聪明人，一定会想明白。"翟总不紧不慢，很有条理。他每天遇到这样的事太多了，轻车熟路。

"感谢你们给我机会，给我一条生路。下周，500万元不敢保证，但最少300万元一定做到。"贾强说。

"500万元，一分不少，多了怕你做不到，但500万元很客观，不要讨价还价。你不嫖不赌，刚才我也算了你的账，你手中还是有钱的。你还上了，今后正儿八经做生意，还是有很多发展机会的，否则……"

一贯斯斯文文的翟总，比以往多了几分杀气。对付这些人他有的是办法，真是保全部的高人，真人不露相。

已经走投无路

一个多月后，宇文馨一直担心的事情终于发生了。

盛行长在行办会上过问了近期各家支行贷款出现逾期的情况，当风险部汇报到了"泰安"的时候，盛行长狠狠地说了一句："我最恨造假，最可恶的就是制造假发票的那些人。"

宇文馨的脸一阵红一阵白，好像被人指着骂骗子。50多人坐在会议室里，宇文馨不知道该不该站起来做个解释。这气氛很容易误会，是说企业造假，是说支行造假？还是说企业造假，支行配合？不了解情况的人怎么想都可以。

"出这么大的事，支行领导干什么去了？看好你的门，管好你的人,把好你的关,这是支行行长的责任。任何时候都不能大意。"

宇文馨就想找个地洞钻进去。盛行长第一次这样批评宇文馨,而且当着这么多人的面,毫不留情面。就在滨城分行即将进入总行一级分行管理级别的时候,支行出了这么一单事,给分行带来麻烦,他该有多生气。

可宇文馨也很委屈。她明明同意停下来的业务,后来贸金部与小宋助理重新设计了流程、方案,分行贷审会审批就通过了。就像苏副行长说过的,这方案完美得无可挑剔,连一个分行级的审批专家团队,都找不到任何问题。宇文馨不是超人,也没有火眼金睛的本事。放款的时候,分行贸金部和支行的马帆双人抽查的税票,支行行长不可能越过经办人说"我不信任你们",然后再一张一张查看发票。

但就是这么倒霉,偏偏是任何一个环节都没有障碍,资金就这么畅通无阻地出去了。

"你们抓紧催收吧,即使催收重组完,我还要处理你们。"盛行长冷着脸说道。

散会后,宇文馨追着盛行长到他的办公室。她知道自己闯了祸,惹了这么大的麻烦,他怎么骂,宇文馨都会接受。

一拨一拨的人在汇报工作。大家都不回避,站在盛行长的办公室里,轮到谁,谁就上前一步说话。

"盛行长,对不起,真的对不起。给您添堵了。"宇文馨低着头,哈着腰,不敢坐下来。

"下午开党委会,我把你行的小宋助理免掉,撤职清收,什么时候催收回来，什么时候恢复任命。"

"盛行长，我们现在全力在催收，重组方案上周分行贷审会已经审批通过了，4000多万元的四川政府的应收账款已经质押给我行了，另外抵押了一套房子和一台车，收回了150万元现金。若近几天再收回300多万元，就可以重组了。可不可以清收重组完了以后，你再处分人呢？"

盛行长不说话。宇文馨知道他不高兴，手下没干好工作，自己还提要求。

"我就是给你们压力，催收回来我也可以恢复他的职务。"盛行长决心已定。

离开了分行，宇文馨给小宋助理打电话。他说在医院，吓了宇文馨一跳，以为他病倒了。"是贾强心脏病发作了，在城西医院输液，心脏造影拍片。"

"怎么回事？"宇文馨问。

"我们这几天每天十多个小时陪着他去筹钱。可能他精神压力很大，晚上又没睡好，心脏病复发了。"小宋助理说。

"那怎么办？"

"翟总让我们陪他看完病后，送他回家，交到他家人的手上，再安全撤离。"

宇文馨一听，完了，这还没使劲呢，那边快顶不住了。

"那立刻去找担保人亚洲安防。反正，逼着他卖房也要还上500万元。这一步不完成，我们重组无法实现。盛行长只给我们两周时间，立刻要处分人了。"

泰安的一位股东，前不久仍在四川积极地拓展业务、签合同，据说还拉了几个大单，一心想把泰安做大做强，尽快跻身于全国同行的重要合作商行列，还暗自算着如果完成多少销售额，有多少利润回来，接着可以策划上市的工作。结果回到了滨城，发现泰安欠债不还，被银行列入黑名单，被公安局、银行追债追得屁滚尿流，贾强差点连命都没了。几个高管气得在董事会上吵了起来，公司里乱成一团。

| 第八章 |

逾期风暴
不期而至

银行是企业，特殊的、经营货币的企业。前阵子有人一直在讨论，说银行业是一个很强势的行业。但是越来越多的声音在表达银行其实也是个弱势群体。

找担保人承担责任

为泰安做担保的亚洲安防本来经营得好好的,计划今年从新加坡退市回来,马上着手中国中小板上市工作,风投都谈了好几个,有些细节都进入了实质性阶段,结果撞上了"泰安事件"。企业原来积累的银行信誉都被破坏了,上了银行贷款关注名单,不能做正常的贷款,公司的资金链马上就要断了。

亚洲安防的总经理助理对宇文馨说:"宇文行长呀,我们的老板鲁放这个人啊,热血心肠,帮朋友帮得两肋插刀,有时候他也不太顾及后果。2000万元担保责任啊,可不是一个小数目,说担保就签字了,连会都不开一个,我们都不知道,股东们个个都快翻脸了。我们是上市公司,提供'泰安'担保时并没有向公众公告,追究起来,所有的股东都会被牵扯进去,几个家庭的老婆、子女都会因此被股东的无限责任殃及他们的正常生活……"

民营企业没有规范的管理是多么可怕!

"你们重组的时候能不能不要那么狠。"亚洲安防的法人鲁放向小宋助理和宇文馨求情:"我是认了,担了保就得承担履约责任,我没有逃债,愿意承担泰安的全部债务。但是泰安2000万元贷款由我公司来归还,起初半年除了还息,每月还要我还部分本金,我很吃力。我要正常经营,要购货,要生产,你们这个方案可不可以温柔一点?别压垮我们。我们都垮了,谁来还你的债呢?"

小宋助理听着听着,只能说:"好的,我争取帮你们向分行申请一下,但银行有银行经营的规则,希望企业理解和配合。另外,你们要积极帮贾强筹钱,首先要再还掉300万元。"

鲁放说:"好。"

但是鲁放好像很不可靠,一周也未见任何动静。

直到第二周,因为未达到分行的要求,泰安和亚洲安防的重组仍然未能成功。小宋助理根据分行的指示精神,把贾强东区的那套房子委托中介公司挂牌交易。没想到,这个动作引起贾强很大的反应,说银行要卖他的房子,很生气。自己违约在先,欠了银行2000万元不还,还有理由生气!

这段日子,支行上下几个人停下手头很多活儿,一而再,再而三地耐着性子帮泰安想重组办法。无非也是谈判、追债,通过正常手段解决问题,但效果不理想。

企业经营中,最可怕的是那些不量力而行的人。孔子的三句话:"德薄而位尊,知小而谋大,力小而任重",第二句话尤其适合泰安这些中小企业。人要安安分分把自己的生意做好,能力不到那个层面,就不要去想那么大的生意。

小宋助理有点恍惚

这天一大早,宇文馨正在支行营业部 VIP 室量身做今年的新行服,分行资产保全部翟总一大早给她打电话:"宇文行长,你们小宋助理怎么了?泰安业务还重不重组呀?"翟总很少给宇文馨打电话。班子分工,清收重组由小宋助理主抓,资产保全部有指示精神,直接与他对接。

"分行目前贷款额度非常紧张,全行要发放的贷款都在排长队。大家都在抢额度。我千方百计帮你们支行扣下 1500 万元的额度,本来今天要把款放下来的,但你们很不靠谱呀。泰安 14 万元利息一直未能收上来,这额度就不能等你们了,其他支行会拿走的。"翟总在那头很急,"小宋助理这两个多月都在干什么呀?忙来忙去,未抓住重点。14 万元利息都收不回来,还谈什么重组?不重组了。你通知泰安,我们不等它了。分行两个多月来全力以赴,方案一改再改,条件一让再让,时间一等再等,泰安没有诚意,我们就放弃它。让贾强等着被抓吧。"

宇文馨顿时很紧张。翟总已经对支行的重组推动工作很不满意了。

"你们下面的人到底是吃了人家的,还是拿了人家的?怎么说话那么不硬气?动作那么不利索?"翟总仍然在电话那头不停地批评。

宇文馨放下电话，没有立即打给小宋助理。支行最近上报的项目，分行总是用不信任的口气反复地盘问，小宋助理、宇文馨都心理压力很大。中河的美金、长江的项目、益众食品的贷款续做、百钢集团的开票，还有供电局和东区财政局 10 亿元定期存款的续存……大量的沟通工作全都压在支行班子的身上。宇文馨已经连续几天晚上都是十点以后才离开办公室了。胆囊发炎了，浑身痛，这个时候她应该去住院，打一个星期的消炎针，把炎症压下去。但眼下怎么走得开？

　　又忙了一个下午，各式各样的电话和事情不断。快下班了，宇文馨才发现上午煲好的治疗胆囊炎的"金钱草"汤一直在壶里，未倒出来。

　　宇文馨等待小宋助理回来。明天是周六，原定这周的重组，由于各种原因流产了。但下周必须重组完成，今晚要把方案再梳理一遍。

　　六点过十分，小宋助理从泰安回来了。他气色不太好，疲惫不堪，甚至有点精神恍惚。

　　"你没事吧？"宇文馨问。

　　"差点在路上撞车，闯了红灯我才反应过来……"小宋助理脸色苍白。

　　"你别吓我。"宇文馨惊恐道。

　　"真的，行长，我天天失眠。泰安的事弄得我筋疲力尽，每天精神恍惚，有时候人都不是很清醒了。"

　　宇文馨有些心疼他："喝点水吧，慢慢说。把今天的事情捋一捋。"

　　小宋助理带回了许多情况，首先是泰安的 14 万元欠息。贾强上午拿了 160 万元现金赎回了他老婆的嫁妆——东区的那套房子。但就是还不上 14 万元的利息。"他现在四面楚歌，满身债务，而且都是高利贷。每天利滚利，到了21号又会产生这一个月的利息。他那半条命也差不多了，不能太刺激他了，还得让他筹钱啊。"小宋助理说。

宇文馨这边也有坏消息。亚洲安防的法人鲁放变卦了，本来同意接手泰安债务的，但现在又不想背这个贷款了。因为他们公司已经引进了一位投资者，正在谈3000万元资金进入的问题。"如果发现我们公司又新添了一笔贷款，就会影响人家的信心，这事情就黄了。宇文行长，你不想我们企业不好的，是不是？"鲁放说。

"可你不重组，泰安一直逾期，你是担保人，在人民银行系统就是'关注'状态。这一样影响你对外的引进投资，甚至你在人民银行的征信也恢复不到正常，影响你在他行的授信。"宇文馨耐心地引导鲁放。

"或许有运气，他们看不到呢？"鲁放问。

"不要侥幸，踏实做事心里安稳。"

"我能不能重新找一个企业帮助泰安，把亚洲安防担保角色换出来呢？"鲁放继续问。

"你以为你想换就能够换的吗？何况你是这笔业务的担保人，不找你找谁？再说这一变，前面的方案走到现在，你都签字、盖章了，公司所有资料也已经提交给分行审核通过了。如果最后一步停下来了，又得另起炉灶，得拖到什么时候？8月13号最后期限一眨眼就到。"宇文馨回复鲁放。

宇文馨对小宋助理说："你一定要清醒，抓住关键。不能让企业牵着你的鼻子走。"

小宋助理真的有点恍惚了，每天只睡两三个小时，蓬头垢面，无精打采，原来他催那些小微周转卡，虽然很苦、很累，但那是前任主管行长林树成做出来的,他只是担着催收工作责任。现在是自己亲手做出来的不良贷款,那种压力来自心底,巨大而无法言状。

分行已经多次通知宇文馨让小宋助理和马帆下岗清收,都被宇文馨好说歹说地给缓下来了,但已经缓不了多久了。

除了小宋助理,马帆也越来越把自己定位为一个专职清收人员了,工作严重滞后。宇文馨不得不在会上说了这件事,没想到马帆当着全行员工的面大发脾气:"你说我不积极营销客户,你看看我们支行有多少个客户经理去营销客户了?我还算是报了两个项目,只不过不具备条件被否了。"马帆说完这话就离开了会场。这一天的会议气氛很难堪,支行里从来没有一个人敢对宇文馨用这种态度。

滨城这个城市,几乎都是外来人口,特殊的环境和土壤,给千千万万来滨城寻梦的年轻人提供了很好的平台和机会。其中就不乏像马帆这样的年轻人,带着他的梦想,带着他独特的文化理念来这里打拼。他是学校里的佼佼者,也是建设滨城的新生力量,他确实有理由让他的家人感到骄傲。但是他忘了一点,所有的冠军都汇聚到一起的时候就是一条新的起跑线,你会不会是下一个冠军,不仅仅凭聪明、学历,还应该有一些其他的东西,比如人们常说的情商、逆商。

为错误买单

"泰安风暴"渐弱。

历经种种艰辛,亚洲安防顺利接手了泰安的债务。泰安欠下的14

万元利息，听说最后是小宋助理和客户经理马帆想办法帮助泰安垫上的。做业务做到这个份儿上，很痛苦。

经历了泰安事件，支行的士气受到很大的影响。先不说小宋助理和马帆的精神、心态发生了许多变化，员工们做事也开始谨小慎微，分行对支行上报的项目也越来越挑毛病和找借口退回。宇文馨默默地承受着这一系列负面的打击。一个支行，就像一个人一样，也有品牌和信誉。支行业务出了问题，就像一个人出了信用问题一样，别人都用不信任的目光看着你。

转眼快到九月份了，大半年已经过去。实事求是地说，支行上半年经营情况还可以，存款、贷款的规模，中间业务收入、利润都表现出良好的业绩。尤其是储蓄存款，林树成走后，曾经受到影响的业务在全体员工的共同努力下，新增量和总规模排在分行前三名的位置。本来今年的日子应该是不错的，却被一个泰安破坏得七零八落。二季度考核综合得分99分，排位在分行第五，但因泰安事件，硬是被扣了20分。宇文馨心里说不出的难过。

这个时候，刚巧G州商业银行在滨城设立分行机构，有人推荐宇文馨去参与筹备，薪酬是现在的两倍。信息是有吸引力的，用现在年轻人的说法，世界很大、很精彩，宇文馨也应该出去看一看。跟她一批被提拔的干部因为各种原因，几乎已经都不在这个岗位了。宇文馨也想过，但她很快回绝了。眼下明华支行有两笔问题贷款，自己不亲手解决，怎么走得安心？宇文馨的思想很快回到工作状态。关于考核，关于扣分。做错了事，出了不良，上级怎么处理都是应该的。支行必须为错误买单。但能不能实事求是地减少扣分，让员工还有些奖金可拿呢？

宇文馨去争取，找分行领导解释。因为泰安逾期不到三个月，根据总行的规定，未形成实质性的不良贷款，总行也没扣减滨城分行的考核分数，分行是不是不应该扣支行的考核分数呢？

"还不叫不良吗？都到期两个月了。牵扯分行部门多少精力？若不是苏副行长要求我们重组，我们还不想清理泰安的贷款。我们随时有证据报警捉拿泰安的法人贾强，告他诈骗。"分行翟总训斥着宇文馨。

宇文馨一句话都没有争辩，提着拎包回到支行，等着她的是一份人事部通知：支行一把手的风险奖金全部扣下。

这一天，分行贷审会的项目很多，支行的两个新项目不知道排到什么时候才能上会，宇文馨等到下午六点就忙其他客户的事去了，她让小宋助理在分行继续等着。都是好企业、好项目，宇文馨心里是有底的。让小宋助理带着客户经理上会，既能锻炼客户经理，也能让他多积累经验。一直到晚上八点多，宇文馨才知道结果。

"两个项目都被否了。2亿元贷款说要对应项目贷款，而不能做流动资金贷款。这方案是分行风险经理帮助我们一起商量出来的，可上了会，他们都不吭声了。"

"那另一个又是什么原因呢？"宇文馨问。

"贷审会不同意走项目开发贷款。"小宋助理在电话那头有气无力地述说着今天发生的事，"这都是分行风险部说请示了领导给出的方案，说总行可以对这些更新项目有政策例外。可苏副行长说：'谁告诉你可以走政策例外？'我又向他解释，这个项目是明华支行做了很多营销工作得来的，其他银行早已经上会通过了，都出批复了，但是我们宇文行长还不想放弃。但是魏总问：'谁说其他银行出批复了？你有看到批复吗？'苏副行长还毫不留情地说：'人家说什么你就听什么，蠢得像只猪。'"小宋助理带着一点愤怒，"说项目就说项目，为什么劈头盖脸骂人？接着魏总还骂我，说我那天不打招呼就把益众食品企业的法人带到苏副行长的办公室。我解释是因为益众食品的董事长签了几笔沃尔玛的大单合同，本想给魏总汇报，魏总去执行特殊任务了，所以就约了苏副行长，这是苏副行长给出的时间。这是个误会，但是无论我怎么解释，魏总和苏副行长就是给我难看的脸色。"

"为什么说我是猪？我也有人格，我也有尊严。"小宋助理在那边机关枪似的说话。这个中央财经大学的高才生，确实是有点知识分子的傲气，"后山支行几亿元的保证金全部都不翼而飞，这是一件多么大的事。业务进来的时候，分行从分管行长到部门老总层层都签了字，支行每个月都给企业账户回单，现在说没有就没有了？支行行长能说不知道？分行有关部门一点都没觉察到？还在这里骂我们泰安的事。我们也仅仅是逾期了两个多月，而且现在都已经重组了，企业每个月按期还利息和本金。虽然说也还不完美，但是相比他们几亿元的案件，这算个什么呢？"小宋助理的情绪似乎已经难以控制，"宇文行长，我不干了，我真的熬不下去了。不是今天轻率地说出来，我已经经过反复的思考，继续待在这里，对支行、对你、对我个人都不好。最近支行上报的项目，分行总是戴着有色眼镜看，一个也不给通过，这样下去，我不单害了你，也害了支行。"

宇文馨知道小宋助理这次动真格了。因为在半年前，他已经跟宇文馨做了多次的深刻交流。那时候的形势还没有现在这么严峻。他说当年毕业了就应该留在北京，至少应该在省里，或者从总行做起，职业生涯的路径走起来要比现在顺得多。"我待在这里已经八年了，在一个流动性很大的行业，尤其在滨城，我已经算很保守了，我有权利到外面的世界看一看。"小宋助理继续在感慨，"这十多年来，正是中国经济发展最好的时期。但是新兴银行，从我入行到现在，就像一个长不大的孩子……"

小宋助理开始打退堂鼓了，宇文馨有点着急："你不要把这种消极的情绪带回到行里，我希望你把它烂在你的肚子里，明天醒来又是新的一天。你一定要答应我，我们最难的时候已经过去了。我们一起并肩作战，带好这支队伍，把手头的这些项目一个一个推动落地。你听懂了吗？"

小宋助理在那头不吭声了，不知道是手机的信号不好还是其他原因。宇文馨不管那么多，接着说："我告诉你，你不但不能走，你还得给我好好地干活。亚洲安防的政府应收账款，还要想办法在年底前回款，把泰安的根本问题彻底解决了，无论你今后是调离还是留下来，都会很主动。反之，你会很难受，分行也不会轻易放你走。"这些都是宇文馨的真心话，"一个人不管在什么地方、什么时候，都要做出自己的价值。只要把你自己的价值做出来了，机会无处不在。"

宇文馨把自己的委屈忘得干干净净了。自己是老大、当家的，当家的要是垮了，谁来撑起这个行呢？本来指望着小宋助理这个二把手，按理这个时候他应该接自己的班了，哪怕是过渡，自己也应该快要退居二线了。结果这个家伙临阵想当逃兵，在自己没走之前要开溜。宇文馨要断了他这个念头。

又一次贷款逾期风暴

快到年关了，部分员工已经踏上了回家的路。支行大门口和营业大厅已经挂起了红灯笼，一盆盆年橘树垂吊的千百个利是封在风中舞动。宇文馨已经闻到了三楼天然海鲜酒家的年糕的甜香味了。大家都在忙碌地准备着迎接春节的到来。

宇文馨让家人把母亲从家乡接过来了，原计划这两天抽个时间陪母亲到商场去购买年货，买母亲喜欢的烫金的大红对联，还要把母亲的房子从里到外彻底搞一次卫生。

在这喜气洋洋的节日氛围中，忽然又出现了不协调的噪声：支行又一次发生了突发事件。

"宇文行长，你能不能回来一下？"小宋助理在电话那头催着。宇文馨去东区财政局汇报工作了，本想给客户拜个早年，小宋助理急速的语气让她意识到支行一定是遇到了麻烦。宇文馨立刻调转车头返回。

"我们的贷款户亚洲安防在 D 银行的贷款已经出现逾期，没有归还，下一步 D 银行可能会采取措施。而亚洲安防在我行的贷款本月利息 14 万元已经提前打入了账上，本想等到总行电脑系统 21 号自动扣息，但分行保全部翟总突然通知我们要全额划入保全部的账上，先扣他的本金……"小宋助理急忙向宇文馨汇报。

"为什么？"宇文馨问。

"不清楚。"小宋助理回答。

宇文馨开始有点着急，她不知道翟总设计的是什么方案。如果企业本月的利息没有还上，而是拿去还企业的贷款本金，先不说这 14 万元对于总贷款额 2000 万元来说无济于事，更重要的是企业贷款就进入欠息户的名单内，他们原计划想要求企业把股权主动质押给支行的方案就会落空。万一其他银行在人民银行系统内发现亚洲安防出现欠息现象，有可能会早于支行采取措施，对企业股权资产进行查封，那时支行将会陷入一个十分被动的局面。

宇文馨拿起了电话打给翟总："翟总，给您添麻烦了。亚洲安防在其他行的贷款逾期我们也是刚刚从系统信息里获知，您提的建议是很有道理的，企业利息在账上，担心会被其他行查封，所以划入保全部。但是为什么先扣本金？"

"企业这几个月来没按照贷审会的意见还利息及部分本金，难道我不应该把他的钱扣下来还本金吗？"翟总在那头很不客气。宇文馨看不见翟总的表情，但她知道最近新兴银行里发生了很多事。分行有十几个支行在近一个月里冒出了很多问题，几乎在一夜之间就出现了十几亿元的不良贷款，而翟总的部门是保全资产和抢救资产的重要部门，他身上的担子不难想象。翟总身经百战，经验丰富，给出的都是一些有前瞻性的意见，但是宇文馨还是想与他做进一步的交流。

"翟总，我是这样想的。我们这个月还是把它的利息先收了，过了年后我会跟企业谈判，把它的股权追加进来进一步完善贷款的担保条件。一方面企业有足够的时间准备，另一方面我们也可以不打官司，更高效地完成保全措施。"

"我叫你们冲抵本金，你们却要收利息，我指挥不动你们了，你们爱怎么地就怎么地吧。出了问题别找我。"翟总在那头把电话挂了。

宇文馨的心在收缩，她弄不清楚翟总的意思。

宇文馨转身带着支行几个骨干去翟总办公室，希望当面汇报得更清楚一点。但翟总这会儿不在，宇文馨接着找风险部魏总，希望从他那里了解更多的情况。一进去，魏总热情地给宇文馨倒茶，一个劲儿地说："大姐，你还亲自来。"看着小宋助理几个进来，魏总朝着他们说，"你们怎么搞的，怎么会把宇文行长亲自叫过来了？是不是没有做好工作，给宇文行长添麻烦了？"魏总虽然年轻，但职场老练，说话滴水不漏。

"你们几个怎么回事，支行的个贷客户抵押的房子出现了被别人二度查封物业的现象，居然现在才来报告。你们这段时间都到哪里去了？"魏总一边给宇文馨沏茶，一边问进来的几个支行骨干。

"魏总，我们已经向分行报告了。"客户经理程诚说。

"你跟谁报告了？"魏总问。

"我们上周在分行预警会已经汇报过，之前跟保全部的翟总也说了，但是由于翟总不同意我们起诉客户，所以至今没有采取措施。"程诚说。

"为什么？"魏总问。

"翟总的意见是，我们是房子的第一抵押人，无论谁查封处置，我们都是第一受偿人。如果我们不是第一个查封者，加封毫无意义，反倒是增加了打官司的费用。可我们觉得加封是我们主动采取的措施，让对方在解决债务的时候，我们更有主动权。但是翟总就是不同意。"程诚特别委屈地说。

魏总不再说话了，但宇文馨感到事情正在恶化。

"你们太不懂事了。宇文行长是新兴银行总行级的先进行长，也是我们滨城分行的模范行长，你们不能给宇文行长添乱。尤其是宇文行长一生清廉，洁身自好，千万不要因为你们让宇文行长的声誉受损。"魏总对程诚和小宋助理非常不客气，让宇文馨很不自然，因为她知道接下来的话更是说给她听的，"我告诉你们，如果催收不得力，我下个月就让你们下岗清收。"

程诚和小宋助理退出去了，宇文馨很尴尬，她本来是想提前来拜个年的，而工作上遇到了问题，再跟领导说过年的事，气氛不太对。宇文馨提着挎包就出来了。

"我知道分行里出了几亿元不良贷款的人仍然在岗位上，凭什么我们就要下岗清收。我这笔个人贷款是足值抵押，评估净值是1200多万元，贷款金额只有800万元。"程诚很不服气，他经手的个人贷款业务已经达到4亿多元，每年都为行里的发展做出了较大的贡献，去年获评了总行的个贷十佳客户经理。一个常年泡在市场里不断在做业务的人，出现问题的概率当然要比别人大。

宇文馨不断在做他的思想工作："我们自己工作没做好，把业务做成不良了，首先要从自身找原因，而不是去埋怨分行。我们需要把更多精力放在如何化解不良资产上，用最快的速度去催收，让业务回到正常情况，这是我们现在最需要做的事情。"

从魏总办公室出来，宇文馨在楼里碰到了前任风险部总经理。他的脸色非常苍白，无精打采，一副生了病的样子。宇文馨不敢主动搭话，侧着身很友好地向他点点头。就在前天，盛行长在大会上已经宣布免去他的部门总经理的职务，原因是他在位期间审批的许多项目已经出现了逾期和不良。还传说他违规操作，涉及受贿。

分行已经有一股风气：宁愿不做也不要做错。现在考核排位在分行前几名的全部都是那些规模不大、业绩不优，却没有不良贷款的支行。也就是说，有可能到今年年底，那些冲锋陷阵、大干快上、全速发展的大行都会摔在不良贷款的陷阱里。按照总行现在的考核制度，不良贷款出现三个月以上，按照贷款的金额给予两倍的扣罚利润。如果一个支行的扣罚金额超过了几千万元，那再好的支行当年的利润也已经是负数了。

也许，此刻最佳的选择就是：不作为。

决定查封亚洲安防

本月付息的最后一个工作日，小宋助理三番五次给亚洲安防打电话。亚洲安防的法人、总经理、财务部部长，没有一个人能回答本月能不能付上利息。

"明天就是扣息日了，星期六不上班，现在都说不清楚，你们到底有没有？"小宋助理一直不愿意把企业推上绝路，他心存好意，但偏偏亚洲安防又很不配合。

前一天的分行风险预警会上，苏副行长看见宇文馨和小宋助理走进来，有点惊讶。"你们明华支行莫不是又冒出新的不良贷款了？"苏副行长有点神经过敏，这阵子他最怕支行行长找他。半年来，他天天像个救火队长，哪里急就往哪里跑。外部来查封账号的、法院来起诉的、客户来闹事的，他三头六臂也挡不住。人瘦得像一把干柴，一米八的个头，衬衣里似乎只剩下一副骨架。

宇文馨前两天去参加滨城一个企业的春茗会，见到了自己过去的一个下属。他告诉宇文馨，他们银行的风险审批官刚刚被撤免了，他上个月坐上了风险审批官的位置。据说滨城市已经有四个银行的风险官都因为大量不良资产的冒出而被撤换了。还有小道消息，说J银行已经资不抵债，央行马上要接管了。

"苏副行长，没有新的，还是亚洲安防的事。"宇文馨说。

"那你们赶紧查封它的股权，犹豫什么呢？等其他银行债主先下手，你们就晚了。"

宇文馨和小宋助理赶紧回支行，开始准备诉讼的有关手续。这时候，翟总打电话来了："宇文行长，你们支行是不是已经决定起诉亚洲安防了呢？"

"是的，翟总。我们最近三番四次地跟他们沟通，让他们把股权质押给我们，但谈不拢。企业非常强调他们在引进战略合作者，股权转让已经到了实质性的阶段，马上就可以交易了。如果这个时候把股权质押了，会影响他们的交易股价。"宇文馨细声慢语地向翟总汇报，"可是我们银行等不了了。什么时候谈拢，什么时候交易，什么时候过户，什么时候还我们的贷款，我们都没法等了。这个月的利息没有还上来，更不用说还本金，所以我们也很生气、很失望。今天不动手，明天就可能陷入更被动的局面。"

"你可想好啊，宇文行长，开弓没有回头箭。一旦步入了起诉就无法停下来，我们会立即查封亚洲安防的股权，接着查封其所有的银行账户，以及法人和担保人的全部财产。你不要到时候跟我说他们又同意谈股权质押了，我们是撤不回来的。"

"是的，是的。"宇文馨心里其实也七上八下，但是不采取措施，企业不会轻易妥协。今天不出手，就得天天上门清收，到时候可能连影子都找不着。小微周转卡清收的艰难挫折依然历历在目。

"那你们支行班子全体在上面签字，确认同意保全部起诉，进入法律程序。"翟总最后放下了电话。

宇文馨召开班子研究会。这么重大的事情，还是应该全体班子成员来决策，形成一个纪要。

"宇文行长，这是难以两全的事。一定要分析得很清楚。我们查封，D银行马上就会查封，企业本来还可以活下去一阵子，这样一来就彻底完了。"小宋助理率先表态说。

"但我们不查封，万一D银行先查封了呢？我们就白白在这里等死。这种教训还不够深刻吗？"宇文馨深深地吸了一口气。

"我没有替企业说话的意思，就是想在出手前分析透。"小宋助理的脑袋机器又开动了，"亚洲安防在D银行的贷款逾期了三个多月，D银行现在也没有动手，我们也不知道为什么。可能就是给它一个喘息的机会，让企业凑钱，让企业进行债权重组。但是最难的是，我们不清楚我们的交易对手目前处在一个怎样的真实状况，有没有谈判的筹码。但一旦查封了，对它的股权出售会有很大的影响，只能走着瞧了。"小宋助理一副无奈的表情。

"政府应收账款也未见有成果。"宇文馨说。

"企业去催了一年，哪怕是能搞回一点也好啊。"小宋助理说。

宇文馨陷入了深深的思考。是啊，这就是银行与企业的博弈。银行从来就不是活雷锋，做好事的应该是慈善机构。银行是企业，特殊的、经营货币的企业。前阵子有人一直在讨论，说银行业是一个很强势的行业。但是越来越多的声音在表达银行其实也是个弱势群体。货币和信用内在的脆弱性，决定了在这个体系里运行的银行的脆弱性。大量企业和个人通过银行来获取金融支持，将自身的风险转移给了银行，最终银行成了经济风险和经济不稳定的载体。同时由于银行之间、银行和客户之间编织着广泛的社会关系，一旦任何一个环节出了问题，就会引起银行的连锁反应和危机。

宇文馨想，自己经营的银行，与生俱来就是与各种风险紧密联系。在市场化环境下，宏观经济不确定性，信息的非均衡性，以及委托、代理关系中的矛盾和冲突的客观性等因素，都有可能使银行纷纷地沉下去。

班子讨论的结果高度一致。动手，查封亚洲安防，变卖企业的股权。

小宋助理告诉宇文馨，其他同行的情况也好不到哪里去。H银行去年推出了一千多家优质企业的信用贷款，现在大部分都出了问题，而且事态仍在恶化，弄不好可能会全军覆没。现在H银行有一个团队，每天都在干着催收化解的工作。新兴银行滨城分行从年初到现在，冒出了十几亿元的不良贷款，全行差不多有50%的支行不同程度上"受伤"。如果处理不好，有可能两千多名员工的季度绩效奖都会受到影响，分行将从二级行降到五级行。

就在宇文馨出手处置亚洲安防股权的时候，贾强突然打来了电话，说他小姨子的那家上市公司有意向入股亚洲安防了，现进行资源整合，鲁放同意放弃企业实际控制人的位置。亚洲安防在奄奄一息中迎来了生机，银行债务处理又燃起了希望……

| 第九章 |

十载建树
一朝失误

宇文馨有些自责，那一年，如果郝年冬不够坚强的话，也许宇文馨的这家银行就是压死她的最后一根稻草。……这不是宇文馨的本意，而是职场上的法则。

实地考察奥来电子

宇文馨和奥来电子科技有限公司的总经理郝年冬第一次见面,还是八个月前的事。

那个时候,总行正在推"社区银行",而且很急。年底前,总行下达任务,滨城分行要签下80多家,支行必须立刻行动,兵分三路进行选址,争取年底前完成2家的任务,否则分行对支行行长要降级处理。

这风从哪里刮来?

是因为民营银行概念火爆,众多的民企纷纷发布公告,申请民营银行牌照。据监管部门消息人士透露,中央确实有意把名额分配给若干省市,但不会把名额平均摊派。2013年以来,国家工商总局已经核准了9家涉及银行企业的名单,如苏宁银行、中联银行、锡商银行……阿里巴巴更是气势如虹,听说当时的支付宝资金池里的资金已经接近两千亿元,进军银行的步伐在加快。接着阿里巴巴和多家大企业与多家银行签署战略合作框架协议,宣布将在资产清算与结算、信用卡业务、理财业务、直销银行业务、互联网终端金融、IT科技、大数据、人工智能、物联网等诸多方面全面启动战略合作。当时中央鼓励银行用互联网技术做金融业务……

大企业跨界"打劫",银行必须升级蜕变。谁顺应了潮流,谁就能乘势而上。

总行在这一刻有了危机感。是央行在全面开放金融,允许成立民营企业办银行前,给国有商业银行最后的晚餐;还是对当前银行的保护,让其有足够的能力去做准备,参与今后多元金融的竞争?

银行不好做,宇文馨干了十多年,身在其中,而外面的人看到的只是表面现象,看见了高收益,却看不到财富后面艰难的故事。民营企业想办银行,或许只是想追求较高的净资产收益率,而不是真正帮助解决小微企业贷款难的问题。

你告诉他银行高风险,他不会往心里去的。

前几年,总行鼓励布网点,滨城分行猛开了十多家。去年又有些不同,总行开始考核网均指标了,网点设得越多,业务上不来,越亏。所以,又收紧了一段时间。这会儿,又来铺点了,基层要跟着上面的节奏走。

可这网点是说找就能找好的吗?80～150平方米,大住宅区或大商圈，周边 300 米内不得有银行网点……要求非常多。

宇文馨在支行的会议上宣布，发动大家找，有选中的网点奖励 1000 元。

信息很快反馈回来，小宋助理和客户经理程诚终于找到了一处，而且合同都拟定好了，就等宇文馨签字。宇文馨一看，赤坡湾那么远的地方，只给 1 个月装修期免租，从第二年起租金每年就要递增 10%，没车位、没广告牌，而且从签字起就得交管理费……

"分行都已经看过了合同。"小宋助理很自信地说，眼看就可以完成一家的任务了。

可宇文馨觉得合同条件不够理想。银行租房，议价能力还是很强的，一签就是 5 年到 10 年，每月按时交租，谁不要这样的客户呢？

"所以，我们可以把条件谈得好一点。"宇文馨跟小宋助理说，"至少有 3 个月的装修期免租，从第三年开始租金每年只递增 5%，要 3 到 5 个停车位，而且免租期不应该交管理费。"

宇文馨把要求交给了小宋助理。宇文馨知道他急于得到成果，动作太快了。这个网点最终未选成，但程诚偶然得到了一个客户的信息——奥来电子，并接宇文馨去企业实地考察。

路上，艾梅打来电话："你们支行月末存款任务没完成，能不能想办法进点财政大存款呀？总行要求冲月末存款。"

宇文馨知道，总行考核分行就像分行考核宇文馨一样的道理，分行把更多的希望寄托在大支行。宇文馨早几天就开始做工作了，打了一轮又一轮的电话。市里今年卖地少，财政减少了收入，要用钱就从各家行中轮流支付，银行账上存款不减少已经很不容易了，哪还能增加？

长江公司上个月走了5000万元，说是投标一块地，几天后打听到，那块地被中河公司投中了。但是资金没有回到支行的账户上。宇文馨想去拜访长江公司的财务老总，但他说新董事长刚到位，工作很多，没时间。宇文馨就变着法子给他发信息，希望他支持。信息没回。

说不出的滋味。

又有什么可责怪？这年头，就这么现实。或许人家有难处呢？

宇文馨已经到了知天命的年龄了。自从干上了银行这活儿，就开始求人，求了一辈子人。活到这岁数，真不想再求人了，人应该有尊严。而事实上，也有了可以有尊严的条件。但在位一天，客户就是你的上帝，只要银行考核体制不改变，你就得无止境地求人拉存款。

性格使然让宇文馨往前走，要完成任务，要给分行、给员工一份好的成绩单。职场的魔力让宇文馨停不下来，就像穿上了"红舞鞋"。眼下的银行竞争有多激烈，没有点坚韧不拔的斗志，没有永不放弃的精神，任何一笔业务都坚守不到今天。

在外人看来，银行行长有多风光！貌似可以呼风唤雨，威风八面，多少人羡慕。就像许多民营企业现在削尖脑袋想成立银行一样。

程诚事先没有告诉宇文馨一会儿要见的奥来电子企业的情况，按理他应该给宇文馨一份企业简介。现在的这些员工很多都没有在大机关待过，没受过严格的训练，什么时候应该做什么，还得提醒一下他们。

赤坡是滨城最偏远的区之一。一路上雾很大，视线不好。宇文馨很想眯一会儿，但是睡不着。她又在想这两天要做的述职报告，许多指标都做得不错，支行还获得了一个出国考察指标。但与全胜还有一定的距离，瑞成的基金发行任务就未完成。宇文馨给小宋助理打电话："分行下达的任务是多少来着？"

"50万元。"小宋助理在那头回答。

"有什么好办法？"

"没有。今年市场很不好，卖不出去。"

"卖不出去怎么完成任务呢？"

"其他支行内部消化，摊派给员工。"

"怎么摊？"

"行长6万元，中层2万元，员工1万元。"

"如果不完成任务呢？"

"季度考核扣6分。"

宇文馨这头想了好久，说："那我们也照着其他支行那样办吧。"她很不情愿地布置下去了。这年头，领导不好当，员工也不容易。

没多久就到了赤坡电子工业园里的奥来电子科技有限公司。宇文馨没想到，公司领导郝年冬是一位瘦小的女同志。郝年冬总经理个子很矮，穿着一身黑色的衣服，更加显得瘦弱。她讲起话来像拨珠子，思维很敏捷，对公司里的情况非常熟悉。

后来宇文馨才知道，她是东北财经大学会计专业毕业的高才生，在交通部工作了十年，后来随丈夫调入滨城，阴差阳错进入了这个行业。虽然干着与她原来的专业完全不一样的业务，但是这些年她做得很不错，公司规模越来越大，已经进入了良性发展的阶段。

郝年冬说，经过这么多年的积累，公司的资产已经达到了5600多万元，每年利润500万元，负债率只有40%。

谈到后面，宇文馨发现了另外一些机会，郝年冬在其他银行押了三套房子，只有很少的银行贷款，她流露出对这些银行服务的不满。这就是机会。

于是，宇文馨说："郝总，我们来就是想了解更多企业的经营情况，帮你梳理一下业务需求，寻找新的合作模式，把企业资源整合一下。我们给你提交一揽子方案，比如流动资金贷款、承兑汇票、个人按揭、代发工资等产品，一起给你考虑。这样一来，你以后只需要对接一家银行，可以提高效率、减少成本，我们银企的关系也会更紧密。"

郝年冬欣喜地说："好呀，好呀。我一直也在寻找这么一家银行。今天听你这么一说，想法正好吻合。"

郝年冬亲自把大家带到面积有2000多平方米的生产线，一层一层地介绍，从研发到生产，到零件的组合配置……她告诉宇文馨，她们现在主要的产品是咖啡壶里的电子控制板、多士炉电子控制板、直发器、手机充电器等，产品都要在很短的时间内不断地创新和突破，根据客户的要求更新产品功能，比如豆浆机里什么时候加奶，什么时候加水果，共需要多长时间，都会根据客户的要求来设计。

市场经济下，现在的企业分工已经很细了。她一方面研发、生产，另一方面把零配件外包。而工厂的利润很低，做她这个行业的很多工厂都陆续撤离或关闭,她能坚持到今天已经很了不起了。

宇文馨关心地问到工厂的员工规模,郝年冬告诉宇文馨原来是600多人的,外包之后,现在只有300多人了。但是这300多人管理起来也不是容易的事情,现在生产线上的工人学历一般在初中以下,年龄在18~20岁,这个年龄段的人群很难管理,流动性很大,他们往往不到几个月就辞工。

宇文馨说:"那你的管理还是很有水平的。"

当时对奥来电子的考察,宇文馨感觉企业是不错的。具体的操作,就先由小宋助理和程诚拿方案,支行再开会研究。

"暂缓清收"女老总

接下来的那段时间,总行小微周转卡业务升级,奥来电子的项目等了四个多月才被总行批下来。可是,谁想到4月份才给奥来电子发放的300万元贷款,8月份就开始逾期了。

分行行办会上,苏副行长没点名批评:"有些支行说前面的几户是分行信用卡部派给你们的,出了问题;而现在的问题客户是你们自己做的,还有什么话好说呢?"

真是无话可说。宇文馨亲自去过企业,与企业的郝总聊了很多话。工厂实实在在的,业务扎扎实实的,上游下游合作单位都真实、可靠,一切手续完备,还追加了核心企业法人及配偶的无限责任担保,没有不做业务的道理啊!

但此刻奥来电子出问题了，而且问题不小。奥来电子在其他银行有600多万元的保理（保付代理）业务，因企业报表问题，到期没有续做上，郝年冬自身经营也遇到了问题，资金链断了，供货商不断催款。小企业最怕突然发生这样的状况，摊子铺开了，资金转不开，就有可能"休克"，弄不好还会"猝死"。

两个星期前，郝年冬匆匆忙忙赶到宇文馨办公室："宇文行长，你放心。为了保住我为之奋斗了十多年的企业，保持银行的信誉，我卖房子也要还你的钱。我的手下已经拿到了两张银行承兑汇票，可偏偏宁波遇到了'菲特'台风，水淹城已经三天了，人困在楼里出不来。眼下我不能让工厂停工，一旦停了，工人就散了，设备就废了。再要重新做起来，可不是一件简单的事情。所以你一定要支持我，给我十天八天的宽限期。"

不能落井下石，宇文馨把手头要上交分行对她动手清收的方案暂缓了。小企业太不容易了，经不起市场大的波动。虽然银行对这类客户通常不做雪中送炭的事，但是……还是给她一次机会吧。或许，多给一点时间，她就能翻过身来。

但是，郝年冬并没有兑现她的承诺。"菲特"台风过后这么久了，她的人没有理由飞不回滨城。或许她的两张承兑汇票有更需要付款的单位，把汇票给了别人。但她对宇文馨，却是失信了。

这天，宇文馨与客户樊岛主正聊着业务，没想到郝年冬突然闯入宇文馨的办公室。

宇文馨猜郝年冬是冲着那20万元来的，前一天，她公司的财务不小心把一笔20万元的专项资金倒进了公司在明华支行的账户上，立刻被冻结了。

"行长，你这次一定要救救我。供货商等着我这笔款，如果我今天付不出去，我就要违约赔偿 150 万元，你千万不要成为压死我的最后一根稻草，你得救我。如果你把这 20 万元扣了，我就死定了。"

郝年冬穿着一件发黄的白上衣，多日不见，她本就瘦弱的身躯看起来显得更加的干枯，满脸疲惫，一下就老了好几岁。宇文馨怜悯之心又生。

若是作为朋友，真想帮她一把。可今天到账的 20 万元不扣，她本月应该还的 16 万元的款就逾期了，下个月分行就会通报，大会小会地"批斗"，接着就是考核扣分，影响季度的业绩考核，影响员工的绩效工资，宇文馨怎么能够放行？宇文馨今天放了她，下个月她再不按时归还，难受的人必将是宇文馨。

"我后悔极了，当初我不应该取消香港 CC 财务公司应收账款质押的保理业务，尽管它的月息是 2 分，高得吓人，但是它的合作条件比较合理，宽限期也比较长。我就是为了节约一点财务成本，才挪到内地银行做。现在银行突然不放贷款了，后悔都来不及了。"郝年冬说着，眼泪噼里啪啦地落下来。

小企业规模小，议价能力低，抗风险能力又差，能够持续经营、乘风破浪、永不倒塌的小企业真是凤毛麟角。

"资金出了问题，它会影响到企业在银行的信用体系，不良的记录会直接影响到企业今后一切信用行为。我也不想违约。"会计专业出身的郝年冬无奈地说。

可眼下宇文馨也没有其他更好的办法。她跟郝年冬解释，企业账户已经被分行列入关注类，资金进出已经被分行监管，这期的还款已经逾期了，说明业务没做好。宇文馨没有理由申请解活这20万元，并支付给郝年冬。

告别的时候，宇文馨向前轻轻抱了一下郝年冬："郝总，你要挺住！困难会过去的，一切都会好起来的。你要相信自己能够渡过这关，你就一定能顺利渡过。"

宇文馨希望她能坚强地面对困难。她好了，银行就好了。此刻，企业和银行是拴在一根绳子上的两只蚂蚱。

可是，好起来并不容易。郝年冬的电话不断打进来："这一期贷款扣了16万元了，余下的4万多元我要急着交电费。这周交不上，工厂就要停工了。求求你，支持一下。下个月20号，我一定能按时还贷，我写承诺书给你，成吗？"

想着郝年冬，宇文馨开始谨慎考虑上午刚刚见过的客户，谁又知道真的做了业务，明天又会不会成为今天的奥来电子呢？

每一笔新的业务，都既是机会，也是隐患。

将心比心，举棋不定

这天早上一上班，程诚就来找宇文馨商量奥来电子的事情。这个让他们头疼了好一阵子的小贷款户，放了300万元贷款后，开始每个月都按时还本息。后来拖拖拉拉还了几期,一直到现在除了保证金,只有 30 多万元贷款余额了。几乎已经是明华支行最小金额的一个贷款户,但它却牵扯了宇文馨很多的精力。

两个月来,其他银行已经停止了对奥来电子的贷款。工厂已停产,奥来电子很可能为了回避方方面面的债务,提前关门了。目前唯一的希望就是企业法人郝年冬本人了。

"郝总昨天主动打来电话,说明天可以来还 5 万元贷款,并且答应接下来的每个月都会按时还贷。我们是不是再给她一次机会?"程诚小心翼翼地说。自从奥来电子出了问题,他的口气也变了,都不敢强调自己的意见了。

"她一再叫我们不要去催她合作的下游单位,那是她十几年的好朋友,脸上挂不住。我们体谅她一下,只要她每月把贷款还上了,是不是可以观察一段时间?"程诚继续说。

"你能确定她每期还款吗?"宇文馨问。

"试试看。"程诚说。

"若还不上怎么办?"

程诚没有回答宇文馨的话,反而问:"我们把她逼跑了,谁负这个责任?"

"那我负责任。"宇文馨说。支行的业务不是宇文馨负责任,还会是谁负责任呢?

他俩叫来了小宋助理。小宋助理的态度很明确,不能错过时机:"不及时查封她湖南的房产进行清收,我们谁都不能保证 20 天后其他银行会不会知道她在湖南有房子。当众多的债务人都在抢着分配她的债权的时候,我们最先知道的资产却没能查封上。有没有这种最坏的可能?"

"有这个可能。"程诚说。

"那就有风险,要动手。"久经百战的小宋助理现在风险意识特别强,自从去年经历了许多催收中的风风雨雨,深知业务一旦出现问题,不及时清收就会错失机会。

"要是我们行动,把本来有希望挽救的业务给搅黄了,甚至造成损失,后果不是很严重吗?"第一次做小微周转卡贷款的程诚,显然比小宋助理更有耐性,对郝年冬寄予的更多的是希望。

程诚说的话不无道理。或者,郝年冬完全有能力处理这个突发事件。上个月,宇文馨最后那次见到她时,她亲口说了这个月15日香港CC财务公司就会给她放款250万元。这250万元应付紧急债主,郝年冬就会恢复生产。是不是给一些时间观察以后再决定呢?宇文馨有点倾斜于程诚的意见。一想起郝年冬在自己办公室,那泪汪汪的眼睛,那瘦骨嶙峋的身躯,宇文馨就心生怜悯。

一个年近五十岁的女人,奋斗了二十多年,好不容易建立了自己企业,打造了一个这么好的平台,将要走到事业最辉煌的时刻。可是,市场就是这么残酷,对进入竞争的人们,规则是公平的,强者生存,劣者淘汰。在经济大环境如此波动的情况下,实体企业生存艰难,任何一点风吹草动,都足以让这些小企业葬身在波澜壮阔的市场经济大海中。

一想起郝年冬那个与自己女儿年龄差不多、仍在异国他乡留学的女儿,想起她那年迈的、与自己母亲年龄相仿的老人仍在老家,她独自一人在滨城打拼。一夜之间,母亲和女儿还没弄清楚发生了什么事情,这当妈又当女儿的郝年冬,就给断粮断学费了,多么凄惨。

宇文馨有些犹豫了。不知道该不该坚持小宋助理的意见,那是此刻最理性的声音。如果第二天就报告分行资产保全部,派人去湖南查封那套她妈妈现正居住的、目前或许任何银行都尚未知道的160平方米的房子,一切就都还在掌控之中。

"我们还不能立刻查封。因为前几期逾期都已还上了,这期奥来电子不欠款、不欠息,下一期尚未到还款日,目前贷款是正常的。"程诚说。

宇文馨知道,就像上周一样。21日扣款日未到,对郝年冬账上的4万元,银行没有任何理由扣款。但若在此期间,任何一个法院来查封,就只能眼睁睁看着别人把她在明华支行账户上的钱查封了。

"行长,当我们没有足够的理由保证郝年冬还能还款的时候,我们就不应该再迟疑了。"小宋助理的态度越来越坚定,把宇文馨从思考中拉了回来。

宇文馨想到了一个双管齐下的办法。一方面亲自与郝年冬再通一次电话,让她竭尽全力,保证后面几期的还款,希望她给支行一份还款计划书和承诺书;另一方面就是申请查封她湖南的房产,促她尽快还款,不是真正动手卖房。两个手段同时使用,收回最后的30

万元，郝年冬也不会被推到被告席上，她那年迈、身体又不好的母亲，不至于查封了其住所后流落街头。行不行呢？

"行。"三个人达成了共识。

尽释前嫌，重逢亦欢喜

再次见到郝年冬是两年之后，在一个物流公司的新年答谢会上。郝年冬突然站在了宇文馨的跟前，宇文馨差点叫起来了："哎呀，这不是郝总吗？"郝年冬打扮得非常精致、漂亮，身着浅色套装，熨帖得体，烫过的头发被高高盘了起来，显得大方、贵气。不知道是美容了，还是经过了精心的化妆，她的鼻子笔直隆起，眼睫毛翘得高高的，大眼睛明亮有神。最突出的是，不知道是不是穿高跟鞋的原因，郝年冬好像长高了，身材胖了一些，完全不是过去那个样子。这一切让宇文馨又惊又喜。

"你这两年都上哪儿了？"宇文馨握着郝年冬的手，一把把她拉过来，另外一只手同时搂着她的肩膀。这对当年因业务差点成了仇人的朋友，就像什么事也不曾发生过一样。

"贵人相助，我活过来了。"郝年冬笑着说。她比过去更坦然、豁达了，一点也不回避地说起她后来的故事。从最后一次被宇文馨的银行扣下她公司的账款以后，郝年冬一度走投无路。公司破产了，丈夫与她离了婚，跟随自己打拼了十多年的骨干也一个一个离开了她。就在她最绝望的时刻，一个做物流的大学同学找到了她，让她重操旧业，出任同学公司的财务总监兼行政经理。由于管理模式恰当，发展方向明确，战略合作伙伴选择正确，企业搭上互联网经济飞速发展的这趟列车，在电商行业里异军突起，一度成为滨城最受关注的企业。同学兑现了对郝年冬的股份分红。另外，郝年冬先前购买的房子增值，便华丽转身又回到了千万身家。

"你知道吗，今年中国快递业务量已突破300亿件，稳居世界第一，达到313.5亿件，同比增长51.7%；业务收入完成4005亿元，同比增长44.6%；按照13亿人口计算，意味着今年平均每人寄收快件数超过了23件。"郝年冬接着说，"我经营实业二十年，历经艰辛，披荆斩棘，养着一大帮工人，交着国家的税。我一直相信，凭着自己的勤奋、努力、聪明，我一定能在自己的领域里获得成功。无论遇到了多么大的困难与险阻，从没放弃，始终坚守，相信明天的辉煌一定会到来。但是，事实告诉我，经济有起伏，行业有强弱，纵然你再努力、再奋斗，也抵不过一个好行业。尤其是随着网购、智能手机等崛起，近五年来，中等规模以上快递企业的营收规模扩大了将近六倍，这不完全是靠企业自身的能力，还要有市场强大的力量、科技的进步、生活方式的改革，才能成就物流行业的蓬勃发展，这不是实体经济能够敌得过的。"

宇文馨在与郝年冬交流中，得知郝年冬的女儿已经大学毕业，回到了毕马威工作，非常出色。很巧的是，宇文馨的女儿与她的女儿同在一家公司。

宇文馨有些自责，那一年，如果郝年冬不够坚强的话，也许宇文馨的这家银行就是压死她的最后一根稻草。但是，有什么办法呢，职责在那儿，再来一次，宇文馨仍然会选择出手抢救资产。这不是宇文馨的本意，而是职场上的法则。但愿郝年冬能够理解。

"当然理解，当然理解。是我们企业违约在先。贷款出现了逾期、欠息，你在那个位置上，不按规定操作执行，反而就不正常了。"顿了顿，郝年冬接着说，"宇文行长，见到你真的很高兴。"

郝年冬看着宇文馨，连眼里都是笑意。

| 第十章 |

内忧外患
谁主沉浮

市场很残酷，竞争是你死我活的。商场如战场，你一不小心打个盹儿，别人就走到了你前面，喘气之间你就有可能出局了。

抢交易所业务

那是半年前的一天，宇文馨从百钢做业务回来，随同分行负责模式化管理的杜超副总经理去拜访滨城贵金属交易所的董事长钱总。分行与交易所全面合作，交易所的第一批60家会员将分别在明华支行和滨城分行营业部开户。这是分行行办会做出的决定。

因为宇文馨是分行任职时间比较长的支行行长，推了半天，分行杜超副总经理还是把宇文馨请到主客的位置上坐着，尚未待宇文馨开口说几句客气话，分行营业部的总经理抢先说了一句话，让宇文馨和在场的人都感到很突然。他说："分行的意思是，先在分行营业部开户，下一步才在明华支行开户。"

事先谁都没有准备，盛行长和行办会也没有这样宣布过，怎么就成了他们营业部先开户呢？

宇文馨控制住自己的情绪，来日方长，交易所就在支行旁的另一栋大厦，不怕没有机会解释。宇文馨给小宋助理三个建议：一，小宋助理先跟钱总表达他要求进步，分行正想提拔他，需要业绩，希望提携关照；二，宇文馨自己直接约钱总吃个饭，叙当年的"城商行"那帮老同事的交情；三，找个领导给钱总打个招呼。商量好了，就立即行动。

但是，交易所60家会员的开户工作迟迟未能落地，虽然知道会员一直在市里走审批，但宇文馨隐约感觉到要出事。这些天，宇文馨让小宋助理反复登门了解情况，要催老会员的贷款操作事宜，看分行模式化推动到了哪一步，同时去要11月底的存款，哪怕只要2000万元。宇文馨已经和交易所董事长钱总、财务总监雷总分别打了电话、发了信息，没有说不行的。雷总说："交易所户头上的钱都借出去了，除非有其他下属企业来点款。"这句话提醒了宇文馨，办法是有的，不能松懈。

这天早上，宇文馨又让小宋助理守在那儿。

十一点的时候，小宋助理告知情况不妙，贷款没落实，存款也希望不大。更重要的是，发现了新情报，有其他银行已全面与交易所对接了。

"我看到了那个银行的技术人员在现场操作，研究系统对接的问题。"小宋助理接着说，"宇文行长，我怕是新兴银行起个大早，反而被人家中途抢过去了。"

情况十分紧急，宇文馨第一时间给杜超副总经理打电话，他正在出差，宇文馨觉得应该向盛行长报告。如果分行不及时行动，采取措施，有可能快熟的鸭子就从嘴边飞了。

自从上两个月行办会宣布由明华支行和营业部先操作这个业务开

始，他们先后十多次以不同方式去企业沟通和服务，但是没有进展。

宇文馨感到有些无奈，可是女人的天性，很快就让她找到了一个突破口。

雷总与他的太太

那天下午快五点，小宋助理从交易所回来，问宇文馨在妇儿医院有没有熟人，交易所雷总的太太预产期快到了。原答应帮他找个有经验的月嫂，结果行动不够快，这活儿被人抢去干了。宇文馨说有啊，她想起自己原来的一个属下——何荷，她表姐是妇儿医院的妇产科主任。

她拿起手机，翻出那个号码，犹豫了一下，还是拨过去了，本来以为会很尴尬，没想到她把要帮助雷总的事情说出来后，何荷一口答应帮忙了："随时找我，我也把我表姐的电话给你，我让她尽量关照。"

小宋助理在一旁对宇文馨说："生孩子是个麻烦事，说不定半夜都会打电话找人，一般人都不愿接这个活儿，再说在这个位置上他们医生一天应该有不少人求她。"

"会不会很麻烦你表姐？"宇文馨问。

"不会，不会。"何荷回答。

宇文馨在电话这头向何荷点头："谢谢啦，谢谢啦。"

"谢啥啦。老领导，都是为客户，我很理解。"

宇文馨连说"是，是"，"眼下我们这些行长们，除了没上客户家洗碗、拖地，可真是什么活都干了。"

何荷在那头哈哈大笑。

之后，宇文馨一直关心帮助着雷总正在待产的太太，关心她找月嫂的问题，又帮她联系生产的医院及专家。终于约好在天然海鲜酒家吃饭。在过年前一天，人家夫妇能一起见见宇文馨，这是很给面子的事情。

"这是我太太柯爽。"雷总介绍说。

"欢迎，你们一家三口都来了，多给面子呀！"宇文馨幽默地开着玩笑，带着九个月的胎儿，岂不是一家三口么？

这是宇文馨与雷总的太太第一次见面。她长相清秀，身形高挑，看起来很年轻，似乎还要比雷总高一点点。尽管已经有九个多月的身孕，身材却不显臃肿，脸蛋还是那么漂亮，连讲话的声音都很好听，性格也很爽朗，像她的名字。

看上去，夫妇俩年龄有十几岁之差，这里面一定有故事。没等宇文馨问，雷总就落落大方地说："婚姻皆有缘，我在济南出差的时候，有一次在宾馆里匆匆忙忙复印了一些文件，一张500万元的支票原件留在了复印机上。回到房间，怎么找也找不着，怎么想也想不起丢在哪儿……"

那时候，在宾馆里当商务中心负责人的柯爽也在找丢失支票的人。

故事就从这里开始了。

柯爽大方又无私的行为给雷总留下了深刻的印象。从此，雷总常常给她打电话，邀请她来南方玩儿。柯爽不是那种俗气的女孩，既不要人家报答，也不想发不义之财。多少次雷总约而未成。

"怎么才能邀请到你来南方呢？"

"除非你请我看王菲的演唱会。"柯爽说。

"真的？"

"真的。"

真是命中有这样的缘分，上帝助了雷总一臂之力，王菲果然那会儿在滨城举办了一场个人演唱会。

有时候你真的不得不相信这就是命运。

柯爽如约来到滨城，故事就这样继续……

宇文馨感叹说："多么美好的爱情故事！"

夫妻俩脸上流露出被人赞扬的喜悦。

交流让人增进了感情，不知不觉中，这腹中未见过面的小宝宝，竟成为宇文馨这个阿姨的责任，一份亲近和亲情油然而生，宇文馨就成了与他们故事有关的人。

告别的时候，宇文馨说："这宝宝在妈妈肚子里面要乖乖地待着啊。我已经跟我的同事联系好了，她的表姐在妇儿医院当妇产科主任，有需要随时找她帮忙。"

一转眼的工夫，饭后没觉得多久，下午三点多，雷总突然打电话进来："B超医生突然说，我太太检查身体情况不好，要紧急住院。"

宇文馨慌了，都大年二十九下午了，所有上班的人都快走空了，不知道何荷还在不在滨城，这会儿去哪里找她呢？一直等到四点多，才和何荷电话联系上。雷总的太太紧急住进了医院。

宇文馨得去看她。

小宋助理说："宇文行长，你妈身体也不好，你先回去吧。我去。"宇文馨没应小宋助理的话，开车直奔医院。

直到晚上八点，才搞清楚，一切平静下来。

原来胎儿有午睡的习惯，那会儿不爱动。医生做 B 超的时候发现没有动静，胎音也不好。这消息把宇文馨和雷总都吓着了。诊断结果被放大，导致雷总年三十都要在医院过，他没安稳，宇文馨也没法踏实。

心系朋友，心系客户。

晚上宇文馨给雷总发了一个信息："一家大小，新年吉祥。"

年初一，宝宝出生，属羊，起名叫雷新年。

关键时刻

经过种种努力，交易所的基本户终于争取过来了。

交易所的基本户原来是在 E 银行开户的，宇文馨反复跟交易所钱总和雷总说把基本户转到新兴银行的诸多好处。无论是从资金安全，还是从业务方便角度考虑，新兴银行明华支行都是有优势的。这么近的距离，以后企业取个现金也不用开车跑去城北，那边人流量本来就多，企业取现的资金安全问题必须首先考虑，E 银行网点少，又不可能每天派专车押送现金到交易所来。

企业领导最终被宇文馨说服了。但基本户销户时，E 银行以各种借口着实拖延了一些日子，支行跑上跑下才总算把事情办妥。

交易所的业务终于进入关键时刻，新港自贸区管委会已经批准了他们 60 家会员的落地手续。交易所在宇文馨这里的基本户、结算户和资金清算专户都已经开户完成，现在企业焦急等待着安装布线。和他们一起获得这个资格的 B 银行已经完成这项工作了，宇文馨感到压力倍增。

但是宇文馨从交易所雷总那里了解到，企业有顾虑，他们不知道专户开在明华支行，今后清算，从技术角度能不能跟总行系统顺畅对接。如果不能，那么前面所做的工作都是白费的，开了户也没有用。因此，宇文馨把分行负责模式化推动工作的副总经理杜超再次约来和雷总一起确认这个事情。

午饭安排在天然海鲜酒家。快到十二点的时候，杜超给宇文馨来电话，说他那边临时有事，可能来不了。宇文馨着急得不得了，好不容易把企业领导拉来，如果银行不来人，下一步就没法开展工作。宇文馨跟杜超说，无论如何也要到场，"你不来就不像宴席"。最后杜超同意一点钟赶来。

雷总先到，宇文馨和小宋助理一起到。为了不冷场，宇文馨开始不断找话题聊天。聊到交易所，雷总滔滔不绝，就像聊他家的儿子，兴奋不已。

宇文馨觉得交易所将来会是一个很了不起的企业，一是因为它赶上了新港自贸区这趟车，享受了自贸区的优惠税收政策；二是因为它探索新的体制，在传统模式基础上进一步改良，股权结构很完善。发起公司是民营企业，接着再成立一家公司，注册在新港自贸区。新港自贸区管理委员会下属公司占 10% 的股权，滨城市有关国企占 10% 的股权。行业的老大哥、二哥各有 10% 股份，这样一来，该有资源时有资源，该有政策时有政策，该有管理经验时有管理经验。依靠国企的背景，又有民企的灵活性和自主权。这种体制架构意味着企业下一步会超常规发展。

"交易所的开市已经在这个月中旬举行,那天是一位副市长来敲的锣。预计未来一年的交易额为5000亿元。"雷总的描绘,让宇文馨对未来的业务充满期待,也很受鼓舞。

到了一点十分,杜超如期而至,大家立刻把主题转移到他这里,雷总代表企业首先表达了态度:"明华支行宇文行长这里,跟我们单位很近,服务又好,我们也很认可。因此我的代发工资户已经开了,我的一般账户和清算资金的专用户也开了。希望杜总和分行考虑到我们企业的要求和想法,跟总行协调好,保证技术的支持和连接的畅通,尽快给我们拉专线,以便具备交易的条件。"雷总是个实在人,有话就说,不拐弯抹角。财务出身的干部大多是这样的。

有了雷总的这几句话,宇文馨马上壮起胆来,拿起茶杯站起来说:"下午还有会不能喝酒,我以茶代酒敬雷总。"然后转向杜超,"谢谢杜总一直以来对我们明华支行的关心和支持。接着还需要您继续带领我们在新的一年里做出更多、更好的业绩。"

杜超连忙站起来拿起杯子:"哪里哪里,您是前辈,有什么需要的,您就别客气,跟我说。"没想到杜超这么谦虚,这句话让宇文馨心里沉甸甸的包袱落了地。杜超告诉大家:"目前我们总行开发的电子交易平台刚好设计完成,经过了一段时间的测试,总体来讲比B银行的平台要方便一些。除此之外,我们的系统模式化方案也即将提交到总行,若方案落地,到时候可以通过系统在网上申请、网上审批、网上放款,省去了企业的很多麻烦,也提高了各方面的效率。"

宇文馨再一次表示感谢:"感谢杜总对我们工作的指导和帮助,希望杜总将下一步的工作进展随时通知我们,以便我们能及时地提供优质服务。就像雷总说的，别人没有的我们有，别人有的我们优。"宇文馨说这话是有所考虑的。因为在交易所项目上，兄弟行是有想法的，她担心交易所之前有倾向性的意见，一旦交易所的倾向和想法形成，就会在业务的分配和操作上带有不同的意见。宇文馨想，必须在企业还没有形成最终的想法之前有所提醒，引导出雷总的倾向意见，并且可让杜超跟随自己的思路走。宇文馨与杜超沟通时很注意方法，她希望企业在接受新兴银行服务时，感到新兴银行是一个整体，兄弟行都能够给企业提供同样优质的服务。宇文馨从雷总的眼光中看到，他对自己的态度是满意的，因为宇文馨总是带上"我们"几个字，而没有单一强调明华支行。

小宋助理坐在宇文馨边上，忍不住用手捂着半边脸说："行长，没有问题了。之前以为不能跟我们支行对接的顾虑看来不存在了，因为总行的这套系统直接会跟支行和企业对接。"宇文馨借夹菜的动作故意碰了小宋助理一下，制止他继续往下说。

宇文馨明白小宋助理的意思，但还是不放心，于是她向杜超核实一遍刚才说的话："杜总，现在雷总马上要拉专线了，户就开在我们这儿。您刚才所说的那些总行开发的内容是和我们兼容的，没有技术性障碍。是不是？"杜超点头说："是。"宇文馨就顺着目光传递了眼神给雷总，他在宇文馨的左前方位置，他也很会意地点点头，也就是说，在饭局之前的顾虑解除了。

终于，交易所新港自贸区首批 60 家企业会员已拿到了批复。但安装和交易所对接专线的事，分行还在踢皮球，杜超找魏总，魏总说他只管模式化贷款，前期协调不归他管。事情很明白，也不复杂。技术问题，总行已答复无障碍，支行尊重企业的意见，方便办业务，就近原则。交易所雷总已经表达得再清楚不过了，前天的饭局，分行负责的杜超也表态没问题。

直觉告诉宇文馨有情况，会不会分行营业部给他们施加了什么压力？宇文馨跟杜超说了，也跟魏总说了，比支行迟入的 B 银行早就安装完毕，已进入调试阶段，分行内部还在商量阶段。

市场很残酷，竞争是你死我活的。商场如战场，你一不小心打个盹儿，别人就走到了你前面，喘气之间你就有可能出局了。

这天下午，在洲际大酒店股权全程通推荐会上，杜超见到宇文馨时支支吾吾，似有隐情。杜超说每月安装的专线一条线可能要 8000 元，两条就要 16000 元，宇文馨说支行先垫付这个钱没关系，只要及时安装好了，就是新兴银行的效率。宇文馨刚刚获得信息，最近又加入交易所交易系统的 C 银行都已经确认安装拉线的方案了。

两点的时候，宇文馨发信息把情况向盛行长报告了一遍。

盛行长很快回了信息："好。"

交易所传来话，说 B 银行每条线只需 2000 元，可新兴银行却需 8000 元。宇文馨不让小宋助理去到处打听，在事情没有弄清楚前，要小心谨慎。支行就是支行，基层，只能低头干活，万不可以轻易去讨论不知道的事情，以免引火上身。

忙了一天，回到家已经是晚上十点半了，宇文馨煮了一碗面当晚餐。吃了两口，还是忍不住给杜超打了电话，没接。过了一会儿，宇文馨又给盛行长发了一条信息，把交易所同意把 C 银行加入首批操作银行的情况和 60 家企业会员名单报告给了他，请求他明天再指示一下杜总，抓紧办。

盛行长再次回信："好。"

第二天一上班，马帆在打交易所的报告，宇文馨站在旁边一句一句地说。马帆的手脚很麻利，打字的速度很快。马帆刚调回支行，抽到分行工作了一年多，也不知道什么原因，分行又给下派回来了。或许经历了一些动荡，马帆学会了珍惜，回来变得比先前更努力。

交易所又来电话问宇文馨："你们有问题吗？"

宇文馨说："没有问题。"

"那就落地。"

宇文馨说："好，落地。"

宇文馨给魏总打电话，再次汇报了交易所的迫切性和盛行长昨晚给自己的回信。

"放心，宇文行长，我们在推呢。"魏总好像也很重视。

交易所那边又发来信息："要落地，不是过程。"宇文馨又报告给杜超，杜超一直说知道，在协调，却不见效果。

宇文馨实在是坐不住了，立刻给盛行长打电话："盛行长，刚刚获知D银行的领导整整一个上午泡在交易所，马上又要加入这个业务了。现在B、C、D三家银行介入，形势很紧迫，我心急如焚，把所有的工作都放下了，立刻写报告找分行财务部，接着扫描给总行，推着走。市场如战场，再迟疑工作将十分被动。"

盛行长当即给宇文馨指示："好，你主办一切，有困难直接找我。"

拿着尚方宝剑，宇文馨大胆地让小宋助理在分行立刻办理。小宋助理告诉宇文馨，分行财务部说，支行要先垫一年的专线费用19.2万元。宇文馨说："行。你立刻在现场写个报告，把情况说清楚，然后请财务部报总行。"

"不行。报告还要走流程，超过5万元要大额委员会审批。"

"不可以变通吗？"宇文馨问。

"传签。"

"那就传签。同时进入安装，行吗？"

"不行。"小宋助理说。

"找盛行长，不是说有困难直接找盛行长吗？你大胆地进去，把这件事情办漂亮了，就会给盛行长留下很深的印象。"宇文馨鼓励小宋助理工作，平常他很少去盛行长的办公室。

"分行各部门签不齐，总行是不会同意开支的，也就无法叫人开工。审批程序不对会被批评处分的，谁承担责任呢？"小宋助理在那头说。

宇文馨唯一能做的是，把流程缩到最短，争取最快开工，把新兴银行的"席位"牢牢地钉在交易所的业务平台上。

内战又拉开序幕

交易所的工作一直在进行，实际规模和进度都不是先前谈的那样。与交易所合作的重要内容之一，就是给它的会员授信，即贷款。而这些企业基本上都没有抵押物，交易所又不可能全部给予担保。这样一来，这些新客户之前没有在宇文馨的支行合作结算的记录，就匆匆地、批量地办理大额贷款，难度很大，办成的可能性很小。

第十章　内忧外患 谁主沉浮

前期投入了大量的人力、物力，为一个大宗商品交易平台的建立，四个部门、三个基层支行，前后忙了四个多月，为分行、总行特批专线产生了一笔费用，至今一个会员户都没有开成。前些天刚刚把C银行、D银行一个一个淘汰出去，把首批会员企业全部落实在新兴银行，宇文馨反复叮嘱小宋助理要加强对接、提高效率，别在外边抢了半天回来却不能及时做成，反而给新兴银行丢面子。

宇文馨认为明华支行应该尽量发挥天时地利的优势，用服务、用高素质的团队牢牢地抓住客户，该推动的推动，该写报告的写报告，尽心尽力地去做。最后业绩出来，谁分得多少，分行"蛋糕"怎么切要有思想准备，也要有胸怀。交易所的后续工作，明华支行还是要一如既往地不断跟进，而且竭尽全力。

好不容易把"外患"挡在城墙之外，墙内的交易所监管户波涛又起。分行营业部一直不愿意放弃，有自己的想法。分行部门有时候就是墙头草，哪边都不想得罪，哪边的事情都先应承下来。结果这边事情还没理顺，那边又出了状况。

"宇文行长，你看看，这是交易所给分行的一份红头文件——《关于滨城交易所与贵行银企合作的函》。"小宋助理说着，把手里的文件递过来。

文件很长，主要精神归纳为：一，城郊支行与交易所的股东，有授信5亿元；二，交易所入驻新港自贸区第一批60家企业已获批准，近期将开始46家申报，会员需要开户、验资、注册；三，鉴于与城郊支行合作良好，希望分行指定城郊支行为主办行。

看完文件，宇文馨有点气短。此文的内容让宇文馨措手不及。

"外仗"刚刚打完,"内战"又拉开了序幕。盛行长在文件头批了一段文字:"原则上同意客户的意见……"

在交易所紧急安装大宗商品交易平台专线时,宇文馨专门请示过盛行长,盛行长当时批复的信息至今仍在宇文馨的手机里:"好,你主办一切,有困难直接找我。"

怎么两个月后,又批到城郊支行主办了呢?城郊支行的陆行长一定又找了交易所的钱总,钱总在新的因素影响下,又同意了这样的安排?可就在春节前,宇文馨从钱总办公室谈完事出来,他送宇文馨到电梯口的时候,也说得很诚恳:"让雷总全力配合你们明华支行,你行主办,听你的安排。"商场上的话真不能全信。

这期间城郊支行陆行长又讲了什么、做了什么,宇文馨不得而知。她只知道,为了这个户,全支行上下忙了大半年,倾尽所能支持和配合,企业雷声很大,雨点很小。现在是连这一点点小雨都可能没有了。

宇文馨让自己冷静了一下,接着给盛行长打电话:"盛行长,我们与E银行斗智斗勇了两个多月,终于顺利完成了基本户的开户工作。交易所资金清算户,在总行、分行大力支持下,这个月也可以正式运行了。这个专线的经费是由我们支行支付的,七个授信客户也是我们从其他行打拼回来的,现在怎么就全到了城郊支行了呢?"

盛行长那头说:"你看看我的文字是怎么批的,只批授信由城郊支行牵头,你们配合,大家做,在文字里没有谈到清算户和基本户的事情。"

宇文馨仔细一看,果然是这样。那小宋助理和雷总担心要把清算户划走,是不是有其他的原因呢?

宇文馨决定去一趟交易所,她要见钱总。

宇文馨立刻与小宋助理直奔钱总办公室。钱总在会议室接待客人，他的办公台下放着一个行李箱，小宋助理说，钱总马上要出差。宇文馨耐心地等待，只要钱总在办公室，就能见到他。趁这个空闲，宇文馨跟小宋助理一边等一边谈工作。有时候，行里的事往往都不够时间谈，反而到了客户这里，等客户的时间段就成为互相沟通、交流的时机。

半个多小时后，钱总回到办公室，领入了一批客人参观。接着城郊支行的客户经理跟着他进来，要求签字，钱总答复下周再说。

宇文馨知道钱总在算时间，便告诉自己，十分钟，十分钟必须谈完。她首先表达近段时间来得少了，又强调了盛行长电话的意见是由城郊支行牵头授信，明华支行配合。宇文馨对钱总说，本来交易所就是城郊支行最初认识的，所以她很理解，也很支持钱总和分行的意见。城郊支行的陆行长有压力，明华支行一定支持他，请钱总放心。

连宇文馨自己都不知道，怎么见到钱总的时候，讲出的话就完全脱离了原先准备的腹稿。其实，宇文馨很担心钱总下一步会让雷总把清算户迁移到城郊支行，取消在明华支行的结算。她应该摆出很多理由，摆出这大半年来为交易所的清算平台的建立、开户、客户跟踪等做了大量的工作。但宇文馨这一开口，变成了为陆行长说话，没到十分钟，宇文馨就把该说的话说完了。

回来的路上，宇文馨与小宋助理猜测着下周一城郊支行会有什么动作，刚刚城郊支行的客户经理拿给钱总签的是什么文件，钱总推着先不签是什么原因。

下班后，宇文馨待在办公室，哪儿也不想去。小宋助理说，下午她跟钱总说的话，他听起来好像还没说透。宇文馨决定给钱总再发一个信息，为了编这条260字的信息，她用了40分钟的时间，逐字逐句地推敲。既要再次明确盛行长的意见，又不能让钱总觉得啰唆；既要再次强调业务，又不能让钱总觉得在给他压力。

八点，宇文馨算着时间。她知道钱总这会儿正在候机楼，或者正坐在头等舱的座位上。果然，不一会儿她就收到了回信："谢谢宇文行长，放心，我会安排好。"

宇文馨回到家，又给盛行长发了一条短信，希望他协调一下，她与陆行长共同做授信会更快、更高效，总比被其他银行抢走要好。陆行长那里人手不够，可能上报时间会受影响。但盛行长回信说，是客户的意见。

盛行长说得有道理，客户最初是在陆行长那里认识的，宇文馨也向钱总表达了，因为考虑有可能今后会做得很大，一家支行难以承担，分行行办会才决定让几个城内支行同时服务。后来，是因为企业就在宇文馨支行旁边，上门服务很方便，客户的基本户也需要开在附近的银行代发工资，所以有了跟E银行长达两个多月的持续的争取才转过来。又因为百钢集团大量地走款，存款指标一路下滑，宇文馨硬着头皮几次请求钱总支持，才转来了7000万元。

明华支行做了大量工作的事，连盛行长也不完全清楚。但宇文馨知道陆行长等的是救命钱。他在一季度工作会上跟宇文馨说过，如果他们城郊支行今年达不到10亿元的存款规模，就会降级。

因为太过劳累，宇文馨又病了，没办法到银行上班，但每天电话不断。开着手机，接收着外界的信息，她心不静，神不宁。

交易所的事，小宋助理扛不住了。他一方面小心翼翼地，生怕惊动到宇文馨休息，另一方面左右开弓，找完雷总找钱总，就是扛不住。

"行长，城郊支行派人来迁移交易所的清算户了。"

"谁通知的？"

"分行没有通知。"

"没有通知，莫非是城郊支行自己的通知？"

这就怪了，宇文馨已经请示过盛行长的，盛行长讲得很清楚，说他的批示没有说到清算户迁移。

宇文馨很认真地看过盛行长的批示。交易所资金清算户开户和安装，是今年1月24日在盛行长亲自批复下，由明华支行发起签报，大额委员会审批后报总行的。总行、分行、支行、交易所、电信、联通、郑州大学计算机应用研究所等多家单位和部门反复沟通、对接、推动，前后花了四五个月时间布线、安装、调试，一直到正式运行。

明华支行有压力，面临着考核扣分。百钢集团的业务减少后，明华支行从年初至今存款缺口一直没能完全补上，存款存量考核分都快扣光了。严格的考核就像一把利剑悬在他们的头上，让所有员工都惴惴不安。

盛行长安抚宇文馨，让她好好地养病，身体更重要。宇文馨知道，身体真的很重要。但支行业务遇到了困难，宇文馨不去面对，谁去面对呢？

"我们知道，你是为分行着想，这样的敬业和责任心很应该称赞。"盛行长是在表扬她吗？

团队里的内耗，比外力更可怕。一想到一个月前，明华支行从B

银行打拼回来的 7000 多万元，白花花地划给了城郊支行，宇文馨就心痛得无处可诉。尽管宇文馨非常不愿意再和陆行长沟通，但为了减少分行的压力，宇文馨还是放下姿态，给陆行长拨了四次电话，但一直无法接通。宇文馨在家里待不住了，直奔交易所。

钱总刚巧在办公室，他还是那么温和地与宇文馨聊天，表达他的歉意和为难："陆行长老来找我，老搬着贷了几亿元给企业的事。可我真的疏忽了会员的基本户开在城郊支行不合适，取现、回单等对接都很不方便。已经有几个企业老总来反映这个情况了。如果不让他们在明华支行开户做业务，他们有可能会转到其他银行开户了。"

宇文馨说："是呀，最后损失的是新兴银行。"

"盛行长确实没有讲过迁移清算户的事情。"钱总说，"宇文行长，你放心，会员的贷款你们两家一起做吧，清算户也不再动了。让你多跑了一趟，不好意思。"

钱总一直把宇文馨送到电梯口，直到电梯的门合上的那一刻，他还站在门外挥动着手，态度如此诚恳，很令宇文馨感动，同时也让她更相信：这一次不会再变了。

宇文馨开始给艾梅打电话。艾梅表达这项工作刚刚才移交给她这个部门，还没有来得及全面地了解情况："但是你说的这些情况我都清楚了。你放心，我们一定会实事求是地、公平、公正地处理好这件事情。"

原先宇文馨还以为城郊支行吹了很多风，怕艾梅先入为主了，没想到她还很正气。接着宇文馨跟艾梅聊了聊她的想法："艾总，很多时候，我们谦让，不是因为我们不行。我在新兴银行十多年了，这个阶段做人比做业务更重要，人的品牌比人的成绩更有价值啊！"宇文馨跟她说，她这个拼命三郎不是吹出来的。百钢集团十多年来，哪一个阶段不在竞争？哪一项业务不在竞争？每一个业务都不是靠运气而来，每一次都"硝烟弥漫""你死我活"。几千万元、几亿元的利润不是那么理所当然就落到新兴银行的口袋里的。

艾梅说，她完全理解宇文馨的苦处和难处。百钢这十年，她就是一个见证者和参与者。

从和艾梅的谈话中，宇文馨感到了些许的安慰。

不久，国家新出台的企业工商注册已经不需要注册资本金了，也就是说，预想中这块的业务可能就没有了。目前，新兴银行对交易所已经投入了不少的人力、物力，就以明华支行来说，除了一次性的安装费外，现在每月还要支付 2 万多元的运行费，虽然运行平台没有任何会员在交易，但按合同，支行依然要支付这笔费用。

当城郊支行提出牵头授信时，宇文馨之所以在这个业务上没那么执着，是因为如果与陆行长你争我夺，就会把交易所的价值越做越高，银行成本越来越大，在收益没有明显体现下，这是十分不明智的。但是万一清算户真的迁移到了几十公里外的城郊支行，一时看来业务还在新兴银行，但时间长了，就像钱总说的，企业会因为路远不方便，找着各种理由陆续地离开新兴银行，最终损失的是新兴银行的整体利益。之前辛苦从其他银行抢来的业务，最后却被自己人做丢了，这就十分不划算了。

盛行长巧妙断是非

这几天,雷电交加,狂风暴雨,就像宇文馨的心情,极不平静。

艾梅要求明华支行从本周开始,每天上报一次交易所的工作情况。宇文馨让小宋助理认真地准备一份汇报材料,向艾梅报告,向盛行长报告。但她还是不放心,又亲自起草了一份汇报材料。

盛行长西装革履,衬衣和领带搭配得很得体。这是他上班、开会的标准配备,一贯如此,给人一种威严感。

艾梅在会上说了很多事,但没有提及交易所。艾梅之前给宇文馨的每一次信息都是肯定句:"请你放心,我会实事求是地处理好这事。"

宇文馨不清楚这短短的几天时间里会不会发生什么事,她的态度是不是又有改变。自从上次百钢业务回来后,宇文馨隐隐约约感到艾梅有变化,无法猜测。宇文馨等待着判决。直到最后艾梅讲完了,把笔记本合上那一刻,宇文馨近乎绝望了。艾梅转过身去,向着副总经理杜超说:"你把模式化的工作汇报一下。"

杜超汇报了几个大户情况,最后讲到了交易所。

"企业最后是什么意见呀?"盛行长问。

"企业希望把清算户从明华支行迁移到城郊支行……"杜超一开口,宇文馨就懵了。

宇文馨万万没有想到,杜超的出场是这样的表达。不知道是不是杜超记错了,还是其他原因。他为什么会表达得那么流畅,就像真的一样?这突如其来的状况对宇文馨很不利。她曾想过,做了这么多的沟通,来自公司业务部的这一票,应该是很正面的。但目前这个结果一下子让宇文馨很被动。

宇文馨把腰往前伸了伸，张大了口想说话，要不然，会上立刻就有一种趋势：认同客户意见。这是分行的风格。如果宇文馨不及时地指出来，就会失去澄清的机会。但话到嘴边，宇文馨又吞回去了。

场面一下肃静下来，没有人敢接话。宇文馨不敢看盛行长，她害怕他脱口而出："那就听客户的。"如这一终极审判下来，想翻案都没机会了。宇文馨低下头，谁都不敢看。听天由命吧！

"宇文行长，你说说，你们支行的意见。"突然，盛行长说话了。

宇文馨赶紧接话，根本不用看稿。这几天，每时每刻，一桩一桩的事，历历在目，全在脑子里。她一开口就哇啦哇啦地讲开了，讲怎么"怀"上这个"孩子"，"生"他的难产，"养"他的不易。当讲到了交易所销掉家门口明华支行的户，跑到城郊支行再开一个户，都叫"新兴银行"时，会上几个老总都忍不住笑了。最后，宇文馨说，昨天钱总透露了一个信息，他与几个股东筹备的"新港自贸区银行"很快就要拿到营业执照了。宇文馨说交易所这个业务今后走势如何，能发展到多大的规模，谁都不好预测。"很可能头几年我们都在啃骨头，等到公司运作步入正轨，会员的交易平台也已经产生很好的收益时，'新港自贸区银行'已筹备完毕，不知道这些业务到时还会不会在新兴银行。"

宇文馨知道她的发言是有效果的。因为会场微微有了些"暖气"，大家听得都很明白，但并不能说明这一刻她就稳拿胜算了。

"交易所是城郊支行最早认识的，如果没有陆行长，也没有交易所的业务开始。因此，我们要感谢陆行长，如果今后交易所的业务做得很大，平台里已经有几千亿元的交易额，那么滨城分行应该给陆行长发一个奖牌,好好给他记上一功。"盛行长讲得很动情,"陆行长亲自把钱总带到我的办公室,钱总也确实向我表示,希望这批会员的授信业务交给城郊的陆行长牵头操作。所以,关于授信牵头行,这一点就不变了。会员的授信继续由城郊支行操作。但以后新的会员授信一律交给分行公司业务部进行分配,明华支行、分行营业部等都可以参与。"

宇文馨跟着盛行长的话走,揣摩他到底想下一个什么结论,大篇幅地表扬陆行长,有两种可能:第一,先讲这个户的由来,并充分地赞扬陆行长,最后决定把清算户迁移给城郊支行;第二,有可能在铺垫,清算户不迁移,而先给陆行长一个肯定。

"关于清算户,宇文行长的汇报是企业财务总监雷总希望继续留在明华支行,方便办理业务。"宇文馨不知道是盛行长忘了,还是故意这样说,他很巧妙地把杜超的话暂时给"扳"回来一点点。

盛行长接着说:"明华支行的宇文行长是一个对工作极其负责的女同志,为了业务和客户,兢兢业业十几年。宇文行长对客户服务很细致,也很到位,就连人家财务领导太太生孩子住院找主刀医生,她都帮着忙里忙外,有些工作未必是所有支行行长都能做到的。宇文行长这种认真、全力以赴的精神,值得大家学习和称赞。在基层很苦,业务很具体,需要点点滴滴地积累,营销中的艰难和委屈,没有做过的人是很难去体会的。我很理解,宇文行长已经不年轻了。当然了,宇文行长还是很年轻的……"他朝宇文馨笑了笑。

盛行长这么长篇幅地表扬宇文馨,尤其是在这么重要的会议上,宇文馨不知道他的用意,她觉得盛行长是在给她做总结。她联想到了悼词。这么想很不吉利。

"我们行原来的一个客户，东区财政局，这个户原是其他支行的，财政局已经把钱转走了。我遇上了宇文行长，我跟她说，这个户你去试一试，看能不能把它留下来，如果你能做下来，这个户就是你们支行的了。没想到，两天后，宇文行长把我们班子成员带到了东区区政府，区委书记、区长、政协主席、财政局长还热情接待了我们。不但走了的一亿多元很快转回，而且还越做越多。所以宇文行长这种敬业和执着的营销精神，是非常值得我们学习的。宇文行长维护客户的方法和细致程度，我觉得城郊支行的陆行长是没法比的。当然，可能陆行长作为男同志，求人有时候拉不下脸……"

宇文馨不知道盛行长最终想说什么，还是惴惴不安。会场上的气氛并不紧张，只是她自己在着急，全身高度紧张，所有的细胞都调动起来了。空调是开着的，可她额头上不断地渗出汗。

"清算户里的业务原来的分配比例是怎样的？"盛行长问。

宇文馨看了一下在场的人，没有一个说得很准确，她只好接话了："明华支行30%，分行营业部30%，城郊支行10%，余下的分行留着做机动。"

"这就难怪城郊支行的陆行长有想法了，他的分配比例只有10%，肯定不满意。这样吧，我们把比例重新调整一下，明华支行30%，城郊支行30%，分行营业部30%，其他不变。"盛行长终于找到了问题的症结，也许之前他就已经清楚，但他必须在这个场合这样问一遍，把问题带出来，接着解决问题。现场办公，公平、公正。

在这项业务中，几个单位都做了工作，虽然交易所的清算户开在明华支行，但内部是可以把业务量按比例分配的。在经营过程中所产生的利润和收益，明华支行就要按达成协议的分配比例划给相关单位。盛行长把业务分配比例调整了一下，提高了城郊支行的比例，显然是照顾到了陆行长的情绪和利益。

盛行长讲完话之后，没有人提出不同意见。他顺手拿起了每次开会都会带上的小水壶，行办会上，每次讲话过渡、转折、暂缓，他都习惯做这个动作，往往这个时候，他就会宣布他的决定。果然，他喝了一口水后，说："清算户就不再迁移了。已经完成的工作，留在明华支行。会议纪要明确地写清楚。"

宇文馨心里悬着的石头落地了，她长长地舒了一口气。

劳累奔波了多日，一旦有了结果，宇文馨突然觉得虚脱了，没了力气。折腾了这大半年，终于尘埃落定。但她还是搞不明白，明明是杜超工作范围内的事，可是整个过程，他不但不积极推动，反而有拖后腿的嫌疑。还有，安装专线的价格，交易所的信息是 B 银行安装一条线才 2000 元，而他跟明华支行说，装一条线是 8000 元，整整多了 6000 元。当时宇文馨认为他是代表分行的，所以没有跟他理论。后来她才知道，原来，杜超在做交易所业务的时候，已经递交辞职申请，准备出去自己开公司。他想利用交易所业务，和领导搞好关系，掌握资源，甚至不惜扰乱、拖延银行的工作，为自己即将成立的公司架桥铺路。里面错综复杂的细节，是宇文馨无法明了的。

| 第十一章 |

得失之间
不敌红颜

她一开始是欣赏他、敬仰他，现在是有点依恋他了，是一种年轻姑娘对混合着权力、儒雅、热情、包容，有地位的男人的本能的依恋。

供电局 3 亿元定存被解活

明华支行的办公楼在"好运来"大楼。楼主就是供电局。供电局是新兴银行的大客户,户上一直有 5 亿多元的存款。宇文馨自从搬到这里来办公,真像这个大楼的名字一样,她在支行的日子一天一天"好运来"。楼里的大大小小都好,供电局每年都是滨城的纳税大户,天然海鲜酒家至少也有几千万元利润,好运来酒店住客率很高。宇文馨的支行利润年年都排在分行前三。

供电局从来没有把楼里的单位当外人,逢年过节,总有领导慰问,不说天天中午一个锅里吃饭,就是平时过节发个水果什么的福利,都给明华支行的员工送一份。

供电局康局长性格温和,谦逊又儒雅,是个非常有亲和力的局长。他任供电局局长十年,年年给国家贡献了很高的税收。他的工作风格极为严谨和细致,他甚至可以每周在他工作的大楼里从1楼爬到30楼楼顶,仔仔细细检查每一层的公共设施,绝不漏掉任何一处细节。还听说他每年去总局开会的时候,都会抽时间提前去走访退休的老领导,把新春问候带给每一位老领导,一个不落。这些细致又温暖的事情,不是一般人可以做到的。

近几年来,明华支行为供电局提供了全方位的服务,包括公家的和私人的个性化服务。在这个户上5亿多元的存款,每天的送单送票、取现金、门市店收银服务等,无一不包揽。最近还在着手为供电局处级以上干部的商务理财卡做产品升级服务,增加了专人服务、绿色通道、到账及时理财的功能,还提供了具有灵活性,同时又有较高收益的产品。

本来一切运作正常,可是天有不测风云。春节前几天,小宋助理突然进来报告:供电局3亿元定期两年的存单突然被解活了。宇文馨听了大吃一惊,供电局这个动作意味着下一步马上有大动作。

宇文馨前几天刚刚拜访完供电局的领导,与财务处的出纳、科长、处长、分管局长和局长,聊得都很好。从康局长那里回来的路上,小宋助理和员工们都说,康局长人真好,大家关系真好,楼里人待我们真好。

突然发生了什么事?

供电局的基本户活期存款每月大量地用款,账上资金已经很少了。自从宇文馨倾心培养的员工何荷提拔到南湖支行担任副行长,他们账上5亿元的资金,就这么没有道理地被划走了2亿元。宇文馨唯一能做的就是接受,并一如既往地做好这个客户上下的、全部的服务工作。这次谁又在策划着什么呢？办完定期已经有一段时间了，利息一天一天在积累产生，没有特殊的原因，供电局按理不会解除定期存单的，因为一旦解除，供电局的利息收入就会减少。

宇文馨首先给供电局的财务处处长打电话了解情况。"我正在休假呢。"财务处处长回答。

宇文馨又去找分管项局长。"不太了解此事。"项局长答复。

宇文馨没有任何退路，只好直奔康局长的办公室。

康局长很客气，让宇文馨坐在沙发上，给她倒了茶，说："你刚才打过电话吗？我没听到。"

宇文馨说："是，快过年了还没让领导闲着，来打扰了，不好意思。"

"在滨城过年吗？"康局长问。

"是，接来了母亲，就想多陪陪她。"宇文馨回答。

"我们想法是一样的，过年陪陪母亲，我的母亲今年102岁了。"

"康局长是个孝子，局里人都知道。都说一个家庭里有长寿老人，背后一定有大孝子啊。我要好好向局长学习，我也希望母亲能活到100岁……"

开场谈话气氛很好。接着，宇文馨说："康局长，这些年，在这个楼里，得到您大力的支持，我们银行才能发展到今天，怎么谢都谢不完啊！您对我们支行的关心和支持，我们铭记心中，并竭尽所能为局里服务。如果我们还有什么地方没有做好，请多多指出来帮助我们，我们一定加倍努力去改善。"

康局长说："这些年你们做了不少工作，服务很周到，上下评价都不错，挺好的。"

宇文馨接着就进入主题："刚才营业部说你们的出纳来突然要解活3亿元定期存单。康局长，局里是不是有什么突发事情呢？这么大的资金提前解活了，我们应该向领导核实一下，也是对企业的负责哦。"宇文馨说话的时候身体尽量地往前倾，脖子伸得长长的，用期待的眼神看着康局长，希望得到他一个友好的回复。但是，康局长没有接宇文馨的话。

"这么多年一直都有这么大的存款基数在，如果要马上全部使用，突然减少3亿元，我们的压力很大。"宇文馨犹豫了一下，还是把她心里的想法说了出来。

这时，办公室电话响起来，康局长起身去接电话。宇文馨低头看到柜员发进来的信息："给不给供电局办解活手续？如果办，就没希望了。行长，你再努力一下吧。"

接完电话的康局长回到了沙发上，没有了刚才的表情。

宇文馨接着说："康局长，我这个身体呀，恐怕在支行也不会待太久了。今年是支行的困难年，希望您能支持我们一把。好吗？"

康局长依然没说话，脸色很沉，两个眉头紧紧地皱起来，甚至有点凶相，这表情宇文馨往日从未见过。

"这次就算我求您了。"话说到这儿，宇文馨已经有点哽咽，双腿有些发软。

"你还有多长时间呢？"康局长突然问了一句话，语气没有关心的样子。

"我想不久了，我也挺希望回到分行机关里工作……"宇文馨坦白地说。

"宇文行长啊，你要小心，现在已经有人在惦记你的位置了……"宇文馨突然想起一位老同事的话。

难道这是何荷策划的吗？就像上次那样，让供电局财务处先把一笔资金划到支行的账上，之后确认给何荷。表面上看来是新增加的，不是从宇文馨支行这里挖的，然后再把宇文馨支行账上的存量资金划走，最终余额又与原来的相同……一想到两年前发生的这些事，宇文馨就心有余悸，浑身冒冷汗。

"既然定了，这次就这样吧。"康局长的语气很坚决，"我虽然都解活了，但是也没说马上就划走呀。好多年了，我也一直没有动这3亿元，我这次动一定是有原因的。你不知道在我这个位置上也有难处，大家都盯着这栋楼，都盯着这存款，有些事领导布置下来，我不得不办。"

宇文馨说："领导，我知道您也挺难的，可我们明华支行跟这个楼确实是有缘的。十年来，从没改变。我们一路见证了城中区的繁华与兴旺，我们希望能够继续为你们提供更多的服务，就请康局长再支持我们一把吧。"说到最后，宇文馨的视线已经模糊了，看不清康局长脸上的表情。

康局长没有吭声，只见他低头在滑动他的手机。

宇文馨继续说："如果是局里急用钱，是否可以考虑几家银行同时调动一些呢？这样对我支行的业务影响小一些，也让我有时间逐步地把缺口补上。否则，一个大缺口突然出现，盛行长过问起来，一定会批评我们工作没有做好。"

"那你刚好借这个机会提出调走啊。"康局长脱口而出。

难道这是他一直在等宇文馨说出来的话吗？为了让何荷做回明华支行行长？宇文馨突然坚强起来，如果他们正是想通过这种方式，把自己挤走，眼下放弃岂不是让他们得逞了吗？

宇文馨在挣扎，这不是一场公平的竞争。

泪水淹过了宇文馨的眼睛、鼻子、嘴巴，直落到地上，她有些责怪自己，事情的起源是她自己亲手设计安排的。

何荷的往事

早期的时候，城中区还没开发，很荒凉，那时把这块地方叫郊外。马路没完全修到这里，地铁更是没有。但是宇文馨很有眼光，坚定地认为这里将来能发展起来，早早就把这个地方跟供电局定下来，签了十年的租赁合同。

原本是计划一年后就能进驻，没想到这栋大楼的规划设计方案变更，审批流程很长，工程一拖再拖，大楼三年后才交付使用。在漫长的等待中，宇文馨一直追随供电局，不离不弃，多少人介绍附近红红火火的商业楼，要宇文馨去租他们的商业楼，但宇文馨别无二心。

分行领导一直给宇文馨压力，问她："你到底搞什么名堂？霸着那个位置，又不能开业，其他支行想搬迁又进不来这个地块。供电局有没有给你业务支持意向书呀？你问他们一年能不能给你存5000万元（过去金融没那么发达，几千万元存款就是大客户了），让他给个承诺书。"

宇文馨说："领导啊，供电局是谁呀？'电老虎'。那么强势的单位，他有可能给我承诺书？当初几家银行，哪个不想抢这个网点？我把别人都淘汰出去了，成功签了约，现在要求供电局给我们写承诺书给多少存款，不可能的！"

"那你怎么办？我告诉你，如果这个支行来到这里以后，什么业务都做不起来，你就等着我怎么处分你吧。"领导严肃地丢下了这几句话。

宇文馨虽然相信供电局，但供电局能在自己行里存多少款，有多少业务，心里一点谱都没有。终于，大楼建好了，银行的装修也搞好了，宇文馨一搬进来，供电局的领导就问："给你5亿元够吗？5亿元存款，你的任务完成没有？"

宇文馨激动得话都说不利索，说："够了，领导，够了，够了！"

供电局不仅定存了5亿元，而且代发工资、社保账户、税金等账户，都开在了宇文馨的明华支行。自此以后，宇文馨顺风顺水，业绩飙升。

业绩好了，事情多了，宇文馨虽然当时有助理林树成，但实在是忙不过来。有一天，宇文馨带着林树成去做业务，回来路过了人才市场，宇文馨一时来了兴致，就走进去看看。人才市场里人不少，她看到一家证券公司在招人，其中一个亭亭玉立的小姑娘手拿简历，一脸沮丧，就走了过去，问："你什么学历？"

姑娘说："我本科生。"

"你学的是什么专业？"

"我艺校毕业的，想进证券公司，还没排上队。"

宇文馨看了一下这位姑娘的简历，然后说："你要有兴趣，到我那里试试。"

"您是做什么的？"姑娘警惕地问。

"我们是银行业的。"

"您是银行什么人？我去了能不能转正？一个月多少钱？"

林树成冷笑一声："你命好。你不信，明天你去我们银行，面试一下，你过来直接进办公室，你就知道她是谁了。"

姑娘半信半疑地看着宇文馨。

宇文馨说："你来的话，开始是做临时工，叫社会化人员。今后有业绩了，达标了，才能转正。"

姑娘看她言简意赅，知道她不是等闲人物，说："我愿意去试试！"

就这样，艺校毕业、想进证券公司的何荷，在六年前成了宇文馨的下属。因为何荷是宇文馨亲自招进来的，所以对何荷有一种本能的爱护，又看她气质出众，说话得体，也就更喜欢了。林树成去处理百钢业务或者出差，宇文馨就一直把她带在身边，点点滴滴地教她，简直像是对待邻家孩子。

带得久了，在食堂吃饭的供电局康局长自然就关注到何荷了，坐在一起吃饭时，问："宇文行长，有新生力量啦？"

宇文馨笑道："是啊，还请康局长多多关心呢！"

康局长说："有宇文行长亲自带，哪用得着别人！"又转向何荷道，"宇文行长很好，你要好好跟她学习，不断进步、成长，银行业适合女孩子干，机会特别多。"

何荷在艺校的时候，见过不少这种有权势的人，就很大方地回答说："谢谢康局长鼓励。"

宇文馨又道："康局长，何荷是年轻人，有机会您要多栽培。"

康局长见多识广，阅人无数，见这漂亮的小姑娘淡定从容，有点意外。何荷听到宇文馨说起供电局对她的帮助——那5亿元存款的事，也不由得对康局长另眼相看，又见康局长老成持重，儒雅温和，好感倍增。

宇文馨毕竟是行长，这个会议那个会议，中午经常赶不回食堂吃饭。何荷有时候在食堂吃饭，碰到康局长，点个头微笑一下，样子既带点矜持又不生分，更让康局长觉得这个姑娘跟外面的女孩子不太一样，慢慢对这姑娘也有好感了。有一次，康局长开会到七点多，还没吃饭，突然想起何荷，就打了个电话："小何，你在干吗呢？"

何荷答："康局长好，我在行里加班呢，做客户的报表，正在录入客户的数据。"

康局长问："吃饭了吗？"

何荷说："还没。"

"那一起到楼下吃个夜宵？"

"好。"

因为两人经常在食堂碰面，也不会拘谨，康局长点了几个菜，和何荷拉起家常来。他这才知道，何荷是单亲家庭长大，妈妈身体不太好，何荷有心把母亲从江西老家接过来一起生活，但是无能为力，因为自己都还没在滨城立住脚，就她那点工资，滨城生活水平之高，也就是租个小单间。

"看来你还得加把劲啊！"康局长说。

何荷顺势说："是啊领导，您得支持我呀！"

康局长说："有机会那是一定的。"

之后呢，何荷加班晚了，肚子饿时，顺便看康局长还在不在单位，或者康局长加班晚了，看何荷还在不在行里，如果在，两人就约在楼下喝茶、喝咖啡。何荷从不要康局长帮自己什么，吃饭、喝茶抢着买单，这更让康局长认定她是不一般的姑娘了。

有一天，康局长开车在路上，突然接到何荷电话，声音非常着急："康局长，我妈急性脑溢血，在市立医院，宇文行长说您在这家医院有专家朋友，能帮帮我吗？"

康局长马上就给自己的院长朋友打了电话，院长一出面，最好的医生全都出动了，何荷妈不仅抢救过来了，脑损伤也控制在最低程度。

康局长知道宇文馨帮何荷预付了她妈的医疗费用，便不动声色地托人帮她买了进口的治疗脑溢血的药物送过来，何荷感动不已，心想她妈的这条命是宇文行长和康局长给的，他们是她的贵人、恩人。宇文行长还好说，自己在她手下做事，以后更卖命一些就是，可是康局长，凭什么这么关照自己呢？认识他这么久，他从来没对她说一句过分的话，从来没提特别的要求。她一开始是欣赏他、敬仰他，现在是有点依恋他了，是一种年轻姑娘对混合着权力、儒雅、热情、包容、有地位的男人的本能的依恋。

母亲身体渐好，回江西老家后，何荷见康局长的次数就更多了，也更亲近了。这一天，两人又一块儿喝茶，康局长看何荷脸色苍白，很疲惫的样子,忍不住关心地问:"怎么脸色这么难看?是不是有啥事?"

何荷犹豫半天,说:"都不想跟您提,怕您笑话,这几天好不容易拉来一个200万元的存款,今天却走了一个100万元的,再这样下去,我怕是在明华支行待不下去了。我待不下去不要紧,就怕对不住宇文行长,是她把我从人才市场带回来的!"

康局长说:"现在银行做业绩也是难,你被宇文行长这么看重,做得不好,怕是对不住她的。这样吧,我给你一个建议,下次我有什么活动,或者去打球,带你去,让你认识几个有钱的老板,只要他们一松口,一年一两亿元应该没问题。"

"有3000万元,我的工作就能稳了;1亿元,那妥妥的了。"何荷开心地说。

"瞧你这点出息。"康局长看这小姑娘这么天真又容易满足,忍不住笑了。

果然,周末康局长带上何荷,一起和两个好朋友打高尔夫。那两个人都是早期来滨城打拼的企业家,身家都过数亿。何荷越是这种时候,越不露怯,谈笑自如又不越身份。

康局长的朋友打完球回头,看到何荷在练习场奋力练习。一问,才知道她自己办的练习卡,虽然知道练习卡不贵,5000元30次,但对拿工资的何荷来说,也不算少了,他顿时觉得这小姑娘不一样。一起吃饭的时候,看她性格开朗,说话又讨人喜欢,知性中透着妩媚,其中一个老板问她学什么专业的,何荷答了,另外一个老板听她说艺校毕业,就叹息说自家有个九岁的女儿,学钢琴愁死了。

康局长说:"我们小何钢琴十级,让她给你家千金辅导辅导。"

何荷没有扭捏,一口答应下来。

之后,何荷尽一切可能安排好工作,在每周六、周日,抽出几个小时,上门帮那老板的女儿辅导钢琴。因为她教育耐心,水平过硬,小姑娘喜欢她,辅导一段时间后,小姑娘的琴技突飞猛进,很快从三级考到了七级。那老板给她课时费她一分不收,送她贵重东西也不接,觉得她十分不错,想想现在做职业女性真不容易,正好因为套现了一个项目,公司资金回笼了,账上有5000万元,就开户到何荷这里了,又跟自己几个有钱的朋友打了个招呼。那些有钱人,钱放哪里都是放,炒股票的、做期货的、搞房地产投资的,也转了几个户过来,这样,何荷一下子就有一亿多元的存款业绩了。

何荷自己拼死拼活快两年,才拉来1000多万元存款,这一下子就有了一亿多元存款,自然高兴得不得了,要请康局长吃饭。

康局长说:"你看你,这条路走对了吧?你就得不断地去发展客户,不断地跟人打交道,你能把业务从一个做成十个,做成一百个,你就成功了。你要向宇文行长学习,你看她多敬业!她的客户就是这么来的,诚心待人,贴心服务。"

何荷由衷地赞叹:"我们宇文行长,不是一般人能比的,她是真舍得啊,不管是对客户还是员工,就她这职务,业绩多一点少一点,还不是什么都有?可是她常常自掏腰包给客户表达心意,就为了维护银企关系;对我,更不用说了,前些天她刚买了一辆新车,带我去开会,我不是刚拿到驾照嘛,她非让我练习,好家伙,我一头就撞到人家了,新车啊,才上路,就要大修……她说我胆子小,要练习我的胆子,她这个'银行业"黄埔军校"的基层校长'的名头,不是白得的,她还鼓励我做到2亿元,这样,就可以提拔我为中层干部,就是部门科长的位置。"

"科长有什么意思?要提就提更大的。"康局长说。

两个人说起宇文馨,很有共同语言,都觉得不能辜负她对何荷的栽培和期望,康局长想起来:"我不是给你介绍了不少有钱的老板吗?"

何荷说:"是啊,可能这些老板有太多的投资,都是今天来明天去,有的可能是怕麻烦,没把他行账户转过来。"

做银行业务的,跟做证券的是一个道理,基层的客户经理,你可能营销半天,人家在饭桌上或电话里答应把账户转过来,可是一扭头就忘记了,有的是觉得转户太麻烦,有的是习惯了之前那一家银行的客户经理。

康局长说:"我来想办法,看怎么帮到你。"

没过多久,康局长组织了个饭局,不仅请了自己的几个老朋友,还把分行盛行长请了来,何荷自然在内。酒喝得差不多了,康局长说:"老盛,你们的小何是真不错,很优秀,要给成长机会。"

盛行长平时是跟支行行长打交道的多,员工级别的何荷,了解得还不多。不过,康局长是大客户,这么夸,自然也不能拂了好意,便笑道:"感谢你对她工作的支持。"

何荷连忙说:"我决心要把工作做得更好,一定不辜负领导对我的信任和期望,宇文行长和康局长这么好,不成长都不行。"

盛行长面子里子都要顾到,不能信口开河,便说:"任职有标准,干部都要达标，我们新兴银行，得从业三年，还要达到3亿元存款业绩，才能推荐、考察、提拔一个行长助理，小何你加把劲，局长你也帮她一把？"

康局长说："没问题，我尽力帮忙。"

和领导的招呼酒是喝了，感情也到位了，但几亿元的存款，不是说有就有的。康局长话说出了口，不能食言，开始动用自己更多的关系，帮何荷拉存款，但是大家都有许多投资，新兴银行的名气又不像四大行，何荷的账上始终只有一亿多元。调不动资金，康局长突然想起自己管理的供电局的账户，在明华支行账上的5亿元存款了，想宇文馨是稳稳当当的明华支行行长，应该不会在意划2亿元到何荷的名下吧！

正巧，那一天在食堂碰到宇文馨，康局长委婉地表达了想帮助何荷进步的事，宇文馨说："康局长，你太客气了，那是你们供电局的钱，哪用得着跟我商量呀！"接着宇文馨话锋一转，"不过供电局这5亿元，这些年一直稳稳趴在账上，这是一笔先于何荷就存入支行的5亿元存款，如果从大账上调入何荷的名下业绩，其他员工会怎么看这件事？对何荷不好，怕对领导你的影响也不是太好。如果新增加一笔存款进来，是不是更加妥当一些呢？"

康局长想了想，觉得有道理，答应从其他银行账户上调度，结果由于种种原因调动不顺利。最后的方案是，先从其他银行调入2亿元，指定在何荷名下，支行因此增加了2亿元存款。不久，又调走宇文馨账上原来的2亿元，成功地置换了。即支行仍然是5亿元存款，但通过这么一进一出，2亿元存款就成了何荷的个人业绩了。

何荷带着这些业绩到南湖支行当副行长去了，宇文馨到分行开会时，许多人见面都夸宇文馨真是银行"黄埔军校的基层校长"，输送了人才，又输送了存款。宇文馨像个哑巴吃了黄连，有苦说不出来。

随时被引爆的"炸弹"

供电局解活3亿元，正在待命。每分钟都有可能接到要出款签字的电话。从2月起，宇文馨的脑海中一幕一幕地模拟，会用什么方式转走呢？转到哪里呢？转给谁呢？她都有点神经质了，每天诚惶诚恐。

2月26日，春节上班后，宇文馨约了供电局分管项局长，她想为挽留3亿元做最后的努力。

"项局长，新年好！"

"新年好！"项局长在练书法。自从中央对各行政、事业单位的领导干部办公室使用有明确的面积标准要求以来，各单位都认真整改了。项局长原来的办公室隔成了三间，一间是会议室，一间是会客室，另一间是他的办公室。

项局长写得一手好书法，年年都在市里的书法比赛上拿大奖，宇文馨办公室里就挂着项局长送的一副对联。

"新年好呀！"项局长再次跟宇文馨打招呼，移步到会客室，给宇文馨泡茶。大家像年没过完，在互相问候。

项局长是从原财务处处长的位置上提拔上来的,两人十年前就认识,彼此比较了解,话也谈得很自然。宇文馨没有离开主题,这次的见面是想来请教并寻求帮助,有什么办法留住这解活了的3亿元。

项局长喝了一口茶说:"当家有当家的难,当一把手都不容易。尽管3亿元解活没有跟我们商量,但领导一定有他的考虑,凡事要想得开。"

宇文馨双手平放在膝盖上,视线一直没有离开项局长,很认真地听着他说的话。

"我不是不想帮你。你应该找的都找了,该说的都说了,不是你没做工作,也不是你们支行出了问题。我怕出面去找康局长为你说话,反而让康局长有更多猜想,岂不是帮了倒忙?"

宇文馨仍说出了她想说的话,不放弃最后一线希望:"项局长,我知道,你一直在支持和帮助我们。今年是明华支行的困难年,分行考核任务很重,领导希望我们能做得更好一点。我总怕对不起组织的信任,业务没发展,反而下降了,怎么向盛行长交代呢?"

"我理解你的心情,你是个很自觉、很努力的人。其实,有些压力是自己给的,上级不一定就这么不通情达理。你都是新兴银行资深的支行行长了,大家应该了解你。人的精力、人的资源都是有限的。站好最后一班岗,不出问题对你是最重要的,其他一切尽力就好,你说呢?"项局长不断地给宇文馨倒茶,"这样吧,我给你三点建议:第一,静观其变,看看最终这笔资金到了哪里,给了谁。真是出了新兴银行不回来了,再商量。第二,若是划出去转了一圈,哪怕是一段时间后又回来,回到新兴银行了,你马上向盛行长报告,存款其实没有流出新兴银行，不是你的失职，是因为有其他原因。第三，你可以向分行提建议，鼓励大家做新增存款，从外面争取回来的存款才叫真本事。这种从新兴银行碗里挖来挖去的做法不值得提倡。"

宇文馨没有说话，很诚恳地望着这位比她年纪小许多的领导，觉得他的这番话说得成熟、睿智，很有水平。

项局长的话有道理，做到可不容易。分行大干一季度，支行年年都有信心，偏偏今年集中遇到这么多的问题，往下每个季度都考核、通报、排名，要在全行晒来晒去。

"有什么不可以的？是你自己放不下。"项局长好像看出了宇文馨的心思。

宇文馨是来做项局长工作的，反倒被项局长做了她的工作。

或许项局长是对的。可宇文馨又想，这些年，所有的业务，所有的客户，不都是千辛万苦，付出比别人多许多的努力才开拓回来的吗？若是顺其自然，还有可能取得今天这样的成绩吗？就像当年的百钢集团，那20亿元可转换债券第一次上总行贷审会就被否决了，当时分行行长都劝宇文馨："你放弃吧，你不可能成功的……20亿，金额太大了，从我们银行成立至今，还没有人做过这么大的业务……"若是那一次听了一把手的话，放下了，业务就丢了。还能有百钢集团和新兴银行总行这十多年的合作历史吗？滨城分行还有这个业绩辉煌的第一个总行级的战略客户吗？

供电局3亿元存款解活，像一颗随时都会被引爆的"定时炸弹"。

何荷辞职了

这天下午三点，宇文馨听到了一个消息：南湖支行的何荷副行长辞职了。这个消息一下子让分行上下炸开了锅。宇文馨有点半信半疑，佢想一想，又好像有许多迹象。前些时候，宇文馨听到关于何荷的事情，说她被其他银行看中了，也有说她要到英国深造了。何荷已经掌握了几亿元的存款业绩，留住她是新兴银行的一个基数和贡献。宇文馨明白了盛行长当年为什么一直平衡她与何荷的关系。用心良苦啊！

宇文馨不由得想起自己当初带何荷做业务时的情景。

那一年的1月5日，元旦后上班的第二天。寒气依然，但宇文馨站在晨光朗照的办公室窗子旁，觉得暖洋洋的。这个朝南的屋子很暖和。

父亲刚去世，宇文馨忍受着悲痛回到了岗位。她期待着新的一年有个好开头，设计着、想象着：百钢集团、传媒集团、大泰基因和供电局的存款陆续而来；接着就是百钢集团中债50亿元的启动，中河集团的总行对集团总对总80亿元的启动；再接着，她的支行又"威风八面"，头季实现开门红，劳动竞赛领大奖。她希望工作中的成绩，能够暂时缓解她失去亲人的悲痛。

宇文馨给自己倒了一杯水，回到座位上，望着窗外飘过的一片云，有所沉思。突然，她觉得自己想得有点简单了，她铭记一个这样的规律：任何时候，凡是想得复杂的，都全力去准备，最后又往往比较简单；凡是想得很简单的，不够重视，最后又往往都比较复杂。她随即冷静下来，让自己多思考一些复杂的问题。

这时电话响了,宇文馨小心地去接电话。

"是宇文行长吗?真不好意思,中河集团在外发行了债券,15亿元资金已进来,外汇必须结汇,然后还贷款。"中河房地产的财务总监在电话那头通知。

宇文馨屏着呼吸,生怕自己没有力气听下去。

"你们5亿元的贷款,明天就要还掉,清零。"对方挂了电话。

宇文馨的心一震:这个年怎么有这样的开场?

整整一个上午,宇文馨无法做事,不知道应该先去做中河房地产财务总监的工作呢,还是先去做中河集团董事长的工作。别看和他们平时关系都可以,这会儿,你找上面说话,他们说你压他;你不找上面,他们就会欺负你。真不知道怎么办好,她坐立不安。

十一点,宇文馨叫上何荷往中河房地产财务总监的办公室赶。

这个时候,她带上何荷,一是想培养她做业务,二是让她多见几个客户,找找感觉。何荷跟林树成很不同,林树成颇有心机,但何荷开朗活泼,会察言观色,而且她跟客户相处的火候掌握得很好。宇文馨很爱才,尤其是遇到有才的美女。

进去时正好有其他银行的一个客户经理出来,说是可以给中河集团贷款利率下浮15%。这不是违规吗?人民银行当时的贷款利率底线只能下浮10%。真是乱来了,竞争白热化了,各家银行别出新招,有些银行甚至违规经营。

宇文馨很恭敬、很诚恳地作了开场白。先从宏观调控开始,到银企合作和愿景,尽量把气氛调动起来、热情起来。宇文馨想用自己的真情表达支行一年来的成长,阐述这一年来的发展,与企业的发展同步,以此达到互动、交流。对方听着,中途有偶尔的答话,偶尔的微笑。最后,她表达了来意:"总监呀,真的很感激,若没有你让我们进这个门,我们就没有为中河服务的机会,也就没有学习和提高的机会。有时候,我把这个学习过程看得比我们业务中的收益更重要。因此,我们很珍惜这个合作,很愿意能继续合作下去,为此,我们在做'总对总'的方案,想做完此笔到期的贷款又续做其他项目的。可怎么也没想到企业突然提前结清贷款,今后就连找个理由上门向领导汇报工作都没有了机会……"

宇文馨心里很委屈。自从今年宏观调控,房地产市场被收紧后,分行几次指出中河集团的业务综合收益甚差。一来很少按揭,二来很少结算,三来贷款利率还要下调。说的都是事实,一点都不错。但实际上,明华支行与中河集团一直不是一个级别的合作。一个900亿元资产、500多亿元银行贷款额度的企业,新兴银行能在这其中占有多少贷款份额呢?工中农建给他的贷款额度就有450亿元,其中还有一半额度没启动。若不是当时正巧有个机遇,哪里有新兴银行入门的机会呢?看看全国,新兴银行有30家分行,多少年也做不进中河集团,一定是有原因的。一方面,强势的企业希望银行进入的前提,是有区别于其他银行的优势,能特色服务、灵活服务,没有这一点,支行连自己的位置都找不到。另一方面,宏观形势经常变化,你刚刚摆开了阵容,攻下了山头,上面说,房地产行业又收紧了,你又得从山上撤下来。

宇文馨很想告诉总监,支行在做中河业务的时候,两头都不好受。不但任务完成不理想,而且存在一些合规性问题,分行已经通知宇文馨整改了,如果整改不彻底,将被追究责任。但最后宇文馨把话吞回去了，她不想给客户留下负面的印象。

或许总监有事，或许他已经对银行的游说习以为常，总之，宇文馨说完后，总监仍是那个态度，要还款。

"15亿元，不仅仅是你们银行要还，其他银行也要还贷。不还贷就结不了汇，结不了汇，万一人民币升值，我岂不是要受批评吗？还款，必须的，没情面可讲。"

真是一个铁面无私的人啊！宇文馨很能理解企业的情况，回来的路上，宇文馨心想，做最坏的准备，但继续往最好的可能去争取。真是方方面面该努力的都努力了，却回天无力，她也认了。

第二天，中河的业务出奇地转变，中河的财务总监给宇文馨打来电话，说集团开会研究了，这15亿元结汇还贷款的银行名单中暂时没有新兴银行。

真是180度的转变。谁是这里面的功臣呢？是集团董事长发话了？还是……

后来，宇文馨才知道，何荷在回到支行后，又悄悄地去了一趟中河找财务总监，告知他宇文馨父亲刚刚去世的消息。宇文馨是带着悲痛，顶着分行的压力，亲自前来拜访。她希望总监想想办法，看有没有两全其美的方案。

或许是何荷的机灵和尽职，感动了总监，也或许是宇文馨后来也给董事长发了一条长长的信息，总之，中河业务就这么神奇地暂时保留下来了。

后来的大泰基因公司，更让宇文馨感到何荷的进步和不简单。大泰基因这个客户最先是宇文馨从新闻上找来的，当时一家报纸报道，大泰基因的一些医学方法，能让一些瘫痪的病人站起来，让一些失明的病人看到光明，让一些面临死亡的病人再现生机……宇文馨又查了对方的背景资料，知道该团队的一把手，从最初的政府编制，到后来的单飞下海，南下滨城以企业经营管理的方式成立了大泰基因，一路走来备受争议，社会舆论褒贬不一。最初大泰基因以其基因测序作为融资平台，向私募大佬融资，同时收购美国纳斯达克一家上市公司，让大泰基因再次成为市场的焦点，媒体纷纷走进大泰基因，宣传大泰基因。

就在宇文馨关注大泰基因的时候，没想到何荷竟把大泰基因的财务部部长带进了宇文馨的办公室。原来她们是高尔夫练习场上的球友。

大泰基因做的是高端的科学研究，名声在外，但创始人是一群对财务不甚了解的科学家。银行做贷款审核的时候，发现它报表很难看，现金流不足，利润又是亏损的，担保没有抵押物。

在这么艰难的条件下，分行盛行长、苏副行长最后还是审批通过了给大泰基因6000万元的流动资金贷款。但第二年贷款到期续做，企业的财务状况没有得到进一步的改善，银行贷款只能停止了。

宇文馨尽了她的能力，企业下一步的发展，不是银行该操的心了。但她就是一个天生操心的人，在后来企业融资路上，也不遗余力地推荐风投机构。

最后，多家风投机构进入了，给大泰基因注进了巨资，让所有银行信心倍增。

大泰基因业务的整个过程，何荷看在眼里，宇文馨不知道她学了多少。但是，她一定懂得了资本运作的力量。

这次供电局解活了 3 亿元与何荷无关。最后 3 亿元存款只动用了一部分。

宇文馨虚惊了一场。

一切过往如烟

在何荷辞职两个月后的一天，宇文馨到一楼营业大厅交文件，一进电梯就撞见了何荷。

"哎呀，老领导，真有缘分啊，怎么在电梯里就遇见了呢？"何荷声音很惊喜，清脆又响亮，"我现在在 K 银行上班了，一直想找个时间来拜访您。您看看，这人一念想，就实现了。"何荷神采飞扬，"他们说您老惦记着我，春节写慰问信找不到人，说，小何一走连个慰问信都没人写了……"

宇文馨已经很久没见何荷了，一时间不知道说些什么才合适。这些话有些是真的，有些是不全面的。春节给员工写慰问信的时候，宇文馨的确说过类似的话，但是宇文馨没有老惦记着她。看着何荷一身职业的打扮，说话滴水不漏，宇文馨既感慨又暗暗有些欣慰。毕竟何荷成长了。

"你来楼里有事？"宇文馨问。

"有事。"何荷正想往下说，电梯门开了，何荷挥着手出门，"老领导再会咯。"然后匆匆而去。

电梯里只留下了宇文馨，她怔在那里，好像还回不过神来。莫非何荷又来抢她供电局的业务？一想起两年前的那一幕，宇文馨下意识地抽了一下身子。

周五这天早上，宇文馨收到一束鲜花。半个小时之后，何荷电话打进来了："老领导，生日快乐！"宇文馨有点意外。何荷突然的热情，让宇文馨有点警惕。尤其是前几天电梯里的见面，让宇文馨一直有些不安稳。何荷说，如果方便，想晚上请宇文馨吃饭。宇文馨想拒绝，但还是应了下来。即使何荷将发动一轮新的"战争"，她这次是不是可以正面去应对呢？

楼下日本餐厅的灯光已经亮起来了，何荷和宇文馨面对面坐在卡座里。何荷今天换了一套衣服，黑底红色碎花的吊带裙，白净的脸蛋，细细的眼线，打扮得很精致。

"吃什么？"

"什么都行。"

何荷点完青菜、豆腐，专门给宇文馨点了一份银鳕鱼。"老领导，您营养不足，要补一补。"

何荷说她信了佛，开始吃素了，说她外公走的那一年，她每天用两个小时来念经，心静多了。

有信仰总是一件好事。

岁月让何荷从外到内发生了许多变化。

何荷给宇文馨倒柠檬水。宇文馨下意识就站起来，双手捧杯，自然地弯了点腰。宇文馨对何荷突然的热情没有心理准备，可一切又那么自然，她无法拒绝。

眼前这个曾经深深刺痛过她的属下，令宇文馨多少个日夜无法入眠。但当何荷再次坐在她对面的时候，说真的，宇文馨没有那么反感了。时间抚平了许多伤痕，曾经发生的，即使不愉快，甚至有伤害，或许已经过去了。

"你是不是有事找我？"宇文馨问。

"没事。哦，有事，而且有三件事。其一，今天主要是给您过生日，祝老领导年年岁岁青春、美丽、健康；其二，向您道一声对不起。当年太年轻，不懂事，有些事情未处理好，伤了您，希望老领导大人大量；其三……"

"打住。"宇文馨未等何荷讲完就忍不住了，"你不要告诉我，其三就是又想从供电局账上挖走几亿元存款吧？"

"老领导，您想哪儿去了呀，我现在是来道谢都来不及呀。告诉您一个好消息，我妈妈快结婚了，您是她的媒人。"

宇文馨很惊讶，一头雾水。

"您还记得交易所雷总那个岳父吗？"何荷笑着问。

宇文馨当然记得。交易所雷总太太生孩子找何荷表姐帮忙，事后雷总非要请吃饭感谢。当时雷总带了太太和单身多年的岳父，宇文馨请了何荷的表姐和她妈妈。不知道是当时两个老人在饭局上就看上眼了，还是认识后慢慢有了感情。总之，俩人好事已定。

宇文馨真的想不到，人生处处有机会啊，机会就在你不经意的为人中。

"太好了，两个老人的婚礼我来和你一起操办。"

"真的呀，好，一言为定。我可找到同盟军了。"何荷犹豫了片刻，又说，"老领导，这辈子，除了我妈妈，您是我生命中最重要的人。从某种意义来说,您是我的再生父母,领我入行,教会我这么多本领,在我深深伤害您之后,您仍然选择原谅和包容我,您的人格深深打动了我。从您身上我学到了很多,但我明白,有些东西是学不来的,那是骨子里的东西,比如您的善良、大气、耐心和无私。"

"别夸了,有事就说。"宇文馨不知道是被何荷这番讲话所感动,还是几声"老领导"又把她喊回来了,竟然主动去接何荷的话。

没想到何荷还真有第四件事。

"老领导,本来今天不谈工作,您这么一问,我还真的想再请教一下您。"何荷的话匣子打开了。

"这些年职场上的事经历不少,感叹银行工作不容易,尤其女性。就像外人调侃说的'小姐名分,丫鬟的命'。现在自己当了一把手了,更能体会这其中的甜酸苦辣。原以为基层太苦太累,现在到了分行机关,就像'虎'口出来又进了'狼'窝。先不说机关里人事复杂,钩心斗角,人心叵测,每天大大小小几十个指标的完成进度,就像赶路,让人喘不上气。过去是支行分管的副行长,管好自己盘子里的事就行。现在是一个大分行,几十个支行的指标都跟自己有关。业务上每天不是鸡飞狗跳,就是暗流汹涌。一不小心,就掉到火坑里去了,甚至无人救你。银行表面上流光溢彩,外面的人想钻进来,里面的人都想逃出去,就像一个围城。

"最近我一直在思考一个问题,是不是可以挑战一下自己,主动地离开,趁着还年轻,趁着还有梦想。每天我见各式各样的人,谈各式各样的业务。跟这些优秀企业家在一起时,也学习了不少企业经营管理的经验和先进的运作模式。日积月累,跃跃欲试。"何荷似乎已经深思熟虑，"我们国家目前正处于改革开放的关键时期，政府大力鼓励个人创业，中国民营企业也在迅速成长。我不是银行金融的科班出身，功底是敌不过那些精英的。或许换个活法，又是一个精彩的人生。"

"有具体方向吗？"听何荷一口气讲完了她的想法，宇文馨很意外地问。

"暂时没有。"何荷说。

何荷的变化此刻让宇文馨彻底刮目相看，也令她有说不出的欣慰。"你现在是什么都可以想的年龄，如果有了方向和目标，就去勇敢地尝试吧。"宇文馨微笑着鼓励何荷。

此刻何荷正托着腮，望着窗外，一脸的若有所思。宇文馨顺着她的目光向外望去，只见前方广场的中央，一汪喷泉随着音乐忽升忽落，周遭的花坛里，是一片玫红色的九重葛花海，在明亮的灯光下十分炫目。她不免向何荷感叹道："一朵花、一株野草都知道要坚韧不拔地向阳而生，人跟植物一样，都需要找到适合自己生长的土壤。有的时候，努力很重要，但正确的选择更为重要。去做你想做的，大胆往前走，一切皆有可能。"

一对曾经的师徒、商场上的对手，在这一夜完成了一次深刻的探及心灵的对话。

一切都已过去，那些曾经的或许让你难堪的经历，都在岁月中、成熟中化开了。何荷是这样，林树成也是这样。如果职场再来一次，宇文馨可能就会以更好的一种姿态去理解和接纳。

没想到这晚的谈话，引领何荷后来走上人生新征程。这是后话了。

分别时,何荷再三叮嘱宇文馨:"老领导,到了这个年龄了,身体最重要,保重。"

"保重!"

她们互相拥抱,挥手作别。

| 第十二章 |

病来山倒
事在人为

宇文馨想起了前阵子的一个段子，说人生上半场按学历、职位、权力、业绩、薪金比上升，下半场以血压、血脂、血糖、尿酸、胆固醇比下降。上半场要顺势而为，下半场是事在人为。

真的要放下

穿上"红舞鞋",宇文馨一刻也停不下来。

前段时间,百钢的业务、迈飞事件、泰安不良,让宇文馨焦头烂额,心力交瘁。长期的身体透支,让宇文馨有点扛不住了。

终于,宇文馨倒下了!

在没有告知任何人的情况下,宇文馨住进了滨城医院。因为她是这里的老病号,一住进来,似乎都不需要太长时间的沟通,药就开出来了。打上吊针的时候,宇文馨才有工夫细看医生是怎么写的病历:胆结石、胆囊炎、胃炎、结肠炎、腰椎增生、颈椎增生……还有一个让她愣了半天都不敢相信的甲状腺肿瘤!

之后到了最权威的G州第十附属医院去检查,专家两次给宇文馨信息,催她尽快安排手术,以免耽误时机。宇文馨反复认真地看PET-

CT——右肺上叶尖段可见少许结节、斑片密度增高影。与女儿前几天发给她的关于甲状腺癌症早期转移的症状很相似：少部分的病例早期就会通过血行途径转移，主要为肺部，有些在骨头里，可在肺部形成几个肿瘤结节，或使整个肺部呈雪花状。

宇文馨看得浑身冒冷汗，手脚冰凉冰凉的，一点力气都没有。如果真的是这样的话，那么她的生命是不是要以天为单位来计算了呢？

还有什么放不下的呢？人都到了这个份上，都得了恶性肿瘤了，还有什么放不下？多做一个业务，少做一个客户，有这么重要吗？

但是宇文馨还是给康局长发了一条信息，原本是约了康局长明天要见面谈业务的，只能改期了。宇文馨又给盛行长去了一封信，告诉他自己明天手术，向他请假。

不能想工作上的事了。一想心就很沉重，这工作没个头。

女儿本来说好陪宇文馨来的，怎知请好了假，医院说手术由周二改周三了，女儿只得又改了假期。再后来，又调回了周二。女儿刚到新单位，不敢再变来变去，怕领导说她没严肃性。想想做个新员工也不容易。

女儿工作不在滨城，上上周末，她代表单位参加企业联合举办的乒乓球友谊赛，没能回滨城。母女俩有两周没见面了，宇文馨开始找她。知道她好好的，就是想了解她忙不忙。24小时没见回信，宇文馨正想发"寻人启事"，女儿凌晨回话了："我刚刚离开办公室，在去坐地铁的路上。一天下来，好忙啊。从周一到周五，我每天工作时间都是十几个小时。"女儿喘着气，在赶路，有气无力。

其实有点心疼，但宇文馨的回话不是这样的。

"听到你说忙,我很高兴。不是没有同情心。忙,说明你充实;忙,说明你单位生意兴隆;忙,说明你被重视,领导把你当骨干用。做事和学习的机会都比别人多,从这点上说,你是赚了。"

"是,我就是这么想,所以我态度特别好,把加班看成一件很开心的事。其实单位里不是每一个部门都这么忙,同在一个部门里也未必每个人都这么忙。自从我上次干了一件让老板很赞赏的事以后,我的活就开始特别多了。不仅仅是这样,不属于我的事情,我都不断去争取和参与。争取下来才知道,是给自己找累。但我又想,我若是一个月能干别人两个月的活,岂不是一年就拥有两年的工作经验了吗?干着两份的工作量,却拿着一份的工资,别人都以为我傻。但我一点都不觉得自己吃了亏。因为我会比别人成长更快,得到的机会更多。"

"完全正确,丫头。我非常欣赏你能这么思考问题。我想起了一句话,'工作是带薪的培训',在学校学知识要交学费,花钱才能读书。而工作也是在学习,不但不用交学费,还可以领薪。"

宇文馨积极与女儿互动。"好孩子是被唤醒了内心的种子",根据她的特点来教育引导,就能唤醒她内心的种子。孩子一生中应该掌握的能力很多,重要的是要教会她面对压力的能力、认识生命多元价值的能力、开阔视野的能力……

"只要你想做,你就会努力去超越,就会付出比别人更多,直到最后成功。"

"对,您说得对。直到有一天,我在社会上有了价值,手中握着各种'牌照',有人说'给你8万元月薪,你来不来我们这里工作呀',那个时候,我真的是一个有议价能力的人了。你等着瞧吧,老妈。"

女儿从美国回国才几个月,短短的时间,宇文馨得重新审视她了。宇文馨过去了解的女儿,已经发生了许多变化。她比宇文馨当年这个年龄懂的多得多。有可能过不了多久她们就会角色转换,再也不是宇文馨教导女儿,而是女儿将引领宇文馨走向世界。

但是住院前,宇文馨还是不太放心,专门给女儿写了一封信。都说进了手术室,一切皆有可能。在签手术同意书的时候,医生跟她讲了一个多小时:一,麻醉意外,呼吸、心搏骤停;二,术中、术后并发大出血、休克;三,术后邻近器官、血管等组织受损;四,术后伤口及相关组织器官并发感染;五,肿瘤病变均有,不能切除或只能部分切除,以及术后并发;六,术后发生全身性并发症,如肺部感染、呼吸功能衰竭、心功能衰竭、心肌梗死……

谁知道宇文馨会不会遇到其中一项。虽然两个月前她做过肠镜、胃镜检查,打过麻醉针,但毕竟只是看一看。这次是手术,是割去身体上的某一个器官,如果是恶性肿瘤,还会在器官周围"大扫荡",谁知道这个过程会不会出现这样或那样的意外呢?

宇文馨给女儿的信上这样写道:

也许这是妈妈给你写的不多的一封信了,妈妈不希望是最后一封。女儿,咱俩"合作"不知不觉在这个世界走过了20多个年头了。有你的日子很长,也很短。两个生命互相守望,相互依靠,快乐与苦难相伴,从我十月怀胎,到你呱呱落地,从幼儿园到小学,从初中到高中、大学乃至于现在到社会工作了。在妈妈心里,无时无刻不在牵挂着你。

也许天底下的父母都这样。妈妈没有什么与众不同。不管妈妈多么平凡、多么弱小，妈妈都养育了一个不平凡的女儿，用自己平凡的身躯、平凡的智商，在这个不平凡的社会里，顽强地把你高高地托起。

妈妈已经尽职了。妈妈有时候觉得已经完成了这辈子最重要的使命。

但妈妈放不下。放不下你，放不下与妈妈生命紧密关联的亲人。

你已经长大。但妈妈希望你真正地长大、更快地长大，在社会上立足，在工作上有成就，在生活中有快乐。

你终归会长大成熟，挑起家庭的大梁，为年迈的父母和婆婆奶奶，力所能及地肩负起责任。你会的，妈妈相信你一定会做得到。

但眼下你要加速成长，茁壮成长。为更好地肩负你的责任和使命，妈妈希望你有更积极的生活态度、更良好的生活习惯、更强大的自我管理能力。要勤奋再勤奋地做人做事。

你不缺聪明。你比妈妈这一代受过更好的教育。妈妈有一百个理由相信你会比妈妈成长得更好。

在前进的路上，或许有许多有待于你改善和加油的地方。也许你已经成熟了，但在妈妈眼里，你永远是个孩子。妈妈总有操不完的心和少不了的叮咛，希望你理解，理解妈妈平日的唠叨。

妈妈要跟你说，要好好地爱你的爸爸，爱你的婆婆和奶奶，爱你所有的亲人。善待你身边的好人。只要有能力，要尽可能地帮助他们。施舍是一种美德。施比受好。但不要无原则地迁就和纵容。这一点，一定要吸取妈妈的教训。

妈妈一生节俭，衣食简单，从不追求名牌。日复一日地付出，从不问回报。工作是这样，生活也是这样，对亲人、对朋友也是这样。妈妈希望你借鉴、学习，根据你的自身条件，来选择你的生活方式和做事原则。妈妈不强求。

但有一点，妈妈要告诉你，要成大器，一定要千锤百炼，除非你选择了平庸。事业的道路上，你要有扎实的基础，必须去经历。别人替代不了你的经历，也没有捷径可走。在常态下，我们不能太多地期待运气的出现。要沉得住气，要以坦然的心态面对这个世界，以及这个世界发生的一切。

人生的经历就是你的财富。就像你告诉妈妈的，吃进胃里的食物，别人是抢不走的。

最后，妈妈希望你幸福，一生健康、快乐。所以妈妈让你睁大眼睛，好好在这个世界上寻找，选一个能与你相守一辈子的爱人。平安地生儿育女，享受家庭的生活，享受美好的人生。妈妈祝福你，女儿。妈妈永远都爱你。

…………

宇文馨又想起母亲，想那年迈的、行走不便的、患有高血压的母亲。自己若是有个三长两短，母亲怎么办？宇文馨希望母亲长寿。前半生的苦难吃尽了，她应该享受晚年，好好地享受天伦之乐。所以，宇文馨希望自己平安无事，好好地守着母亲，与母亲一起慢慢老去。

这一夜，宇文馨没有睡着，关机的时候意外地收到女儿发来的信息："妈妈，我为你祈祷，上帝会保佑您的！"都说女儿是妈妈的小棉袄，果然如此，女儿和她想到一块儿了。

世上没有 100% 的事

有人在叫宇文馨，声音很远。一阵一阵飘过来，身上有拍打的声音："喂，宇文馨，宇文馨，你手术做完了。喂，做完了。"

宇文馨好像睁开了眼睛，好像有许多脑袋在宇文馨的上方，好像都熟悉，又好像一个都记不起来。她看了看，又睡去了。

好像是有车推着自己，咣当咣当，好像是通过了那个长长的、水渠状的蓝色遮雨篷，往 X 号楼那个方向去了。

接着有人把她移到另一张床上，边上有像重症室的病人才有的心跳检测器的"嗒嗒"的声音。

如梦。

接着好多医生站在宇文馨周围，特诊室的主任在叫宇文馨："你说句话，你说一句话。"宇文馨嘴巴动了动，想说，没有说出来。很努力，有强烈的意识，但说不出来，像个小孩初学说话的样子，很吃力。过了一会儿，在许多期待的目光注视下，说出来了，很低声，不像她自己的声音。

手术的过程宇文馨全然不知，在她的记忆里没有这几个小时的记录。但进手术室的时候是清醒的，她路过了一个又一个手术室，21，22，23，…，29，最后一个。所有的医务人员都在各忙各的，每一个人都穿着电视上看见的那种深绿色的手术服，戴着大口罩，见不到人的面孔。

手术室不大，有 20 多平方米，很简陋。不像电视上看到的那么气派、豪华。

有人叫宇文馨躺上去。

手术台很小，只够宇文馨睡下。她把头轻轻往后仰着，看到有人走近。

"不好意思，昨天没有去看你。"

"您是麻醉师吗？"都说手术前麻醉师一定要见病人的，宇文馨昨天左等右等没有等到，"您是萧主任吗？"

"是。请你签个字。"

宇文馨什么也没有看，看了也没有用。走进来了，躺下了，马上手术了。有不签的理由吗？

"打的是什么麻醉药？"

"有几种。"

"为什么要打几种呢？"

"副作用小一点。"

没听说过做手术要打几种麻醉药，真新鲜。宇文馨想多聊聊，分散自己的注意力。此时此刻，说不紧张是假的。

"给你打针吧。"护士在说话。

宇文馨乖乖地伸出手，一会儿就什么都不知道了。

亲人后来跟宇文馨讲手术上的事。在这之前，宇文馨一直想问，起初是迷迷糊糊，后来是剧烈地痛。但她还是非常想知道。

是什么呀？良性还是恶性？宇文馨希望是良性，但不太可能。之前宇文馨走了多少家医院，看了多少个权威医生。滨城第一人民医院、滨城第二人民医院、滨城第三人民医院……都是甲乳科最权威的主任看的，全部强力指正：冷结节，钙化，建议手术。都说大病一定要到

G州，所以宇文馨又到南方医院、G州医学院看了。7所医院，11个教授级的科主任都说了，恶性可能性很大，应该手术。还有什么可能不是呢？

专家教授的信息是这样的："意见明确，尽快手术，以免耽误。"

宇文馨此刻身上真是一阵一阵地出汗。她用脚把被子撩开，可过了一会儿又发冷，亲人帮宇文馨把被子又盖回来。

痛，剧痛，无法忍受的那种痛又袭来。宇文馨不敢咽口水，甚至连身体都一动不敢动，怕牵扯到伤口。

亲人就在身旁，一直握着宇文馨的手，无需语言。

她的眼泪沿着眼角流下来。什么叫亲情，什么叫守望，这一刻就是。

"好好的，没事。"亲人说。怎么叫"好好的，没事"？是手术很顺利吗？没有意外？不是恶性的？有奇迹吗？除了PET-CT没有查找到，没有理由说它不是。但问了好几个医生，都说PET-CT不敏感，不一定显示出来。

"活检了吗？"

"没有。"

"为什么？"

"不需要。教授说不像。一看，一摸，完全不像。临床经验让主刀医生改变了手术方案，从左全切除、右次全切除术，改为两边都是次全切除术。术中冰冻、活检都不需要做，所以手术提前一个小时结束了。"

结果大大出乎宇文馨的意料。她想了多种可能和方案，就是没有想到这个结果。

怎么就不是了呢？宇文馨反倒觉得奇怪了。难道所有的教授都看走眼了吗？这么多名满天下的医生，几十年的经验，怎么就没有一个人在手术前告诉她可能不是呢？可宇文馨不能在这件事情上纠结。她应该理解，世上真的没有100%的事。她尽管挨了一刀，很痛，割掉了身上伴随了多年的器官，但也解除了心理压力，没有思想包袱了，未必不是一件好事。

隔行如隔山

手术后第二天晚上，疼痛继续，但宇文馨不再呕吐了。医生说可以喝点水，甚至吃点流质食物。但宇文馨的喉咙痛得什么都咽不下，肚子里咕噜咕噜叫，从未有过的饥饿与伤痛同时折磨着她。

她的右手一直在打吊针，左边有一条引流管。身上任何一个地方都不敢碰，生怕一动就压迫了两边的管子。麻醉渐去，浑身剧痛，痛得牙齿"嘎嘎"响。无法用其他语言表达，她只能低声地呻吟："好难受，好难受。"

"就不能给点止痛药吗？"亲人恳求地看着医生。

医生摇摇头说："不需要。"

"那么给她再打一瓶消炎药，会不会好一点呢？"

"我们一直都没有用抗生素。"

"那打了一天的是什么药呢？"

"生理盐水、葡萄糖。"

"怎么就不用消炎药呢?"

"不需要。她自己会恢复。"

"她平时感冒都大量吃头孢。怕她扛不过去。"

"扛得过去。"医生语气温和,但态度很坚决。

撕心裂肺的痛又来了,宇文馨感觉昏天暗地。

彻夜无眠。

双眼珠上下翻动,看天花板与挂在墙上的钟。宇文馨把旁边的"防跌措施做得好,跌倒伤害自然少"近千字的宣传广告看了一遍又一遍。麻醉完全消失了。她感觉自己完全清醒了。亲人都在,令人吃惊的是,母亲也在。母亲怎么知道了呢?

母亲想替宇文馨减轻一点痛苦,给宇文馨祈了一个福,放在她的枕头底下。那双布满了皱纹的手,紧紧地握着宇文馨的手:"坚强一点,坚强一点……"

天花板很白净,但宇文馨能看到上面有许多的纹路。在那些纹路上,还看得出有各式各样的山水人物、鸟兽虫鱼。平日,谁会去看天花板呢?但生病住院,天花板就是病人的一幅画、一部看不完的书。

墙上的挂钟走得很慢。一秒,一秒,像个老头,有气无力,慢慢吞吞。宇文馨一秒一秒地数,48 小时,宇文馨要数 172800 遍。什么叫作度日如年,这更是度秒如年。

宇文馨无奈地挺了两天,借着各种理由向科主任和管床医生要消炎药,他们就是这么坚定地、不容商量地拒绝了宇文馨。

"我怕发烧。"

"没有，每天我们都帮你测，真的没有。"科主任说。

"我怕咳，咳到伤口，咳到肺。"

"没有，真的没有。"管床医生说。

出乎宇文馨的意料，伤口就这么神奇地、一点一点地好转。一切宇文馨担心的、可能发生的问题，都没有发生。

医生就这么"对付"宇文馨，一个动不动就吃头孢的人，人生第一次开刀，如此重大的伤口，什么抗生素都没有打、没有吃，竟能渐渐恢复，很神奇！

后来有医生告诉她，如果大量地使用抗生素，那存活下来的就是最坚强的细菌，细菌不断繁殖，后代也就耐药了。比如抗生素杀死了98%的细菌，只留下2%。那存活下来的2%不断繁殖，这些后代就具有了更强的耐药性。细菌发展的速度比我们人类研发抗生素的速度要快得多。照这样的速度下去，今后就无药可用了。

隔行如隔山。在医院，医生就是最高的指挥官，你得听他的。

再见林树成

一直阴天。

这天早上，宇文馨感到左右手和身体都有点笨拙。刀口疼痛已经一点一点减少，她可以用点力气把脖子拧到右边，朝着窗外。她想看天气，希望是个晴天。

一会儿，下起了大雨。雨点打在阳台外的铁皮房屋顶上，噼里啪啦，很响。

室内很静，手机关了三天。她的精神缓过来以后，不看看手机，就觉得空落落的，少了点什么。

"宇文行长，你住哪个医院？我们来看看你。"金副总的信息跳出来。

她怎么知道宇文馨在住院？

"不来，不来。你忙。"过两天就要放假了，最近行里新项目很多，金副总非常忙。"我浑身无力，也没法跟你们说话。"宇文馨继续回复。

这不是滨城，看她这个病人要开150多公里的高速，怎么忍心让几个领导这么跑！分行还要派车和专职司机，不节省。

金副总还是来了，来的人还有苏副行长和工会干事。原来，是金副总通过女儿的微信获取了"情报"。微信真的让世界变得很小，在这个信息发达的时代，人没有秘密。

苏副行长和金副总受盛行长委托，带来了鲜花和慰问金，还有许多暖融融的话。

人生了病，就如立了功。该干的活儿都不用干了，不该享受的都享受了。还有组织来关怀、来问候，多么温暖！

"这点小挫折，吓不倒你宇文行长。小儿科，大步地跨过去。"苏副行长说。

"快快好起来，我们几个正在商量着，谁表现好就带谁出去玩。"金副总今天很漂亮，穿着很时尚，满脸笑容，逗着宇文馨乐，"我们开始人生下半场了，得使劲。"

宇文馨想起了前阵子的一个段子，说人生上半场按学历、职位、权力、业绩、薪金比上升，下半场以血压、血脂、血糖、尿酸、胆固醇比下降。上半场要顺势而为，下半场是事在人为。

"长寿是下半场的核心竞争力。"这个金副总平时话不多，没想到她一口流行的语言，一点儿也不落伍，是个潮妈。

金副总很坦诚，告诉宇文馨来医院不光是看望她，还有一个病人，也是老同事。

宇文馨看金副总欲言又止的样子，知道这个熟人肯定跟自己有关系，忍不住好奇地问："还有谁在住院？"

金副总犹豫了一下，说："林树成！"

谁？宇文馨全身一阵发凉。

金副总语气沉重："没错，就是那个跟了你很多年的林树成。他转到其他支行当了行长后，今年上半年因为参与企业P2P、帮人非法集资，被抓了；下半年查出了肝癌，做了换肝手术，但是听说手术后的肝脏非常活跃，有些排异……"

室内骤然无声。

病房里来看宇文馨的人，都是与宇文馨同事数年的，当然也知道林树成在百钢业务上对宇文馨的无情背叛。

宇文馨屏着呼吸，听金副总讲完，心里有说不出的一种感受。

她想跟金副总一起去探望林树成，但实在没有下床的力气，而且，她也不想以这种样子去见自己的老部下，只是默默记下了金副总说的林树成的科室和病房，打算等精神好一点儿，再亲自去看他。

金副总一行走了，留下宇文馨一个人在空空荡荡的病房里。女儿去找医生了。宇文馨一会儿这里痛，一会儿那里不舒服，女儿一直在跟医生沟通，担当着协调者的角色，关键时刻，还挺管用的。

宇文馨实在放心不下林树成。等稍稍好一些,她让女儿提着一些营养品,陪着自己,到了住院部林树成所在的那个科室。眼前的林树成,穿着病号服完全变了一个人,苍老、瘦弱,似乎整个人都笼罩在一种死亡的阴影中,当他看到宇文馨的时候,表情一下子显得羞愧难当,说:"领导……"

"你年轻,恢复能力强,要相信医生,还有现在发达的医学……"宇文馨虽然说这话心虚,可此时此刻,她必须要鼓励他不要怯懦和绝望。

"我听说您也在这家医院,可是一直没脸见您!"林树成动情地说,"我现在终于知道,我和您的差距在哪里了,可是太晚了!"

"别想太多了,好好养病。"

林树成的眼眶湿润了,泪花在眼里打转。宇文馨此时不忍心再说什么,轻轻地扶他躺下床去。不知怎的,此刻宇文馨的眼圈也红了……

林树成早年父母双逝,跟随舅舅在新疆长大,舅舅节衣缩食,供他上了大学,希望他今后出人头地,被人尊重。或许因为年少时经历过或见识过太多苦难与辛酸,身上背负了太多亲人的寄托和希望,他具备了超越常人的奋斗精神,同时也隐忍了不愿轻易示人的对于权力和成功的欲望。而他却错将这种欲望当作对养育他成长的亲人的一种责任与使命,以至于他开始搬弄是非、制造矛盾,不择手段地抬高自己,甚至以超越职场底线的手法来获取更大的成功。林树成被他误认为的所谓对家族的回报所绑架,负重前行。可他却不知时代在变,要想成功必须有更大的格局。走好人生的每一步,不被现状所局限,要有智慧、耐力、定力,还要有豁达、感恩、格局。正确对待工作、生活和身边的人与事,才能走得更长远,才能获得更大的发展空间。

望着骨瘦如柴的林树成，宇文馨心生怜惜，她突然想起了一件事。"这是我一个癌症专家朋友的联系方式，他是国内最顶尖的专家之一，我跟他打招呼了，你跟他联系一下……"宇文馨说着，把预先写着名字和手机号的便条递给林树成。

林树成眼眶里的泪花再也忍不住了，滚滚地流下来。

回自己病房的路上，宇文馨想起了一个很有哲理的故事：

一个残疾人去天堂找上帝，在上帝面前，述说上帝对他的不公，没有给他一副健全的体格。上帝没说什么，给残疾人介绍了一个刚死去不久的朋友，这个朋友感慨地对残疾人说："珍惜吧，朋友，至少你还活着。"一个官场失意被排挤下去的人去找上帝，抱怨上帝没有给他高官厚禄。上帝把这个残疾人介绍给他，残疾人对他说："珍惜吧，至少你身体还是健全的。"一位年轻人找到上帝，抱怨上帝没有让自己受到人们的重视。上帝把这个官场失意的人介绍给他，那个人便对年轻人说："珍惜吧，至少你还年轻。"……

"一个人，若每天都能健康地生活，享受着与人的交流，观察世界，聆听大自然的快乐，已经是上帝给你最好的礼物了。"

难道不是吗？

|第十三章|

迷失黄石
收获友情

"人生不要一直在高点,山顶风大。有时候,退一步海阔天空。"艾梅的话,句句敲打着宇文馨的心。这个常常一有业务就往前冲的人,很少停下来想一想:人这一生到底要什么?

这是最好的结果

出院前一天,医生对宇文馨说,常规石蜡切片病理、HE 染色检查结果是:结节性甲状腺肿。宇文馨听到消息,心里很复杂。是良性,当然高兴。多么幸运,不需要终生服药,也没有进一步做放疗、化疗的要求,没有担心转移的顾虑,整个人都轻松许多。但若是良性的,结节小到都摸不到,干吗要动这一刀呢?

都说可以带瘤生长二三十年,早知道就让它在里头待着,等它慢慢长大好了。

"真是过度治疗了。"小宋助理和连云来接宇文馨出院,"多么可惜,如果是这样的结论的话。"

查房的年轻博士医生听到了,没吱声就离开了。

快中午时分，女儿回来了，拿回了医院的最后检查报告：微小甲状腺乳头状癌。

怎么一天之间这报告又有癌了呢？

医生解释："我们又进行了免疫组化，终于查找到了。像一颗芝麻那样小，直径只有0.1厘米。从病理的时间看，只有两个月的时间。小到可以忽略不计，不报告。"

宇文馨听得有点懵。两个月前，那不是宇文馨刚刚检查那会儿吗？是一开始没有，检查着检查着，越检越像，越说越有，最后就有了。是这样吗？

整个住院过程就像一个故事，曲折、迂回、反复，情绪从低到高，又从高到低，像坐过山车。

住了7天医院，挨了一刀，撕心裂肺地痛了几天，还搭上了几万元。之后长达几个月的不舒适，刀痕的消肿过程，让她不能像过去那样随心所欲地做想做的事。

终于有了一个交代。很完美的一个结论：查找出来了，手术了，刚刚形成的恶性肿瘤及时地清除了，没有了后顾之忧。

宇文馨原计划在母亲节前给母亲买份礼物，可是金副总想叫她出去见一个客户，说是一个比较大的项目，看明华支行能不能做。宇文馨很想拒绝，因为术后仍不能说太多话，想克制一下自己，好好多养几天。可当金副总电话打进来的时候，宇文馨居然说："好呀，好呀，地址定在哪里呀？"真是无药可救！

吃饭的地点定在南湖"云来居"。车开进南湖后七弯八拐，一直到了尽头才找到这家名不见经传的素菜馆。可一进去，人不少，还挺热闹的。据说包间都要头天定的，真是酒香不怕巷子深。

这次来谈业务的客户的企业规模还不小，正在做一个20多亿元的并购，项目是重庆市最好地段的一幢大厦。可当宇文馨问到企业情况时，感觉到这个异地项目很难操作。快结束的时候，宇文馨想起新兴银行重庆分行。肥水不流他田啊，哪怕是和兄弟单位百城分行因为百钢业务曾经有过不愉快，但一旦有好的机会，宇文馨仍然会毫不犹豫地推荐业务到新兴银行的大锅里。

母亲又要回老家了，不是明天就是后天。电话打过来，宇文馨突然觉得怎么就这么快呢！

母亲在滨城快半年了，从春节到现在，可宇文馨总是忙呀忙呀，接着就是生病、住院，理由很充分。

再有理由，在母亲面前，宇文馨都感到愧疚。

母亲年轻的时候，更忙，更艰苦，工作的时候几乎没日没夜。宇文馨5岁那年懵懂知事，母亲当上了车缝社的社长，每天坐在缝纫机前，干着她自己的活，同时还要管着全社每一个人手头的活儿，经常天黑才回家，带着白天车好的衣服回来加班钉纽扣。现在没有这个行业了，完全机械化、流水线，但那时这份工作是母亲很重要的饭碗。母亲每天只睡四五个小时，因为米油凭票供应，又严重缺盐，母亲的腿水肿得走不了路，但仍拄着拐杖上班。她说那个年代，所有人都这么过来，没有什么苦不苦的。

无论怎么忙，母亲都从来没有丢下家里这几个孩子，再晚回来也给他们煮饭烧菜、打水冲凉，半夜起床帮他们盖被子。父亲行军野营很久不回，母亲既当爹又当娘。每天早上她都会把早、午饭做好，背着一个，拉着两个，送儿女们去上学。宇文馨从未听母亲说她很忙。她忙工分、忙考核、忙管理、忙计算员工的工资，但从来没有忙到不煮饭、不洗衣、不照看她的子女。母亲是新中国第一批随军家属，当之无愧的中国军嫂，但那时候没有这么时髦的称呼。

宇文馨很愧疚。永远是母亲想着孩子多，小的时候，母亲担心他们没吃的长不高；长大了，母亲担心他们读不好书；读完书，又担心他们没有工作。母亲永远有操不完的心。

宇文馨每天有忙不完的业务，忙不完的客户。想母亲只是脑海中偶然的一个念头。有时候时隔一周，宇文馨才想起要问一问母亲，吃了吗？有不舒服吗？就像在作秀，宇文馨对自己很不满意。

回到母亲住处，母亲欢喜得像过年，做了好多好吃的饭菜，看着宇文馨大口大口地吃，心满意足。

"手术多痛啊，流了许多血吧？你身体虚弱，不多吃就补不回来，你就没有力气上班。"母亲坐在饭桌的对面，眯着被灯光照到就会痛的小眼睛，紧紧地盯着宇文馨看。

宇文馨不敢告诉母亲，她早就上班了，手术回来后的第二天她就回办公室了，有许多紧急的事要签字，不能等。虽已经授权，但不等于一把手就没了责任，事后监督、放款中心必须要让支行补一把手的签字。不签，会扣员工的奖金。

吃完饭，母亲又高兴地告诉宇文馨，说阳台上的九重葛今天又开了几朵。说起来，那盆九重葛还是宇文馨当初买回家的，但由于工作太忙，一直疏于照顾。母亲过来的这半年，一直悉心呵护，勤浇水、细剪枝，打理得十分精致，也逐渐成为她孤单时的一种寄托。

记得母亲一直爱养花。老家阳台上的花草，比谁家的都多，比谁家的都好看。她每次育好一棵苗，便拆开连着泥装好，让儿女们各自拿回家种："家中有花有草，全家大小都好。"

母亲身上永远有宇文馨学不完的东西，要用一生去学习。

喜遇文学知音

滨城金融学会组织去美国考察、学习，一路上宇文馨被安排和艾梅住同一个房间。艾梅现在是南湖支行的行长。

这一路在一起的时间多了，话题也多了。有一天，在酒店刚住下，宇文馨便习惯性地拿出随身带的本子，写下一天的见闻和感想。

宇文馨有写日记的习惯，也喜欢学习、看书。她觉得，女人一生中要扮演许多角色，所以学习很重要。她是女儿、妻子、母亲，同时又是一个职业人，每个阶段的角色都很重要。学习能力有时候比知识本身更重要，有人抱怨没有机会，没有高智商，其实重要的还是学习态度。学习能充实、壮大自己，学习能跟上时代步伐，学习能增长你的智慧。因此,"学习是人一生中最纯粹、最神圣的事情"。

艾梅在一旁说:"宇文行长,挺佩服你的,工作那么忙,还坚持读书、写作。"

宇文馨抬起头,用询问的眼神看着艾梅。

艾梅笑了笑,说:"我看过你写的书。"

"是吗?"宇文馨听着心里挺高兴,没想到认识了那么多年的同事是读者。

"我从小就特别喜欢阅读,古今中外的书,只要拿到手,不管看得懂看不懂,先看起来再说。我舅舅是中学语文老师,家里有大大的书架,满满的书,我爸妈忙的时候,要出去办事什么的把我往舅舅家一放便搞定……"谈到阅读,艾梅神采飞扬。

"我也是啊。我小时候母亲带我去最多的地方就是图书馆和新华书店。我对文学的爱好是从听我母亲讲故事开始的。小学二年级,我就开始读课外书,从简易儿童读物开始,不到半年就读起了长篇小说。我对阅读的那个痴迷呀,有一次,我妈妈叫我去买咸鱼,见我好久没回来,她便出门去找,半路上看到我正站在树底下入神地读那几张包咸鱼的纸,咸鱼被我拎在手上,哈哈,也不怕脏。还记得那是一部长篇小说中的几页,多年后终于读到那本书,才对上号,是巴金三部曲中的《家》……"宇文馨说。

"那时我特别喜欢马克·吐温的《汤姆·索亚历险记》,到了滨城以后,还特意到图书馆借来看过一次。"艾梅越讲越兴奋。

"哎呀,我小时候也特别喜欢那本书……"

两位中年丽人,你一句我一句,仿佛变回了狂热的文学少年,她们远离了岗位、职位、会议,远离了存款指标、贷款考核。

宇文馨已经好久没有和人这样畅快地谈论文学了,她问艾梅:"你那么爱好文学,有写点东西吗?"

"有过写作的冲动,但从来就没有行动过,所以我特佩服能写出一本书的人。像你,就是一个勇敢的实践者,支行的工作做得那么出色,还能写作,还能摄影。对了,我可喜欢你的摄影作品啦!总行、分行的摄影展,我每回必去看。"

宇文馨很感动,她一时不知道怎样表达,只说了句:"谢谢你的赏识。"

"能有机会和你交流,我很高兴。"艾梅笑容灿烂。

被别人欣赏和认同的感觉真好。

文学"卧谈"以后,两人之间便开始直呼其名,无话不说。

迷失在黄石公园

那天导游安排大家游览黄石公园。清晨气温很低,宇文馨穿着毛衣还加了外套,仍感觉到很冷,气温只有 5 摄氏度左右。车从西门驶进黄石公园的时候,天才完全亮起来。

"黄石公园是世界上第一个认证的国家公园,成立于 1872 年,地跨美国中西部,占地 8956 平方公里,这片地区原本是印第安人的圣地……"

导游在讲解黄石公园的历史，宇文馨的眼光却全在窗外。

从西门进去，沿着暖水河往北走，两岸的风景美如画，小松树高高低低立在路的两边，秀丽而挺拔，像两排人夹道欢迎着他们。晨光照射在水面上，在车行驶中产生不同的光波。从喷泉流出来的水，沿着这条河向下流，蒸汽不停地往上冒，在光线的照射下，晃荡着五颜六色。

天高气爽，视野开阔。白云一朵一朵，从地平线那边铺排过来，气势恢宏。这久违了的阳光，对在阴霾天气中久居的滨城游客来说，就像是收获了奢侈的款待。

到了第一个喷泉口，一群散落在池子里的高高低低、大大小小、五颜六色的喷泉，美极了。宇文馨抓着相机猛拍，背了多日的大小相机和三脚架全派上了用场，摄影、摄像同时进行，忙得不可开交。

宇文馨对摄影起初是爱好，慢慢觉得是工作与休息的切换方式。再后来，她发现摄影与人生有着同样的道理。宇文馨觉得，人生就像个万花筒，形形色色的人、形形色色的事都在你的镜头里。世上有很多美好的景物，远近都在镜头中。但是生活中，镜头近了你就烦，因为你看得太清楚。你自己要取舍，就像在镜头中选景构图一样，有些该近的拉近，甚至特写，有些该放远的拉长、淡化。什么人、什么事什么时候应该进画面，什么时候应该在镜头外，就像摄影艺术一样，"取景、构图、用光"，构出人生大图，这样你生活的每一天都是一幅好画。

导游在前面催，宇文馨在后面小跑。

导游在介绍："黄石公园进入了频繁的火山爆发期，从今年 10 月 15 日起将闭园七年，这期间不开门，不接待游客。"

大家"哇"了一下，每个人都觉得是幸运的。多有眼福，赶上了这趟末班车。

坐车到达最后一个景点，已经是下午四点多了。导游向大家宣布："活动的时间从四点二十分到五点，从这条路下坡，从那条路上坡，上坡的路上快到顶的时候还有一个下坡，我们不沿原路返回，车就在山脚下等你们。"

下车之后，宇文馨就四处张望，寻找着摄影目标。婀娜多姿的树枝、红的白的浆岩石、泥浆喷泉都是一幅幅风景画，宇文馨很快投入了忘我的摄影状态。当宇文馨拍完了几张照片再抬头看时，艾梅已经不见了。她想艾梅年轻，记忆和体力都比自己好，也就没放在心上。她一路挑了些美景，拍了不少，看时间差不多了，几乎是用全速奔跑，喘着气扛着大机小机，到了导游约定的地方，旅伴们几乎都到齐了，但是艾梅不在车上！

开车的是美国人，时间观念特别强，他认为团队里的每一个人都应该遵守规则，按时到位，所以就算宇文馨再三强调说，还有一位女队员没到，他也置若罔闻，马上就要开车。而其他跟团的人，一是对艾梅不熟，二是他们也确实认同遵守团体规则的重要性，因为他们全是银行从业者，一个小数点都不能差。

宇文馨知道，这车一开，艾梅就危险了。刚才她沿路拍照的时候，就发现黄石公园旅游区没有信号，而艾梅的英语不好，迷路了会很麻烦。宇文馨再三让导游向司机请求和解释，让他再等等，又转头向车上其他人解释，都是同胞，都是中国人，都是滨城来的，一定要团结。

十分钟过去了，艾梅没来。

二十分钟过去了，艾梅还没来。

四十分钟过去了，艾梅依然没有来。

连车上最有耐心、一直帮宇文馨说话的队友，到这时，也沉默不语了。其他人就更不用说了，满脸不耐烦，甚至有人骂起来。

美国司机已经忍无可忍了，他拒绝再听宇文馨的哀求，将车开动了。宇文馨告诉自己，一定要想办法救艾梅，一定！突然，她用英语跟美国司机说："我不反对你开车离开，但是请你在离开黄石公园前，把车开回到刚才下车的地方，好吗？"

美国司机和导游彻底被宇文馨的耐性、善良给折服，答应把车开回到先前他们下车的地方看一下。远远的，宇文馨就看见一个人往车子这边狂奔过来，那个人，正是满面泪痕的艾梅。

宇文馨心里的大石头终于落地："哎呀，终于把你找到了。"艾梅紧紧地抱着宇文馨，泪水滚烫地流了下来，生怕一松手她又不见了。宇文馨轻轻拍着艾梅的背安慰说："好了，好了，没事了。"

所有人都告诉艾梅，宇文馨有多么坚持、多么耐心地一定要等她到了才走。

开出黄石公园北门的一路上依然有很多的风光，后来景区里的行程宇文馨都记不得了,刚才她几乎用尽一切语言来说服车上所有人,还替艾梅担惊受怕,现在她已经全身瘫软了。

直到当天晚上,艾梅才详细地给宇文馨讲了那可怕的五十分钟。

艾梅下车,一路拍美景,看到时间差不多到五点了,就回到之前停靠大巴的路边,见有辆大巴停靠在那里,艾梅轻快地跑上去,一看,不是他们的大巴。她开始慌了,翻出了手机打导游电话,不通。再打宇文馨的电话,仍然无法接通。她想起来这里没信号,这才意识到问题的严重性。五点十五分后,她确认已经无人来接了。

慌张中,她把宇文馨和家人的手机号抄在一张纸上,在烈日下拦车,用手比画着……但是车窗里的美国人看不懂。又来了一台车,仍然无法沟通。

又过了十分钟,艾梅终于看到了一个黄皮肤的司机。她马上冲上去问:"你会说中国话吗?"

"会。"对方很友善地回复了。

"我是跟中国旅游团来美国观光的,但是大巴和团队已经找不到了。我在这里没有亲人和朋友,我走丢了,请求你帮助。"

"哎呀,我也是第一次来,你给你的导游打电话。"

"这里没有信号。"她说。

"那你参加的是什么旅游团?你的导游叫什么名字?今晚要住在哪个酒店?"

艾梅瞪了大眼,一个也回答不上。

"那怎么办呢?我怎么帮助你?"

黄皮肤的司机看着他车上的老人、小孩很为难，这也是他们第一次来黄石公园，太阳很快就下山了。艾梅继续请求他的帮助，他犹豫了一会儿，终于答应捎上艾梅前后几公里找找看。

公园很大，他开车走过的路，都见不到一辆大巴。开着开着他就开进了小路，就更加看不到人影了。

艾梅后悔极了，干吗没有听完导游说话，就焦急地去拍照片呢！要是跟着队伍里的人，不再坚持拍最后几张照片，就不会出事了。可现在后悔有什么用呢？

确认一路上没有大巴，车又开回了原点。这时候，司机说话了："女士，我已经尽力了。你去寻找应急中心吧，寻求他们的帮助。"

司机让艾梅把名字、护照号码以及能联系上的电话号码写下来，他说他唯一能做的就是离开前把这张纸条交给应急中心的工作人员，让他们来把她接走。应急中心有权利对黄石公园里的车辆进行拦截。然后他说："你们导游也太不负责任了，怎么不点人头就把车开走了呢？你一个人在这个大山里，身无分文，又无法与外界联系，太危险了！"

天已经渐黑，要是像昨晚那样突然来场暴雨，路上连个躲雨的小屋都没有，艾梅没有带雨伞，根本无处可躲。如果真的像导游说的，天黑后，许多野生动物出来活动，美洲的野牛、黑熊，还有响尾蛇出洞，艾梅就葬身在这个大山里了。

没有游客来了。停车场上，一台大巴都没有了。这个时间，艾梅已经完全确认，没有旅行团，也绝不会有中国的游客了。死，也要选个有人的地方。这个鬼地方，上不着天，下不着地。她开始愤怒，一个世界顶级的旅游胜地，应急措施怎么就这么差呢？8000多平方公里的土地上，游客竟然无法与外界联系，也无任何通信工具，景点居然不设安保人员，见不到一个管理人员。迷路游客，她绝非第一个吧。先不说最后找不着的结果多么可怕，就是被救了，被找着了，这段惊心动魄的经历给人心灵上的创伤，这当中的惊吓、所受到的伤害，对任何一个人来说，多少年过去都会留下阴影。

艾梅蹲在地上，紧紧地抱住唯一的小挎包，挎包里有她唯一能与外界联系的电话。

她期待着安保人员的出现。那个司机说好一定会找人来营救自己。他应该有良心，因为他们都是中国人。一个活生生的同胞在这里，他一定不会不管的。但没有人出现，一个都没有。没有车出现，一辆都没有。

是他没有找到人呢？还是找到的人在忙，赶不过来呢？

已经五点五十分了，大巴已经开动了五十分钟，算起来也有几十公里了。离艾梅也越来越远了，她已经没有了任何幻想，绝望地号啕大哭起来。

这个时候，艾梅看到一辆大巴缓缓地向她开来。她不知道是不是自己坐的那辆大巴，她疯狂地向车奔去。冲到跟前，未等车停稳，就见到宇文馨跳下来迎接自己。

推心置腹话人生

异国的遭遇,他乡的生死之交,让宇文馨和艾梅的友谊日渐加深。艾梅回到酒店,动情地对宇文馨说:"宇文馨,是你给了我重生的机会。如果不是你的机智和坚持,我可能已经被什么动物给吃了。"

在后来的几天行程中,无论是车上、风景区里,宇文馨与艾梅都形影不离,无话不说。

艾梅全盘托出了之前对宇文馨在百钢业务和交易所业务的反反复复的态度以及身不由己的处境:"基层只看指标和经营结果,来不得半点虚假。但机关的生存法则是另一个套路。什么都要看明白,又什么都不能全说明白。每天都得打太极,一不小心你就会站错队。像我这种性格直来直去,眼睛里揉不得沙子的人,硬是要假装左右逢源,很吃力。所以说得好听一点,去支行当行长,是让我到基层锻炼,说得白一点,我是被排斥到支行的。到了支行才知道真的不是人干的活儿。干大了容易出事,干小了等着被免职。干多了是找死,不干是等死,反正迟早都会'死'。所以,我特别佩服你,竟在河边走了十多年,仍是新兴银行的中流砥柱。但你知道吗,你每天在消耗你自己的能量。"

"在外人看来,你工作出色,家庭幸福,女儿优秀,但你就是太要强了,什么事情都要求做到精益求精,完美无缺。世上哪有这种可能呢?何况,完美的本身也包含着缺陷。"艾梅每晚都要敷面膜,她麻利地撕开手中的面膜,往脸上一贴,接着说,"追求完美就会消耗你很多的体能体力，再有一点变化，你就什么储备都没有了。拿什么来给你的生命'补给'？"

从来没有人和宇文馨有过这么直接的交谈。

"你想想，滨城分行高人林立，男行长是分行基层的主力军。这些精力充沛的小伙子，智商、财商过人，莫非这些人都干不过你？"

艾梅把她那张面膜脸转向宇文馨接着说："现在谁干多了，谁的风险就大。你那两笔业务，多冤枉。眼下的分行，没有大发展的支行、规模靠后的支行行长，考核得分反而比你高了，而且比你活得潇洒自在，风平浪静。有几个人真的被淘汰下岗了呢？你就是自己跟自己过不去。"艾梅干脆把宇文馨往床上轻轻一推，又拿来一张面膜，一撕，由不得宇文馨乐意不乐意，就往她脸上一贴，"人生不要一直在高点，山顶风大。有时候，退一步海阔天空。"

艾梅的话，句句敲打着宇文馨的心。这个常常一有业务就往前冲的人，很少停下来想一想：人这一生到底要什么？到底在追求什么？又得到了什么？

"所谓运气，每个人都有。生命本身有规律，生命也有节制，不要用尽，留一份给自己，留一份给家人和孩子。"

艾梅这些对生活的感悟，源于她父亲的早逝。艾梅的父亲是一家国企的总经理。企业在他的领导下，迅速地发展。在社会地位和家庭经济都有了新的高度的时候，他却突然壮年病逝。艾梅说，她父亲就是没日没夜地工作的那种人。表面好像从不知疲倦，其实体内早已不堪重负。

所以，艾梅的体会是，人不能耗尽自己的气数，任何时候都要给自己"生命补给"。她就是在这个保留度里，舒适地安排着自己的生活和工作。

而宇文馨恰恰相反，任何时候都拼尽全力，耗尽自己的全部，争取做到极限，这种追求其实一直在伤她自己。一旦有任何事情的发生，就像艾梅说的，气数已尽。

但现在想想，若是再有一次机会，宇文馨会重新做出选择吗？

| 第十四章 |

岛主联手
共创辉煌

有些人之所以平凡，就是因为宁愿牺牲甚至抛弃自己珍贵的非常之处，也不敢越雷池一步。出类拔萃的人，从不用常识来要求自己，总是勇敢地去打破常规，这就是与众不同。

来了一个大客户

樊礼丰这个大客户，是自己送上门来的。

那是好几年前的事了，樊礼丰想购买一台法拉利给他太太，车行就在明华支行的对面。订完货后，他走过马路进了宇文馨的明华支行。"想开个户。"他对当时站在大堂的客户经理程诚说。户开完了，在大客户室聊了聊，程诚一听这个人很有"料"，马上给宇文馨打电话："要不要见一见？"

"当然。"宇文馨立即下楼。

第一次见面，宇文馨觉得樊礼丰很平凡，除了一口东北音，没有什么特别。

第二次见到樊礼丰是一个月后。他再次来到支行，宇文馨热情地邀请他吃了一顿饭。没有开场白，樊礼丰一口气介绍起他在海南的公司。公司有一块很大的地，几乎占了一个岛的六分之五，5000亩，离新市政府只有二十分钟车程。他已经卖掉了几个五星级酒店的规划用地，有大量现金回笼。

"你们储蓄存款的任务是多少？2亿元？3亿元？没问题，我来帮助你们完成。"

送走了樊礼丰，程诚不断地感慨："这回有着落了，任务完成没问题了。"

"未必呀。"宇文馨凭着多年的职场经验想，这种信口开河的话，会有多少水分呢？听一半就不错了。有什么理由去相信一个刚刚认识不久的人呢？

可樊礼丰还真是一个说到做到的人。不久，2500万元的个人储蓄存款实实在在地到位了。

有了新客户，有了新存款，还有了新朋友。

说起樊礼丰，当记者出身的他，二十年前下海海南，在海口做了一点小生意，很便宜地买下了这个流宾岛，成为这个岛上最早的地主。当时，这个岛是一个孤立的岛，人们来往的唯一交通工具就是船。樊礼丰与政府协商，先由他出资修了一座桥，把这个岛与陆地连接上了，一方百姓得益。政府无钱偿还他，樊礼丰干脆就把这座桥冠上了公司的名字。

二十年里，海南发生了许多事，樊礼丰唯一做的是：不作为。紧握着手中的地，二十年不急不躁。

樊礼丰的公司没有多少人，运作称不上规范。他说过不想管人，又不想被人管理。有人建议他搞公司上市，他却说："上市就是风光一点，有面子一点。我此刻的生活状态已经提前达到，还需要去做那些吗？"

不久以后，宇文馨应邀与客户经理程诚前往海口考察他的企业。在距新火车站不远的流宾岛上，他居然拥有一个国家足球队训练基地。场地之大，风景之美，海滩之辽阔，让宇文馨一个惊喜接着一个惊喜。婀娜多姿的椰树下，300多米的优质沙滩，吸引运动员在这里训练、生活……

可就是这个豪气大方，拥有几千亩地，10多亿元身家的樊岛主，却会有一天出现450万元质押贷款到期未还。

金副总打电话到宇文馨这里来，让宇文馨大吃一惊。客户经理程诚怎么不预先提醒客户做好还贷款准备呢？小宋助理也没有注意到这笔业务吗？还是谁都不会认为樊礼丰在到期后会还不上贷款，而疏忽了呢？向来讲信用又重情义的樊礼丰，怎么会差钱？又怎么会违约？

樊礼丰的2500万元个人存款，一直趴在账上，办了五年期的定期存单。他去年购买了香港九龙一个著名楼盘的一套房，一次性付了7500多万元的现金，前年买了东圣花园3500万元一套的房子，再前年又买了可以观看高尔夫球场全景的宝珠花园顶层复式。樊礼丰不差钱，什么时候都不差。

在流宾岛上，樊礼丰报建了5个五星级的酒店。连着报建的批文，他卖了两块规划用地给他的朋友翁先生。买卖合同4年前就签署了，土地证早已更名。这笔3.5亿元的成交款，翁先生至今仍然有1.6亿元未付清。这么多年了，土地价格增长了许多，价值至今已远远不止这3.5亿元了，听说已经5亿多元了。

"不应该这样呀。这里面会不会有什么情况？"宇文馨问程诚。

"真的没事。"程诚说。

这怎么可能呢？所有人都会问这个问题。行里的员工也一直都不相信。

前年樊礼丰买房子的时候，向翁先生追过款。翁先生是说快了快了，已经跟别人谈了卖矿的事，签了意向书，这个铜矿作价一亿多元。樊礼丰咬咬牙，自己东拼西凑，筹够了钱，就把房款付清了。

翁先生一年后以9000多万元的价格，终于把铜矿卖了。但钱并没有回到樊礼丰的账上。翁先生的钱又投资了几个新项目，而且还一个一个地说给樊礼丰听。樊礼丰在旁边一句话都没说，但心里肯定想："你有钱怎么就不还我？"宇文馨确信无疑了，因为这一次她就在樊礼丰的身边，在支行一楼的VIP客户室里。

翁先生是樊礼丰偶然认识的。翁先生看上去比樊礼丰大几岁，阅历也比樊礼丰丰富一些。翁先生的五个姑娘嫁的五个姑爷都很有背景，其中一个女儿嫁给了商业部一个高级官员的儿子。樊礼丰说需要多交一点这样的朋友，所以遇到欠款这件事，也不好意思开口，他说"不礼貌"。

"樊总，这不叫不礼貌。"宇文馨都忍不住了，"若一定要这样说的话，就是翁先生不礼貌了。是他欠了你的钱，你无需这样低声下气。"

"不要这样讲，大家都是朋友。"樊礼丰说。

宇文馨要求客户经理程诚必须在一天内见到樊礼丰，或者宇文馨亲自登门拜访。若实在没有办法，他账上的2500万元存款，哪怕樊礼丰再不愿意，也要提前解活，先把贷款还上，要确保支行这个月末不能出现贷款逾期。当然这个方案不是完美的，因为客户解除了定期存款会造成客户的利息损失，也会造成支行存款规模减小。

宇文馨建议樊礼丰可以把他的其他存单再做一笔质押贷款出来，先解决燃眉之急。直到昨天，贷款逾期了三天，樊礼丰仍然没有回复他最后的决定。金副总打电话过来问情况，宇文馨催樊礼丰，催到最后樊礼丰才勉强同意把这个事告知翁先生，请求帮助。

翁先生接了电话，宇文馨忍不住地告诉他，樊礼丰的逾期贷款会影响到他在银行的信用记录，对他今后的授信融资会有直接的负面影响，可不能小看这件事。翁先生在那头不吱声。过了一会儿，电话里有了声音："我有1000万元在汇丰银行理财，要8月21日才到期，眼下还有二十多天到期，怎么办呢？"翁先生在那头说漏了嘴。原来这个人一直就有钱。多到无处投资，还做了银行理财。樊礼丰的脸一下子就沉下来了，从来没有见过他的脸色那么难看。

直到8月2日，翁先生才同意周三前先支付500万元，终于解决了樊礼丰的燃眉之急。宇文馨总算是解决了一大问题，帮了客户，也帮了银行自己。

又认识了一个岛主

这个岛主是宇文馨在"商业总裁高级班"认识的同学。

宇文馨第一次见他是上课的第二天。休息的时候要在学员中产生一个班长，这个班长是要通过民主评议PK产生。有人过来找宇文馨拉选票，让宇文馨投南乐岛岛主。南乐岛是什么地方？宇文馨跟别人聊了聊，才知道南乐岛是一个很出名的岛屿，位于滨城南边的海域，是中国目前保存较完好的自然生态海岛之一。

几轮PK后，果然，南乐岛岛主曲郡被选为了班长。上课时，他总是拿着一个放大镜坐在宇文馨的侧面，黝黑的皮肤，壮实的身板高大魁梧，一口北方腔，性格豪爽，为人厚道，让宇文馨想起了樊礼丰，他们俩有些地方很像。

因为认识了这个岛主，宇文馨还专门查了有关南乐岛的资料。南乐岛面积约7平方公里，海岸线长19公里，是淡水资源很丰富的海岛。南乐岛曾经是我国重要的前沿军事禁地。据说，岛上目前还留存可抵御原子弹的多个地下工事。而且南乐岛有植物500多种、鸟类120多种、鱼类300多种，盛产海胆、石斑、龙虾、鲍鱼、无针乌贼、梭子蟹等，是一个得天独厚的度假胜地。

一次课余讨论，宇文馨无意中发现曲郡手机里拍下的风景照片：阳光明媚的日光洒在南乐岛上，浸在清凉的海水里的沙子幼白细腻，夕阳西下后，这里繁华落尽，只剩下纯粹的自然和生命的激情。

宇文馨很清楚，这个总裁班的背后是一个庞大的客户群体，非常值得去深挖。根据总行的战略转移，要求客户下沉，以大客户为支撑，拓展中小型客户，或许这个班的资源能给宇文馨提供机会。9月下旬到现在，不到十天时间就有二十多个同学在跟宇文馨谈业务，相信未来三个月会有一批客户落地开户。想着未来的业务发展，宇文馨就充满了期待。

第十四章　岛主联手 共创辉煌

有一天宇文馨在办公室突然接到曲郡的电话，说一会儿过来拜访。

曲郡很快就到了。宇文馨一阵端茶倒水、嘘寒问暖之后，便和曲岛主聊起了他的精彩人生。

曲郡拥有一座令人羡慕的美丽海岛，却说自己不是商人。他毕业于北方大学历史系，却说自己和文化无关。他说自己更像是现代版的鲁滨逊，直到他发现了南乐岛，四处飘荡的梦想才找到了落地生根之处。

1995年，在滨城做贸易做得风生水起的他，突然疯狂地对滨城旁边一个叫南乐岛的海岛着了迷。于是不久后，这个在外人眼里显得野性十足的人拥有了那个被他称为"归宿"的地方，成了南乐岛的岛主。

"有些人之所以平凡，就是因为宁愿牺牲甚至抛弃自己珍贵的非常之处，也不敢越雷池一步。出类拔萃的人，从不用常识来要求自己，总是勇敢地去打破常规，这就是与众不同。"大学毕业的时候，曲郡用这样一段话总结了自己在北方大学四年的学习生活，也预设了自己以后的人生。

毕业后他就职于M市一个事业单位，负责干部分配工作，这是一份让人羡慕的工作。然而，他"不想一生就在这样一种被所有人拥戴，却没有任何挑战的生活中老去"。

20世纪90年代的滨城，使无数的中国人在这里先富起来，曲郡也投入了热火朝天的商海，开始了人生的"漂流"。然而，第一次"下海"投资腻子粉，他就赔得血本无归。曲郡没有陷进失败的泥潭，相反他很快将自己从泥潭边上拉了回来。

1993年,曲郡和一个朋友来到慧市一个叫春明湖的地方钓鱼游玩。没想到鱼没钓着,他却一头"栽"进了那一湖碧水。当天晚上,喝得醉醺醺的他跟朋友宣称,他要春明湖,他要把那里建成最具个性的度假居住山庄。朋友当他说醉话,谁都知道他根本还不懂什么叫房地产。

然而,曲郡偏偏又让他们大吃一惊。一回到滨城,他就紧锣密鼓地筹备起了春明湖山庄计划。春明湖虽然风景优美,但离滨城有一段路程,连道路也没有,当时只能用"荒山野岭"来形容。所有搞房地产的专业人士都在底下窃窃私语:春明湖绝对是个死盘。他们认为,都市生活节奏紧张,谁会去买荒山野岭的房子来居住呢?

曲郡不这么想。恰恰相反,他说:人人都想到的机会,或许你已经没有机会了。曲郡没有"死",他使用了最通俗也最有效的推销方法,请来几百个推销员上街发传单。当时,中国已经有发传单搞商品销售的先例,但用这种方式搞房地产销售,在当时的滨城却是罕见的。他起初预计的是发出去一百份传单能有两个人上门,就是成功,可最后统计竟然有15%的回馈率。

曲郡说,有不少人回家走错门,是因为房产商建设房屋造型是模式化的,没有个性,于是春明湖的业主都可按照自己的喜好对住宅外形进行设计、装修。他的个性化主张很快吸引了大批有较高文化水平的购房者,并成为他后来营销的亮点。

一个什么都不懂的外行,竟然把人们眼中的"死盘"轻轻松松地做成"活盘",曲郡和他的春明湖成了滨城房地产界的一大奇迹。

去南乐岛看看

说到南乐岛，曲郡更是停不下来了。宇文馨请曲郡在二楼吃了个饭，饭桌上随着他的介绍，宇文馨对南乐岛的兴趣愈来愈浓，正好下午有时间，宇文馨回到办公室，带上小宋助理和另两位客户经理便出发了。

宇文馨表面上是带着他们去看企业的运营情况，而更多的是希望他们能通过看企业开阔自己的视野，何况这个企业有着如此鲜明的特色。

一路上畅通无阻，来到南乐岛游艇会，大家都瞬间感觉像到了国外。参观完码头上的豪华游艇，宇文馨他们就乘南乐岛专用快艇飞快地向南乐岛驶去。海浪时不时地打到脸上，带着丝丝腥味的海水弥漫在整个空气中。阳光无私地洒在海面上，岸边的山石棱角分明地切割着光与景，海鸟飞快地从眼前掠过，让人来不及去捕捉它们的倩影。

二十分钟后，宇文馨一行踏上了南乐岛的土地。他们坐上了旧式的军用车，沿着山径小路，欣赏着海岛风光。部队留下的营房成了曲郡手里最原始也是最新潮的再生资源。他从云南买回树皮，从岛外买来石头，修建起了具有海岛风情的度假小屋。被相思树围绕着的人工湖被他取名为"郡湖"，他在湖边建起了两座小巧别致的酒店，推开酒店房间的窗，满湖秀色尽收眼底。

一路上，宇文馨也不忘寻找跟曲郡的业务的对接口。总裁班里的资源很多，开班期间，课上大家拿出了自己最优的项目进行PK，曲郡的南乐岛项目在全班落地项目中排行第一。这意味着该项目通过意向股权投资会员等形式，可以募集到的意向性资金达 30 亿元。也就是说，这个项目一分钱也不用在银行融资。所以，今天曲郡找宇文馨并不是想从她这里贷款，更多的是想通过交流，寻找业务合作的切入点。比如宇文馨的 VIP 客户可成为南乐岛会员俱乐部的会员。而南乐岛会员中的高端客户，大多数热爱生活和户外运动，又有一定的经济基础，消费意识也很强，一定能挖掘到他们的财富管理需求和融资需求。若是将这些优质的客户通过相关产品有效捆绑在明华支行，那便是一次成功的模式化产品设计。

宇文馨不断地站在曲郡的角度着想，希望能给他投入的资金匹配更多的附加值，创造出更多机会。宇文馨这个人，每见一个客户，就感觉自己有责任，为他做点什么，帮助他点什么。

美景总是让人忘却时光的流逝，不知不觉快入夜了。在郡湖畔，曲郡盛情款待了宇文馨一行。身处海岛，吃的是由曲岛主手下刚刚捕上来的海鲜，石斑、鲍鱼、海胆、各种蟹和螺摆满了一大桌子，原汁原味的做法非常诱人。岛上自产的无公害蔬菜也让人赞不绝口。尤其是在两个湖中红灯笼的背景下，这餐饭吃得别有情调。

因为曲郡晚上还有会议，宇文馨他们晚餐后再次坐上了快艇。墨色的大海深处有船只的点点灯光，与天上的星光连成一片，咸腥的海水再次沾湿了脸颊。宇文馨回想着今天的经历，觉得南乐岛这个项目，对自己的团队来说是个契机，也是个挑战。它从客观上要求创新产品和服务，才能不断满足客户的需求。

经多方讨论研究，业务合作方案有了初步的意见。

这个周日，宇文馨邀请了盛行长和苏副行长，还有支行三人，一同前往南乐岛调研。

宇文馨希望通过搭建分行、支行的营销平台，设计出一个更周全的方案。一路上，盛行长不断强调做客户要学会全面对接，总体授信。可以从岛主个人贷款、员工代发工资入手，然后延伸出会员的信用卡分期付款，模式化导入客户。

盛行长的意思其实很明确，就是想通过产品连接到南乐岛高端客户群体，让他们成为新兴银行未来的潜力客户，共享客户资源。

这次一起前往的还有樊礼丰。宇文馨之前就跟樊礼丰聊过南乐岛项目，他当时便有了浓厚的兴趣。对于宇文馨来说，能够介绍两个客户认识，让他们寻找相互的需求点，资源共享，也算是给予他们银行的延伸服务。樊礼丰这次也表现出他一贯的热情和大气，在出发前半个小时就准备了三辆豪华车在分行大门口等待。

曲郡在他刚刚投入使用才两个礼拜的"生活馆"接待了宇文馨一行人。曲郡的这个"生活馆"，暂时定为岛主俱乐部的会所。高级总裁班里的同学个个都知道，大多数人已来过。他们当中的已投资进来的人，都已拿到"岛主卡"，岛上一切开放设备都可免费使用。

据说"生活馆"开馆以来，已接待好几拨用场地的客人。而周末假日的订单已排到三个月以后。

接着，曲郡一边兴致勃勃地带大家参观游览，一边向大家介绍……

谈到他的事业，曲郡充满喜悦。他说："南乐岛岛主俱乐部已经发展了千个俱乐部会员，个个都是企业主或者公司高管。个人资产都有千万甚至上亿。"

平时银行到处去销售客户，深挖小企业主和公司高管做个人业务，如今有这些送上门来的优质客户，令宇文馨很兴奋，所以她和小宋助理在积极推动分行风险管理部、小微金融部，全面推动南乐岛小微模式化业务的落地。

这次南乐岛调研，让分行领导们对曲郡的公司和经营情况有了比较全面的了解。曲郡和樊礼丰两位岛主也算是相互认识了。

是客户也是朋友

这一天，宇文馨在营业大厅VIP室接待樊礼丰和他的太太，迈飞公司的侯中富突然出现在支行里，令宇文馨大吃一惊。这个一年多前一夜之间就失联的人，这么长时间去哪里了呢？

原来侯中富的奶奶意外去世，他赶回家乡奔丧了。侯中富由奶奶一手带大，跟奶奶的感情非常深厚，悲伤的情绪一直走不出来……直到上个星期，宇文馨接到了分行翟总的电话，说侯中富抵押在支行的这些房子，经过这段时间市场的升值，现在已经完全可以覆盖贷款本金了，要求他马上回来配合银行处置这些抵押物。

"太好了！太好了！"宇文馨喜出望外。

侯中富激动地说，小贷公司的债务后来也清理完了。在家乡的这段时间，他还拓展了一下市场，又找到了新的业务契机。宇文馨又看到了侯中富很久没有放光的眼神。

经历了一年多的等待，压在明华支行头上这块大石头终于搬走了。

由于有客人，宇文馨让小宋助理请侯中富吃饭，商量业务操作细节。

樊礼丰这次来，是准备陪太太办移民新加坡手续的，因为要支付新加坡移民资金，所以他拿着存单来质押贷款。

"宇文行长，我们想跟你唠一唠。我太太想办理新加坡的移民，可我眼前公司还有很多的业务，暂时不可能在新加坡长期定居，你有什么好的主意？"樊礼丰开门见山，与太太一起移步到宇文馨的办公室。

宇文馨一边给他们俩倒茶，一边了解情况。听完了樊太太的介绍，她开始谈自己的看法了："新加坡有很多优势，这个国家环境很好，气候怡人，法制健全，跟中国没有时差，也没有语言障碍，移民毕竟也是一个选择。但同时有一些需要思考的地方。比如，新加坡这个国家很小，你开着车，转不了多久就看完了，真是弹丸之地。樊总的事业在中国，不可能放下这么大的家业，在新加坡长期待着。你的父母年老，已经明确表态不能跟随你移民到新加坡，那么，几年内，你只有与两岁的女儿相依，身边没有亲人和朋友，孩子若是有个啥病痛的，怎么照顾？新加坡是世界上不多的移民后必须放弃中国国籍的国家，你加入新加坡国籍就必须放弃中国国籍，以后每次回国你就是外国人了，要办理入境签证，很不方便。你没有了中国人的身份，你持有的这么多物业和财产，打理起来是不是很麻烦？新加坡是个小国，国家实力和背景跟中国是无法比的，一旦有战争和其他不可抗力的事情发生，你就没有一个强大的国家做后盾。另外，你们已经成功获得了香港移民局的批准，马上就成了香港居民，今后140多个国家都可以免签自由出入。若是为了孩子今后的教育，我个人认为，留学应该首选美国、英国，其次是澳大利亚……"

樊礼丰的太太目光一直聚焦在宇文馨的脸上，听着听着眼圈就红了，接着眼泪哗啦哗啦地流下来："宇文行长，你真是我的亲人啊，给我讲了这么多道理，很让人信服。之前，我先生他们跟我说了很多，但是我一直坚持着。中介公司说，如果我第三次放弃，我就没有机会办理移民了，我怕自己后悔。"她转过身去，对樊礼丰说，"好吧，我不去新加坡了。"

樊礼丰看着宇文馨，愣在那里，下意识地把身体放松，挺直腰板，不断地会意和点头，脸上流露出无限的喜悦。

"宇文行长，这是我们家的一件大事，你给我们帮了一个大忙。这事定下来之后，我就可以开始计划我未来两年在滨城的投资项目了。"最后，他按捺不住地把心底里的声音表达出来了。

中午，盛行长邀请樊礼丰一行到分行食堂吃饭。

宇文馨知道，樊礼丰不缺吃的、喝的，他高兴的是盛行长今天请他吃面。他觉得这是一个很高规格的宴席，尽管是在食堂。

"盛行长啊，你们宇文行长太敬业了，一定要把业务办完才来，所以迟到了。宇文行长对客户的服务不是一般的周到，春节到家里来，连我的孩子、太太的礼物都想得到，真是不多见，也很令我们感动。我们家的大事都跟她商量。前两年我来滨城，人生地不熟，买宝珠花园的房子、买东圣花园的房子、买香港的房子，都没少麻烦她。尤其是在装修遇到困难的时候，宇文行长千方百计找有关单位协调、帮忙。

如果年底前顺利的话，我 7 亿多元的资金会相继到账，我海南的基本户都要转移过来了。所以，您放心，他们支行今年、明年的任务完成应该是很有希望的……"

宇文馨连连站起来不断地敬酒："谢谢啦，谢谢啦。"

"谢啥呀，你今天帮了我们家一个大忙，我们还没来得及谢谢你呢。我也借盛行长的酒，敬你和盛行长一杯。"樊礼丰站起来弯下腰，真的做了一个敬酒的动作。

"不敢不敢……"

这一天，是宇文馨的生日，她没有跟任何人说起。从早上到晚上，她接待了六拨人，开户的、存钱的、贷款的、咨询的，电话不断。原计划晚上还有一个安排，蛋糕是吃不上了，跟亲人在一起吃饭的计划也取消了。

蛋糕还放在冰箱里。生日算是过了。

强强联手，大作诞生

樊礼丰卖流宾岛的资金，经过长达几年艰苦卓绝地推动，终于在上两周全部落袋在明华支行樊礼丰的账户上了。7 亿多元的资金，不是一个小数目。按理，樊礼丰首先应该归还他在支行的个人贷款，剩余的钱买成理财产品，收益比活期存款多得多。

"我知道，我知道。"樊礼丰急忙解释，"要是那么做，你不就减少了贷款了吗？资金买了理财产品，你们银行考核就不算你存款了，这答应了几年支持你存款的承诺，就没有兑现。这么做人呀，就不厚道。"

"那拿一部分做理财吧……"宇文馨还是做了一些劝说工作。

"先放放，再说，再说。"樊礼丰很坚持。

为了樊礼丰这句话，宇文馨觉得要为他的资金出路想点办法。眼下，上市公司定向增发可以赚钱，买些较高收益的理财产品可以赚钱，甚至放在小贷公司也能拿到较高的固定收益。虽然樊礼丰一心想支持一下宇文馨，但宇文馨不能只想到银行自己的业务。只有让客户赚钱，银行才能真正赚钱。

"你的资金长远看，要找项目哦。"宇文馨说。

"看看吧。"樊礼丰还是不慌不忙。但这件事却成了宇文馨近段时间的一个自定任务。

直到前几天，商业总裁高级班又上课了，宇文馨再次见到了曲郡，突然有了主意。

"曲岛主，你近况可好？听说你在开发南乐岛的计划中又增添了大手笔？"

"不错！来商业总裁高级班真是受益匪浅，学到东西，筹到资金，我准备在岛上建一个七星级的海上国际会议中心，并且依山向海建60栋西班牙别墅。"曲郡洋洋得意，说话的时候脸上的笑容在绽放。

"那真是恭喜了。"宇文馨说。

但是，曲郡的集资并不像他想象中的那么顺利。这种同学间的松散型集资方式，没有很具体的时间表，同学们募认的资金稀稀拉拉，只有一部分资金进账。曲郡再次见到宇文馨的时候，没有前一次的那么神气和十足的自信。

"你除了募资发展，考虑过其他方式吗？"宇文馨问。

"你说的是什么方式呢？"曲岛主问坐在一旁的宇文馨。

"大房地产公司，或者有资金实力的上市公司，常用转让股权的方式，共同开发，让别人控股。"

"我想自己干。"曲郡直言不讳，"让别人控股，就没有了自己的思想。合作往往问题很多，股东多了，不好决策。再说，南乐岛是我这一生最大的一份事业，我希望靠自己的实力，独立完成南乐岛开发。"说到这里的时候，曲岛主有点神采飞扬，自信的神情又爬上了他的脸庞。似乎这一刻他已经完成了一件伟大的事业。

"引进是为了做得更大。有品牌的企业入驻，你的整体规划起点就会更高，项目建设速度更快，知名度会更高，这是双赢的效果。"

"我不合作，我这土地是在二十年前拿下的，成本很低，我卖2万元一平方米就能赚1.5万元，为什么要把这个利润给别人呢？"

"如果引进大房地产公司，成为更高档的商品，你每平方米的利润会比现在高一倍。再说，你就不需要考虑后续的资金了，也不需要担心工程的质量，还不操心采购的伪劣材料，这不是挺好的吗？"宇文馨很耐心地和曲郡交流。

"我还是不想合作。"这个典型的东北汉子，性格倔强，一时半会儿转不过弯儿。

"要是引进个小股东，你还是大股东，转让小部分股权，你仍控股，还是你说了算啊，这样的合作模式你可以考虑吗？"宇文馨仍然想着和曲岛主探讨。

"你说的是谁啊？"曲郡问。

"就是上一次我们一起上过你的岛参观的海南流宾岛主樊总。你们是老乡，性格都很直率，人也很实在。"

"那得看看缘分。"曲郡说。

他们约了三天后见面，等樊礼丰从海南回来。

三天后，樊礼丰给宇文馨打电话，他们没有谈拢。原因是曲郡要作价12亿元，而评估公司只评了9亿多元。还有，曲郡的条款是，樊礼丰不得参与项目的经营，不派驻财务，只给了一个董事的名额。

"这是霸王条款。"樊礼丰不得不放弃了。

樊礼丰暂时没有项目投资，在宇文馨的建议下，他用了一半的资金买了理财产品，另一半继续当活期存款存在银行里。

半年后的一个星期六，宇文馨在家里修坏了一个月的空调，手上接着师傅递下来的过滤网，手机就响了起来，是曲郡。

"能出来见见面吗？有特别的事情想请教你。"

宇文馨赶到了曲郡在城南的办公大楼。曲郡的办公室里，情况与先前有很大的不同。沏茶姑娘不见了，曲郡也没有了往日的春风得意。未等宇文馨坐下来，他就匆匆忙忙开场了。

"宇文行长，我遇到困难了，而且问题很大，你得给我出出主意。"曲郡的神情慌张，说话的语气很重，有点气短。

"不急，不急，有事慢慢说。"宇文馨赶快安慰。

"我太太昨天被公安局带走了。"曲郡说。

"什么原因？"宇文馨问。

"非法集资。"曲郡一脸丧气，"我在商业总裁高级班募集了8亿元，加上老乡、朋友的资金，将近11亿元。因为岛上的开发，与施工单位的合同是按进度付款，部分资金回来暂时没有用途。我太太、侄子和朋友联合成立了一家公司，投资了一些项目，还参股了别人的P2P。我侄子建议把这部分资金借给他公司使用，给我年息20%。怎知道项目投完之后出了问题，合作者卷款跑了，我侄子不敢见我，躲起来了。我太太是这个公司的法人代表，五六百个集资人获知情况后上访投诉，有个老大爷在上访中心脏病发作昏倒在地上，送到医院抢救无效，死了。出了人命，集资者通过法律诉讼保全，把我南乐岛公司的股权查封了。"曲郡讲到最后，脸色都发青了，手脚一个劲儿地在抖，宇文馨握他的手都握不住。

"公安局说我们募集资金没有经过有关部门的审批，是一起非法吸收公众存款案。而且出了人命，后果不堪设想。"宇文馨一边在安慰曲郡，一边也在仔细听着曲郡往下说。

"虽然公司法人是我太太，但实际上是我侄子和他那个朋友在经营……"

"那你们可以追索。第一，你要梳理一下思路，把你们的合作协议、公司章程、实际经营的情况向有关部门反映；第二，要想办法筹钱、赎人；第三，要马上启动变卖资产，而且必须要快。"

"许多合同、章程在侄子的手上，一时半会找不着。我自己倒是有十几套房子，也有一定的市场价值。但是，因为是军产房，无法进行正常交易。何况，这是10亿多元，我的房子全部卖了也填不了这个数。"

"那就卖岛，欠债还钱，天经地义。"

"我不卖，这是我一辈子的事业。我守了二十多年，好不容易等来了政府南部开发的大好时机。况且，南乐岛已经被列为滨城市重点旅游风景区，政府会投入大量的公共资源，打造这一片的生态旅游环境。这个时候我怎么能放手？"一说到卖岛，曲郡就抑制不住激动的心情。

"我问你，你老婆还要不要？老婆一定会牵累你。是你募集的资金，你是项目开发的总经理，你是岛主，你脱得了关系吗？说不准一周内公安局就会传讯你到场。人生都没有自由了，你还要什么事业？你还有什么未来？在监狱里过后半生，你还要岛干什么？"

曲郡不说话了，他痛苦地皱着眉头，想了一会儿说："你认识那么多朋友，能不能找人给我借一点。"

"10亿多元的资金，能找谁来借呢，这可不是一个小数。"

"我可以拿我的岛抵押啊。"

"南乐岛公司的股权都被查封了，你怎么抵押？没有任何担保方式，谁敢把10亿多元交给你？"

"那怎么办呢？"曲郡问，"你不是有很多客户吗？他们都很有钱呀。"

"这是一笔很大的资金，也不是你想要就能要到的。"宇文馨直接拒绝了曲岛主。

"我昨天听到消息，如果短期内没有实质性的解决，公安局就会正式下逮捕令。上次你不是说过那个樊总吗，他在你们账上有7亿元？"

"那也不够啊，离你这10亿多元还差好几亿元。"不过，这句话倒是提醒了宇文馨，如果樊礼丰想买下这个岛，银行可以帮助樊礼丰做一笔并购贷款。商量了半天,他们合计着找樊礼丰聊一聊。

"哦,以为你们都不合作了,我最近又看上了一套香港山顶豪宅,昨天才刚刚交了订金。"这一次樊礼丰没什么热情了。上一次与曲岛主的见面,让樊岛主碰了一鼻子灰,他对曲岛主没什么好印象,加上他自己也想收手养老了。

"你可以开个价嘛。"曲郡这次一点都没有了傲气。

"现在的评估是多少呢?"樊礼丰问。

"10亿元,比去年又升了一点。"

"可我只有7亿元。"

"余下的几亿元我们银行可以帮你做并购贷款。"宇文馨补充了一句。

樊礼丰又说:"这么大的贷款,即使批下来了,只是完成了收购股权的环节,项目开发还要有大量的后续资金投入,如果我们没有足够的实力和现金流确保岛上的后期建设,压力是很大的。"

樊礼丰分析得很中肯、很理性,说的也是内行话。尽管接下来银行还可以给予樊礼丰一笔开发贷,但樊礼丰比较谨慎。

宇文馨给樊礼丰介绍了滨城近年来房地产发展的迅猛势头,以及政府下了开发南部的决心,并且跟他描绘了滨城未来宏伟的发展蓝图。"二十年前你是一个英雄好汉,说不定十年后你又创造了一个新的辉煌。"

樊礼丰表示这是一项很重要的决策,他会认真考虑。

后来又经过了几轮谈判,樊礼丰终于拍板,以10亿元成交。樊礼丰临危帮忙,慷慨解囊,殊不知这也是他人生再一次辉煌的开始,这是后话了。

说到宇文馨帮樊礼丰做并购贷款，总行之前是有先例的。在上报业务以前，宇文馨也是请示过分行、总行，回复都是可以操作。但是，当资料上报以后，情况有了一些变化。总行的回复是，国家政策对房地产行业有调控要求，审批已经趋严；况且申请贷款的公司资质不够；再说并购贷的抵押物处在查封状态，不宜操作。要求曲岛主清干净原有的全部债务，包括非法募集的资金。宇文馨一听，就知道按曲郡目前的状况是办不到的。

关键时候，宇文馨想起了盛行长。每次有重大困难，宇文馨都去找盛行长。

"老板，不好意思呀，总是给您添麻烦。"

盛行长风趣地说："欢迎添麻烦。只要有好的项目、好的客户，我们不怕添麻烦。"盛行长听完汇报以后，立刻与总行的审批官联系，希望能走政策例外，带条件放款。最后，总行同意了上贷审会讨论，但结果无法预料，如果大会没有通过，那樊礼丰的进入岂不是很有风险吗？

为了保险起见，得有两手准备。

宇文馨想起了伍总，晟力房地产上市公司的董事长。这个认识了十多年的好朋友，他们是同一批加入中国作家协会，同一年又加入了中国摄影协会的双料会员。

伍总原来是一位医生，1996年下海，与同学筹建成立了晟力房地产公司。二十年的专注发展，赶上了房地产大发展的经济周期，这些年业务做得风生水起，并在2009年上市。上市以后，开发步伐加大，目前在全国二十多个城市有地产项目。随着国家对房地产的宏观调控，伍总近些年来向着多元化经营发展，在开发房地产的同时，把大量的商业留下来自用，开设了连锁购物广场、超市、酒店、酒家，拥有自己的物业管理公司。商业现金流给了企业的经营很好的补充，又使自己的物业不断地增值。听说下一步还想涉足养老、旅游业，或许这正是一个可能的机会。

宇文馨安排了一个饭局，邀请樊礼丰、曲郡一起前往，与伍总见面。

学历、经历、同年代的价值观取向，使他们很快取得了对彼此的认同。起初宇文馨是想介绍他们认识，看能不能让伍总帮助樊礼丰、曲郡完成收购南乐岛的股权交易，顺利完成银行的并购贷款。但这次见面，引发了后来他们自己都意想不到的巨大动作。

伍总刚从美国回来，大谈这一次他跟随省长到美国招商引资的情况。他准备把美国十大医院之一"希望之都"引进滨城，把去年收购的医院整合打造成一个国家三甲医院，开创滨城第一间肿瘤医院。伍总的想法很大胆，他想建设一个以生命健康及养老、高端旅游为产业特色，集研发、健康管理、照护康复、医疗美容、健康养生、旅游度假和休闲配套服务为一体的生命健康产业园。

伍总介绍，他们公司去年已经选了广东的彩云山作为养老项目的地址，当地政府同意划地9000亩，打造省内第一个规模浩大的集房地产、养老于一体的综合大型地产项目，但由于各种原因搁置了。

"养老地产接近于高端住宅产品，但又有所不同，养老地产的标准更高，功能和设施更全，这类高端老年地产的建筑产品开发创新的核心在于适老化设计,从护理、医疗、康复、健康管理、文体娱乐、餐饮、智能服务到日常起居呵护,目的就是打造老年退休生活的'第二春'。

"目前比较成熟的养老项目除了保险公司的养老社区,还有地产配套以会员制管理的模式,实行会员制发售。会员卡分为A、B、C、D四种,前两种分别为永久年限和终身年限。A类每套房源除一次性缴费统一为60万元外,入住后每年根据大、中、小套不同房源分别缴纳管理费6万元、3万元、2万元;B类则是根据不同套型分别一次性缴费35万元、50万元,入住后每年缴费统一为2万元。而C类和D类则是短期试住模式,又叫旅居模式。平均每月缴费在7000元至9000元不等。所以这可观的一次性的会员缴费使投资有了长期的运营收入,以长远的10年甚至20年周期看,投资回报率远高于普通住宅地产项目。

"现在各家地产公司都跃跃欲试,有二十多家地产公司争先恐后地跳进养老地产行业的池子里。多数开发企业都以较小规模养老地产项目进行试水,以此来探索养老地产的盈利模式,建立以自己公司特有资源为基础的养老地产操作方式。"

伍总一口气说了很多话,把养老项目分析得清晰而透彻。

"这个概念在中国地产界出现了好几年,也在全国落成了一些,听说最近的G州也在力推养老项目。这些地产项目所处位置或碧海蓝天,或山清水秀,或生活气息浓厚。除保险养老社区外,真正能建造出来的专业养老社区还为数不多,部分只是圈地的噱头,最多只是些普通地产项目,远不能达到社会所期待的能满足老人颐养天年的养老社区的程度。

"随着中国人口老龄化问题的渐渐显现，社会对老人生活重视的呼声越来越高，住到专业的养老社区里养老，或许也是未来老年人的一种选择。目前，针对中高端消费人群的养老机构缺口仍然很大，从供应角度看，南乐岛会不会捞到了大商机呢？

"跟住在城市养老相比，南乐岛的空气、自然山水等更好，开门见海，背靠大山，生活在这里，真正可享受'采菊东篱下，悠然见南山'的陶渊明式生活，还可租几亩田地，种点瓜果蔬菜。如果按照这样的思路和设计，南乐岛可以开发成一个集旅游、度假、养老、康复为一体的大型综合基地。

"憧憬一下，所有生活在这里的人都能享受很高的生活品质，过着怡然的晚年，这个项目一旦落成，将会是开创中国养老事业的又一大手笔。"

伍总讲到最后激动不已，亢奋而又自豪。

两个岛主竖起耳朵一直在听，伍总的规划同样也感染了他们。对于守岛二十年，也算是地产人的两个岛主，伍总的这些规划是他们从未思考过的。房地产行业能够派生出如此多的内涵，又能够形成一条如此完美的产业链，更让他们震撼不已。

很快他们达成了合作的意向。以借款的出发点撮合了一笔大买卖，宇文馨也没想到会这么顺利，他们的成功合作也令她非常有成就感。

后来总行的贷审会也通过了5亿元的带条件的并购贷款。

樊礼丰出于友情的考虑，给曲郡留下了相当的股份，曲郡把他十几套军产房抵给了樊礼丰，双方签署了一份协议。同时曲郡也把他原来建岛的一些规划、图纸、设计要点以及地理勘测的报告全部重新进行完善，大家取其精华，以开放的心态、合作的态度，共同成立了一家项目开发公司。两个岛主搭上了伍总的发展快车——成熟的团队、丰富的开发经验、雄厚的资金背景，他们在短短的时间内实现了跨越式的发展。

一年以后，南乐岛项目在滨城一炮打响，第一期开盘的当天，认筹人数超过了预售房子的三倍。新公司实现了经济效益和社会效益双赢，两个岛主和伍总笑得合不上嘴。

现在，两个岛主和伍总又瞄上了南乐岛旁边的另一个岛——月牙半岛。他们不仅仅在养老、旅游行业中合作发展，又向着老人大学、专业学院、专科医院等领域进军。

宇文馨提着手包，再次踏上南乐岛，跟随着岛主们的步伐，一个80亿元的贷款授信方案已经在宇文馨的脑子里。

| 第十五章 |

中国制造
迈向世界

"我们四大银行和新兴银行联手组成银团,给予和电700亿元贷款,将这700亿元的债务全部承接过来,全力支持和电走向世界……"

偶遇维尔斯

宇文馨认识甄小姐是在医院里。那天,卫生工消毒卫生间时,把甄小姐已经晾干的衣服收放在宇文馨的床上,她们是同一个房间里的病人。

"不好意思,卫生工弄错了。"宇文馨说着,把衣服放回到甄小姐的床上。

"没关系,我们俩都是高个头,身材也相似,卫生工弄错是不奇怪的。"甄小姐刚从外面赶回来,说话温柔又客气。她们自然地聊起了服装,宇文馨细看甄小姐的穿着,小立领的长裙,简约、素雅,透着一种浪漫的气息。

"你这衣服很合你的气质,你平时都在哪儿买衣服呢?"宇文馨问。

"我自己设计的。"甄小姐回答。

"你是设计师吗？"

"算是吧，我们这些高个儿的女生平时不好买衣服，所以我就自己做衣服。"一细聊，宇文馨惊讶地发现，眼前这位与自己同病房的病友，竟然是赫赫有名的设计大师甄爱国——维尔斯的董事长。

宇文馨喜出望外。

维尔斯是国内高端的女装品牌，近几年扩张发展很快，已经成为中国最具影响力和最知名的品牌之一，有700多家分店分布在全国各大中城市，并且在韩国、日本设有海外机构，一年的营业收入达25亿元。现金流如此充足，负债也比较少的企业，是各家银行争夺营销的重点目标。维尔斯，分行在"久悬户"（因过去历史原因开了户而一直没有开展业务的账户）的几次招标会上，希望各支行积极认领，宇文馨一直没有勇气接下来，原因就是，前面已经有几批支行行长均大力营销过，攻不下来，放弃了。维尔斯这个"久悬户"挂在分行已有两年之久。

莫不是上帝眷爱这个瘦弱高个儿的宇文馨，在这种特殊的环境下，让这两个美丽的生命相遇、相识，后来成了挚交。

宇文馨悄悄地在网上查看了维尔斯公司的最新情况和甄小姐的个人情况。维尔斯注册是在1999年，初始注册资金为50万元，后来变更为1亿元。甄小姐的个人成长经历更是一个传奇。

甄小姐是个工科生，毕业于湖南大学机械制造专业。毕业后分配在当地一家机械厂当技术员，工作十分清闲，每天有的是时间喝茶、看报纸，一进单位就能想到退休的样子，这不是甄小姐想要的生活，她脑子里蹦出了两个字："改变"。

顶着父母的压力和亲人的不理解，甄小姐南下滨城打工了，那一年甄小姐 24 岁。起初是在工厂流水线当工人，第二个月被提升为拉长。第二年工厂的厂长辞职，厂里鼓励大家竞聘上岗。甄小姐以综合考试第一名的成绩脱颖而出，但是因为太年轻，而被在位的副厂长取代了。

甄小姐感谢这一次竞聘，让她决定自己出来单干。当时中国处在改革开放之初，百废待兴，各行各业蓬勃发展。甄小姐有一腔报国热情，却无从下手。她就每天在《滨城日报》广告栏里大量地翻阅企业工商信息，希望在上面获取有价值的信息。她一边考察，一边选择，闲时为自己设计了几套衣服，意想不到地受到了身边朋友的高度赞扬和欣赏。"何不就从服装行业开始？"她突然有了这个灵感。

滨城那个时期的服装行业并不发达，只有在一家免税店里，才能看到日本、韩国的进口时装，而且价格很贵，一般老百姓买不起。随着人民生活水平的提高，对生活的质量和审美的要求也在不断提升。她就考虑，是否可以从简约、普通的棉质和丝质材料入手，把日常的生活穿着改良为时装，价格相对实惠，能够让普通的工薪阶层也买得起，同时给各个层次的消费者带来更多的选择？

主意就这么定了。那一年，她从父亲那里借来了 20 万元起步。怎知光凭着热情和喜欢是不够的。由于她没有经营管理的经验，市场定位模糊，销售渠道有限，导致现金无法快速回笼，租金和人工成本持续叠加，没多久，20万元血本无归，被母亲召回老家了。第二年，甄小姐再次南下滨城，不甘于命运裁定的她又借了亲朋好友一笔钱，决定东山再起。这一次，她认真总结了第一次失败的经验和教训，主动出击，积极地联系了当时高端商场的负责人，强烈地要求品牌入驻，签署了对赌协议——半年后，如果经营没有做起来，愿意被没收2个月的押金，自动退场。这一次，她遇到了一个有眼光的商场高管，抱着给这位小姑娘试一试的心态，商场同意让她入驻。

没想到这一试，一发不可收拾。当年，一个80平方米的门店，创造了1200多万元的营业额，成了当年滨城打工妹的商业传奇。甄小姐的这些故事，深深打动了宇文馨，不仅仅是她的勤奋和聪慧，还有她身上透出的那股对事业的热爱，对民族的情怀，以及遇到挫败永不言弃的顽强意志，让宇文馨产生了深深的共鸣。

宇文馨放下手上的资料，转身看向躺在病床上的这位已经不年轻的甄小姐，虽然她今日已不同往时，却心静如水，极度低调。除了有电话进来，其余的时间她都躺在床上一直举着图纸审着，沉浸在她设计师的世界里。

直到出院，宇文馨一直没有开口让甄小姐开个银行账户，支持一把业务，生怕谈起生意会把这份纯粹的友情破坏了。

"再联系。"这是宇文馨第一次遇到机会却没有主动向前。

"再联系。"甄小姐上前与宇文馨握了手，她们彼此留了联系方式。从此，宇文馨成了维尔斯品牌的忠实客户。

尽管宇文馨做业务心情迫切，银行的考核指标像一把利剑时刻悬在宇文馨的头上，住院也没有忘记拉业务的她，这次却没有出手。因为她深知一个优秀的企业，一定会有长期合作的银行，没有创新的产品和一个特殊的契机，你是没有办法把她从其他银行争取过来的。这点是她从百钢的业务中得到的深刻体会。

机会为有准备的人准备

这一别就是两年。这一天，维尔斯在滨城举行了全球新产品春季发布会，宇文馨被邀请参加，去之前，宇文馨想起了已经出来创业的何荷与维尔斯的故事。话说何荷那次与宇文馨见面不久后就辞职了，辞职后的她和几个朋友经营"国际时尚衣橱"公司，做的是租、售中高端服饰的业务。宇文馨一直没有浪费手中的资源和客户，帮何荷牵线搭桥，何荷也很争气，利用网络和口碑，很快发展到有 30 多万人的客户群，大多为年轻女性。

而甄小姐公司，因为需要适应新形势，不断创新销售模式，力拓更大的市场，线上线下都要同时增加销售的渠道，急需何荷这样有客户资源又有平台的合作方。

有宇文馨的加持，甄小姐和何荷都对对方很满意，甄小姐一口价 2000 万元收购了何荷的公司和所有的销售渠道。

维尔斯新产品发布会上宣布了两条重磅新闻：第一条是维尔斯在同行中首创推出"穿衣到家"服务。在维尔斯的官方网站上，展示了 500 多款维尔斯的服装，只要客户上网轻松点击预约时间，设计师就会亲自带上客户选的衣服到客户家来，让客户免费试穿，合适、满意以后再付款。如果有修改要求，当场量身改造，如不满意，不收取任何的上门费用。这一消息在同行中首发，轰动了整个业界。对传统的服装行业的门店销售是一个巨大的挑战。哪怕是对近年来很火的线上导购，也开启了全新的消费模式。比起维尔斯之前的"购买后终生服务"更是一大进步。

比这更爆炸的新闻是第二条，维尔斯宣布花5000万美元收购法国的拥有100多年历史的世界顶级女装品牌"古丽"，将其纳入维尔斯旗下，把维尔斯正式推向世界，注入全球的一线品牌行列。并购还有更深的一层意义，不仅仅体现出国内的民族企业也敢于出手收购世界的一流品牌企业，更重要的是，宇文馨看到了甄小姐的爱匡情怀，做最好的中国产品，挑战西方发达国家的雄心壮志。

后一条信息让宇文馨亢奋了起来，企业收购国外项目，会涉及跨境交易，"内保外贷""国际信用证""跨境融资性保函""跨境自贸区NRA账户融资"，这些产品都有可能涉及。虽然这些产品不是新兴银行最大的优势，但是参与项目的投标首先不要输在志气上。宇文馨连夜召集了小宋助理和连云，召开了支行的紧急会议，认真、全面地分析了项目的情况，与同行进行优劣比较，找出问题和差距，像当年投标百钢20亿元可转债项目一样，做最好的方案，做最坏的准备。

20天后的开标现场，新兴银行毫无悬念地落选了。不是输在效率和团队的战斗力，而是总行的产品目前无法满足企业的收购需求，宇文馨与维尔斯第二次擦身而过。

就在宇文馨将要放下的时候，甄小姐的财务总监打来了电话，约新兴银行去趟企业。

原来,中标选定的 A 银行突然爆发了违规操作事件,被银监局暂时叫停了国际业务,另一家被选的 B 银行也恰恰这个时候没有了海外业务额度,备选排在第三位的新兴银行终于迎来了机会。

没有到最后一刻,谁说宇文馨输了呢?

在宇文馨的请求下,总行第二天派人亲自飞到滨城,认真聆听了企业的融资需求,把合作方案做了补充和调整。新兴银行与维尔斯正式握手。

为了做尽职调查,宇文馨和企业一起去收购所在地法国进行考察。一路上了解了收购过程中美丽动人的故事,近距离地见证了企业的不易。

甄小姐收购"古丽"的故事是从时尚界顶级的时装展示会——"米兰时装周"的活动中开始的。甄小姐为了保持设计师最新的理念和灵感,坚持每年多次出国考察,第一时间掌握世界女装品牌的潮流和方向。

这是她们冥冥中的一次相遇,还是命运的设计?

"古丽"曾在国际服装舞台上叱咤风云,它的创始人也是掌控人布丽史年事已高,儿女有了其他经营的事业,一直困于没有品牌的后继人。曾经有无数世界著名的服装企业家有兴趣,多次前来谈判,因经营思路的不同均没达成协议。甄小姐的想法与布丽史的理念如出一辙。她们的经历、理想相似,尤其是对服装有共同的热爱,甄小姐既有天赋又有能力,且愿意成为掌管布丽史在全球的业务的继任人,这让她们很快达成了收购的意向。甄小姐一分钱都没有还价,就霸气地把这个有100多年历史的品牌"古丽"拿下了。一直崇拜创始人布丽史的甄小姐说,她的任务是继承对时尚一贯的观点,继续追求视觉的效果和不断地创新,她非常荣幸接力了这个世界顶级品牌,而且有信心把它带到一个新的高度。

甄小姐出生在国家的困难时期,从小受父母的影响,对国家有深深的情怀,立志长大为国家争光。成年后她把这个理想具体化就是做最好的中国产品,为中国的服装走向世界添砖加瓦,为中国的民企百年老店添上浓墨重彩的一笔。

考察期间,宇文馨与甄小姐朝夕相处,目睹了甄小姐日夜工作、不断召开国内外电话连席会议的紧张情景。在保持原有的设计风格和核心技术的基础上,甄小姐积极整合资源,调整、压缩人员编制,充实了自己培养起来的设计师队伍。这里面掺杂着文化差异、语言的不同、国情和时差的变化,绝非一件简单的事情。

长期高负荷工作的甄小姐,在考察时不慎跌倒,导致肋骨骨折。原就有严重腰椎病的她,由于这次跌伤而无法下地走路,最后是被担架抬上飞机,回到国内的。

甄小姐的故事令宇文馨联想到很多。一个当年的打工妹,经过几十年的奋斗,已经功成名就,为中国时装行业的发展立下了汗马功劳。在知天命之年,她的个人经济条件已经在相当高的水平,本可以换一种生活方式,享受人生,却仍然保持着挚诚的爱国情怀和社会担当,实在不可多见。这一行,让宇文馨无形地增加了压力。下一步,她该如何竭尽全力地为这些有社会使命感的企业提供全方位的银行服务?

就在宇文馨苦苦思索的时候,一个紧急电话,让她再次震惊!

和电突遭外国狙击

这天下午快下班的时候，久未联系的何荷突然打来电话，说和电集团快不行了，希望宇文馨出手，向分行申请启用 100 亿元的贷款额度。原来何荷卖掉公司后去英国留学归来，出任了和电集团财务部部长。

"和电出事了？怎么可能？"宇文馨脱口而出。和电她很熟，这个企业一直健康、快速地发展，已经挺进世界 500 强了。

"看来你是真不知道了，我也是刚得到消息，和电因为遭国际财团的狙击，以及涉及国外法律纠纷的问题，快要宣布破产了。"何荷说。

宇文馨忍不住打了个冷战。

和电成立于 25 年前，创始人叫章立言，大学学的是建筑工程专业，毕业后，被分配到学校当老师。教到第四年，一个偶然机会，他帮朋友的一家五星级宾馆设计图纸，借鉴了国外的设计理念，一炮而红，后来找的人多了，心也就动了，辞职开了一家建筑设计公司。可是，做设计和做老板是两回事。公司成立后，他秉行先设计、后收费的方式。许多客户因资金或经营原因，迟迟未与他结算，即干完活了，大部分钱收不到账上。公司开业仅一年多，他不仅亏掉了家里的老底儿，还欠了一屁股债。不甘心的他，借了点路费，从老家甘肃跑到了滨城，打算在这里东山再起。

彼时滨城的电子业，特别是在电子街，已经有了未来电子帝国的雏形。这里靠近港口，很多人靠组装电脑或者贩买贩卖电子零配件，赚得盆满钵满。章立言认为这种赚钱之道行之不远，便一边给人打工学经验，一边寻找自己要走的路。做技术出身的他，认为只有自己技术过硬，才可以打遍世界无敌手，电子街那些人做贴牌、水货、仿制，无非就是搬运工和装配工而已，他要做自己的平台和品牌。

想法一说出来，章立言就被众人嘲笑，都说做这个对他是跨行业，难度极大，想做通信设备？得投多少钱啊，更何况他前面做公司欠的一屁股债还没还。可是，就有一个傻女人信了她，偷偷拿了家里给她准备的3万元嫁妆钱，跑到滨城，陪他挤住在那时还没有开发得这么漂亮的港口区的棚屋里。

所有滨城创业者的苦，章立言和那时的女朋友——后来的妻子尝了个遍，还有更多别人没尝过的，为了节约时间和运费钱，深更半夜两人还加班送货，章立言为了让外人以为自己的公司很大，更是身兼数职，广告员、业务员、部门经理、总经理、董事长……滨城从不亏欠能吃苦又有头脑的人，借助滨城的高效和密集的人才，三年后，他们的公司从夫妻店发展成了有四十多个人的有模有样的公司了。

到宇文馨这个行长开始关注这家公司时，已经是和电成立的第21年，公司已经由不起眼的夫妻店，变成了拥有近八万员工、年收入过数百亿元的滨城排前十的巨型企业了。跟这家公司合作的银行是国有的四大行，宇文馨所在的新兴银行，已经很难挤进去了。因为四大行随便一家在滨城都有几百个网点，但新兴银行在滨城只有几十家支行，网点少，客户办理业务不方便。更重要的是，这家公司早就不差钱了。

第十五章 中国制造 迈向世界

"好贷款是求来的！"这是宇文馨经常对员工说的话。事实上，这些年的经验也告诉她，这是一句银行业的真理！如何与四大行竞争，与和电发生合作关系，是首先要破局的事。宇文馨一直在找寻这个机会。在一个由区长组织的银企牵手洽谈会上，宇文馨认识了和电的财务总监，并且很快就让对方在自己的明华支行开了一个结算账户，做日常结算的传统业务。

半年之后，在和电财务总监的引见下，宇文馨在和电大厦见到了神秘而低调的章立言。这位年近花甲的企业家，穿着朴素干净，身材高大但不显沉重，方脸，眼睛有神，鼻子笔挺，说话慢而有力，始终带着微笑，看起来像个大学教师。宇文馨知道，能不能与和电更进一步，就看今天自己的表现了。因为，这样的人物，不是经常有时间见一个基层行长的。

"我去年出差的时候，正好住的是章总当年设计的那家酒店，真是没想到，那个年代，您就能设计出这么有品位、有格调的作品。无论是功能、空间和美学上都做到极致，几乎到了完美。"宇文馨由衷地说。

见多识广的章立言没想到宇文馨一开口说的是这个，一下子放松下来。设计是章立言曾经的专业，而宇文馨十多年从来没放弃过自己的摄影爱好，两个人说起一些共同认识的画家、企业家，相见恨晚，宇文馨甚至有幸与章立言一起吃了午餐——在和电大厦50层的中层干部食堂吃的。

宇文馨是天生做业务的，一顿饭之后，就把明华支行跟和电的业务推上了一个新台阶。她告诉章立言：应该用全新的角度去看银行、银行的服务，银行与企业不仅仅是一个简单的传统的借贷关系。现代合格的银行，会站得更高，看得更远，有前瞻性，帮助企业发展、管好资金、保持流动性、合理增长收入。更重要的是，当企业要扩张、要收购，或者有一些不备之需时，银行能送及时雨。怎么说呢？就是在你条件非常好的时候，你的报表好看，现金流好看，利润也好看；你的负债率很低的时候，银行都会积极主动地给你授信，在这种情况下，你能够获批一个相当大的、理想的贷款额度是很容易的，比如说100亿元，甚至200亿元……

  章立言默默听着，然后总结了一句："你确实跟其他银行的行长不一样，他们一开口就是要存款。"

  和章立言相见之后，和电和明华支行的业务明显多了，与新兴银行建立了全面合作的战略伙伴关系，明华支行还在总行、分行的支持下快速给和电批了100亿元授信额度。但宇文馨心里很清楚，和电一直不缺钱，章立言虽然蓝图很大，但走得非常踏实和稳健。

  这100亿元的额度，很可能就是双方战略合作上的一种形式。

  没想到，突然冒出企业要破产这样的事。宇文馨仔细一了解，这才知道，原来和电海外事业部的负责人步子迈得太大，又遇到国际财团有目的地狙击，几家外资银行纷纷收紧了和电的贷款额度，有些银行直接到期收回不再发放了。情况非常紧急。何荷说，度过这次危机需要700亿元人民币。

  700亿元？对，700亿元！谁有这个能力，在短短的时间内拿出700亿元？宇文馨心急如焚，在办公室里转来转去，手机上的时间，已经指向晚上七点零三分了，桌子上的电话、文件、笔、纸，整整齐齐地排列着，突然，她的眼光定格在了黑色的文件架上，对，合纵连横！

她兴奋地拿起了电话，打给了盛行长。

几个小时后，在宇文馨所在的新兴银行滨城分行会议室，滨城市主管金融的副市长主持了一个紧急会议，参会的有滨城四大行的行长，新兴银行的盛行长、宇文馨，以及和电集团的董事长章立言、财务总监、财务部部长何荷等相关人员。

章立言先介绍了目前企业的状况：和电作为行业领军者，在同领域已经做到了世界前三，全球份额将近22%，已经接近了同行业里的老大、老二。在5G产业来临之前，和电打算借东风，在国外迅速扩张，与几个发达国家的同行公司谈收购、合作，但是受到国际财团的围剿，以及相关法律的制约。如果不能马上拿出700亿元来应急处理，和电20多年来的奋斗就要毁于一旦，为国家争光、为民族争光的愿望就要付之东流了。

会上有人问："这个事情不是一天冒出来的，为什么不提前应对？"

和电财务部部长何荷说道："是被国际财团突然围剿。"

言下之意，原本是有应对计划的，但是遭人算计了。

主管金融的副市长听了大家的意见后，坚定地说："和电是我们滨城最具代表性的民营企业之一，也是最具滨城精神的企业，当外国人围剿我们的时候，我们中国人一定要团结一致，粉碎别人的阴谋。我同意新兴银行的提议，我们四大银行和新兴银行联手组成银团，给予和电700亿元贷款，将这700亿元的债务全部承接过来，全力支持和电走向世界……"

当晚市政府启动了应急机制，一个联合贷款领导小组立即成立，一系列保护和电、支持民企发展的措施一条条形成和落地……

宇文馨走出会议室的时候，天已放白，她正想回家洗个澡，百钢的电话打了进来，是秦艺。寒暄了一番后，秦艺告知宇文馨，百钢集团新上任的董事长因涉及违纪违法，被组织停职调查了。不安好心的人借题发挥，扩大了事实，合作单位开始收缩百钢的业务，已经承接百钢业务的百城分行目前受规模的限制，已经无法再给到更多的支持，希望滨城分行能够在关键时刻，再支持他们一把，让他们挺过这个危机和难关。

这个让宇文馨十多年来魂牵梦绕的百钢，当再次听到它呼唤的声音时，她几乎不能自已，车头一调，往分行盛行长的办公室赶去。上班后，盛行长听完汇报，当即做出决定，马上赶往百钢。

在去往机场的车上，宇文馨打开那本随身携带的笔记本，翻到先前记录的有关百钢业务的心路历程，往事一幕幕再次闪现在脑海中。所有的记忆都在文字中鲜活闪耀，正如那枝九重葛的干花一样，不曾褪色，不曾遗忘。

宇文馨沉思半响，还是决定给林树成打一个电话，听说他已经配合有关部门完成了对 P2P 的调查工作，并出院回到了岗位。她摒弃前嫌，想邀请他一同前往百钢，联合各方力量，再次给百钢发力。

又要飞了，一个新的支持百钢的全套业务方案又将诞生……